JN085931

四十歳のオブローモフ

イラストレイテッド版

version ILLUSTRATED

後藤明生

Goto Meisei

つかだま書房

後藤明生

「内向の世代」の作家として知られる後藤明生は、1932年4月4日、朝鮮咸鏡南道永興郡（現在の北朝鮮）に生まれる。中学1年の13歳で敗戦を迎え、「38度線」を歩いて超えて、福岡県朝倉郡甘木町(現在の朝倉市)に引揚げるが、その間に父と祖母を失う。当時の体験は小説『夢かたり』などに詳しい。旧制福岡県立朝倉中学校に転入後（48年に学制改革で朝倉高等学校に）、硬式野球に熱中するも、海外文学から戦後日本文学までを濫読し「文学」に目覚める。高校卒業後、東京外国語大学ロシア語科を受験するも不合格。浪人時代は『外套』『鼻』などを耽読し「ゴーゴリ病」に罹った。53年、早稲田大学第二文学部ロシア文学科に入学。55年、小説「赤と黒の記憶」が第4回・全国学生小説コンクール入選作として「文藝」11月号に掲載。57年、福岡の兄の家に居候しながら図書館で『ドストエフスキー全集』などを読み漁る。58年、学生時代の先輩の紹介で博報堂に入社。自信作だった「ドストエフスキーではありません。トリスウィスキーです」というコピーは没に。59年、平凡出版（現在のマガジンハウス）に転職。62年3月、小説「関係」が第1回・文藝賞・中短篇部門佳作として「文藝」復刊号に掲載。67年、小説「人間の病気」が芥川賞候補となり、その後も「S温泉からの報告」「私的生活」「笑い地獄」が同賞の候補となるが、いずれも受賞を逃す。68年3月、平凡出版を退社し執筆活動に専念。73年に書き下ろした長編小説『挾み撃ち』が柄谷行人や蓮實重彥らに高く評価され注目を集める。89年より近畿大学文芸学部の教授（のちに学部長）として後進の指導にあたる。99年8月2日、肺癌のため逝去。享年67。小説の実作者でありながら理論家でもあり、「なぜ小説を書くのか？　それは小説を読んだからだ」という理念に基づいた、「読むこと」と「書くこと」は千円札の裏表のように表裏一体であるという「千円札文学論」などを提唱。また、ヘビースモーカーかつ酒豪としても知られ、新宿の文壇バー「風花」の最長滞在記録保持者（一説によると48時間以上）ともいわれ、現在も「後藤明生」の名が記されたウイスキーのボトルがキープされている。

ブックデザイン―ミルキィ・イソベ（ステュディオ・パラボリカ）
本文付物レイアウト―安倍晴美（ステュディオ・パラボリカ）
本文DTP―加藤保久（フリントヒル）
カバーイラスト&本文挿画―山野辺進

目次

四十歳のオブローモフ――7
《眠り男》の眼 8
マンモス団地の日常 50
誕生日の前後 84
旅の空 128
根無し草 170
前厄祓い 209
捨て犬 250
後記 286
解説「大人になりきれない大人のための教養小説」荻原魚雷――294

四十歳のオブローモフ

後藤明生

《眠り男》の眼

一

　まことに平凡な事実であるが、本間宗介は団地居住者である。東京都心から地下鉄で約一時間の距離にある、世帯数七千といわれるマンモス団地だ。

　そのうち約九十パーセントは、東京へ通勤するサラリーマン世帯であるが、宗介は一日じゅう団地で暮している。３ＤＫの間取りの北向きの四畳半に据えつけた坐机に向って原稿を書くのが、彼の仕事だったからだ。

　一口に原稿といっても、もちろんいろいろある。新聞や雑誌に随筆や書物の批評などを頼まれることもあるが、いま彼が取りかかっている最も大きな仕事は、昨年の夏に出かけたシベリアを舞台にした小説である。彼の希望としては、それを一大長篇に仕上げたいのであるが、果してうまくゆくかどうか、いまのところはまだ、はっきりわからない。勝算と不安が五分五分、というのが現在の彼の胸中のようだ。そのために彼は、焦ら焦らしたり不機嫌になったりすることもあった。

しかし、だからといって、年じゅう机の前にへばりついているわけではない。本間宗介は、だいたい二月か三月に一度は、旅に出かける。彼は決して、いわゆる旅行好きといったタイプの人間ではない。どちらかといえば、出不精である。時間を守ることがニガ手である。時刻表というものを眺めるのが飯より好き、といった旅行人間とは、およそ正反対の人間である。ときどき彼は、《眠り男》になりたい！ と空想することがあった。《眠り男》すなわち、現代の《三年寝太郎》であり《ものぐさ太郎》である。しかし、妻子を抱えた《眠り男》などは到底、考えられない。彼の理想はまた、ロシアの怠け者《オブローモフ》であった。しかし《オブローモフ》は十九世紀の貴族で大地主だ。彼の領地オブローモフカ村は、たぶんこのマンモス団地よりも広大だろう。彼はその村を、農奴三百五十人とともに、遺産として相続したのである。ゴンチャロフの小説『オブローモフ』の主人公は、そういう怠け者だった。したがって、団地住いのオブローモフなどというものは、これもまた到底、考えられない。

そんなわけで、出不精ではあったが、本間宗介は二月か三月に一度くらい旅に出かけた。雑誌に旅行記を書くことも、彼の仕事の一つだった。

それから、一月に一度くらいの割合いでテレビに出ている。朝、ちょうどサラリーマンの出勤時間に放送される、一種の社会風俗番組のレポーターであるが、そのため彼の住んでいる団地内では、だいぶ顔をおぼえられたようだ。

しかし、そのことは果して、喜ばしいことであるかどうか？ ある日のこと彼は、妻の正子から次のような注意を受けた。

「寝巻を着たままベランダで煙草を吸わないで下さい」

「うん？」

「お昼過ぎの時間に、そんな恰好で外を眺めていると、何をいわれるかわかりませんから」

確かに彼は、そういった時間にそういった恰好で、三階のベランダからぼんやりと外を眺めていることがあった。しかし、徹夜した人間が昼過ぎに寝巻姿でいることはむしろ当然ではないだろうか。

「サラリーマンたちが寝てる時間に起きて働いてるんだからな、こっちは」

「そのことが悪いわけじゃあ、ありませんよ」

「じゃあ、何だね？」

「何をいわれるかわからない、ということです」

「だから、何をだというのだよ」

「何かを企んでいると考えられているんですよ」

「企む？」

宗介は思わず、持っていたミネラルウォーターのコップを、ダイニングキッチンのテーブルに、音をたてておろした。

二

時刻は午後一時ちょっと前である。宗介の日常においては、これがふつうの起床時間だった。就寝はだいたい午前三時か四時であるから、睡眠時間はほぼ八時間だ。

もちろん例外はあった。原稿の締切り日にどうしても間に合わないときとか、パーティその他の会合で外出して酒を飲み、二日酔いが激しいときとかであるが、通常は睡眠八時間で、ほぼ規則的に目をさます。そして宗介は、この睡眠八時間、というものにこだわっていた。急用の電話などでそれがこわされると、彼はその日一日の自分の計画が、それだけでもう台無しにされたような、不機嫌な顔つきになるのだった。現代の《三年寝太郎》になることのできない無念さを、辛うじて宗介は、八時間睡眠を厳守することで晴らそうとしていたのかも知れない。

ふとんから起きあがると、宗介はまず寝巻のままダイニングキッチンへ入って行く。冷蔵庫からミネラルウォーターの壜を取り出して飲むためである。ちょうど一年前の春、宗介は胃から血を吐いて治療のため信州の山奥の温泉へ出かけた。幸いにして胃潰瘍ではなく、急性胃炎であったが、それ以来、彼は自宅でミネラルウォーターを常用するようになった。むかし、武田信玄の隠し湯であった付近から出る鉱泉を、壜詰めにしたものだという。

妻は半信半疑のようすだ。しかし彼は、続けて常用している。ふつうはガラスのコップに一杯である。それから、くわえた煙草に火をつける、という順序になるわけであったが、妻の話では、その際に煙草を吸う場所が問題らしい。

「要するに、自分たちをモデルにしようと企んでいる、ということでしょうけど」

「そりゃあ当り前の話じゃあないか。酒屋だって、八百屋だって、団地で商売するからには、団地の住人たちを研究するはずだろうじゃないか」

しかし妻の話は、どうやらもう少々うがったもののようだ。つまり宗介が団地に住んでいるのは、何か特別の企みがあった上で、わざわざそうしているのではないかというものらしい。でなければ、小説家ともあろうものが、団地暮しなどをしているのはおかしい。とっくの昔に、どこかへ家でも建てて引越しているはずではないかというのである。

「誰かが、そういっていたわけかね？」

「例によって、誰ってわけではないわけですよ」

「なるほど」

「誰というのではなくて、そういう目で見ている奥さんたちが多いから気をつけて下さい、ということです」

「とんでもない誤解だな」

実際、伊達や酔狂で宗介は団地暮しをしているのではなかった。八年ほど前、入居した当時はまだ満一歳ちょっとの長男が一人だった。しかしその長男がいまや十歳となり、長女が満五歳となったいまでは、３ＤＫの住居は決して充分であるとはいえない。ましてや宗介は、自宅で仕事をする人間である。

もともと宗介がこの団地に住んでいるのは、偶然に過ぎない。たまたま抽せんに当ったからだ。生れ故郷でもなければ、先祖代々の土地でもなかった。そもそも団地とは、故郷喪失者の漂着地ではないだろうか？

毎週日曜日に無料配布される団地新聞の発行部数は、約二十五万部らしい。とすると、一世帯平均四人家族として、日本の団地人口は約百万人である。その百万人の中に小説家が混っていて、悪い理由があるだろうか？

三

「まったく団地夫人というのは、相も変らずなんだな」

ミネラルウォーターを飲み終った宗介は、煙草に火をつけた。しかし、一方で彼には、団地の主婦たちの考え方がまことによくわかるような気もする。まず第一には、真昼間、彼女たちをジロジロ眺めている男の存在が目ざわりなのであろう。自分たちの亭主は、朝早く電車に乗って、どこか見えない場所へ出かけて行く。そのあと団地に残る男性といえば、医者とマーケットの商人くらいだ。

もちろん外部からは、いろいろな男たちが団地へやってくる。土地住宅会社をはじめ、電化製品、保険、百科事典、新聞その他の各種セールスマン。トラックに野菜を積んで売りにくる百姓あがりの若い男。それから、スピーカーで叫びまわるトイレットペーパーの交換員等々であるが、いずれも彼らは団地の住人ではない。

いわばヨソ者であり、同時に、団地を商いの場所にしている男たちである。団地の主婦たちは、それらの男たちにとって、いわば女王様だ。少なくとも彼女たちにはそうやって団地の中へやってくる男たちに、商いをさせてやっている意識があるであろう。また、あって当然である。なにしろ彼女たちがいないことには、男たちの商売は成立不可能だからだ。

「つまり団地の主婦たちは、亭主の留守中に団地へ物を売りにやって来る男たちを、適当に見下すことができるわけさ。同時に、流し目を使うことだって自由なわけだがね」

と宗介は、ダイニングキッチンで昼食用のスパゲティをこしらえている妻に、いった。返事はなかった。スパゲティを炒める音で、宗介のことばがきき取れなかったのかも知れない。

「とにかく、そういうことだよ」

とこんどは宗介も、半分独り言のようにいっている。

「え?」

とガスを止めた妻が振り返ってたずねた。

「何か、いいましたか?」

「いや、現に、あの野菜売りの若い男に肩をもまれて、キャッキャッといっている主婦を、おれはこの目で何度か見かけたわけだ」

「そういうことをするから、いろいろと噂をされるんですよ」

「べつに、ジロジロ見たわけじゃあないさ。しかし、つい目の下の光景だからね」

「向うは、そうはとらないんですよ」

なるほどそうにちがいあるまい、と宗介も思う。それが団地の主婦たちの論理なのだ。その論理にしたがえば、団地を小説の材料にする以上、宗介も団地で商いをしているということになるのだろう。

確かに本間宗介は、団地を素材にした小説を、幾つか書いて発表してきた。そしてそれらは、すでに何冊かの本になってもいるのであるが、この団地の主婦たちが宗介の小説を果して忠実に読んでいるかどうかは、甚だ疑わしい。おそらく読んではいないだろう。彼女たちは、だいたい月に一度の割合いでテレビに出演する宗介の肩書を見て、彼が小説家であることを知ったものと考えられる。宗介の顔もおぼえた。そして、昼過ぎの時間に寝巻姿のままベランダで煙草をふかしている彼が、自分たちの生活を秘かに観察し、一切合切るをモデルにした小説を書こうと企んでいるにちがいないと、推測したのである。

「ひとつ、どこかの奥さんの肩でももんでやるかな？」

宗介は、この自分の思いつきが気に入ったようだ。その証拠に一人でおかしそうに笑いはじめた。しかし、すぐに、飯の中の石を嚙んだように、顔をしかめた。

四

宗介の小説を読んだこともない団地の主婦たちが、宗介からモデルにされるのではないかとおそれたり、そのために宗介を嫌ったりするというのは、確かに滑稽な話だろう。しかし、滑稽なのは果して団地の主婦たちだけだろうか？

一人でおかしそうに笑いはじめた宗介が、すぐに、飯の中の石を嚙んだようにしかめ面を作らざるを得なかったのは、そう考えたからだった。

本間宗介は小説家である。団地の主婦たちもそれを知っている。しかし、それは彼の小説を読むからではなく、月に一度くらいの割合いでテレビに出る彼の肩書きがそうなっているからである。とすれば、そのことは果して本間宗介にとって誇るべきことだろうか？

宗介は、しかめ面のまま考え続けた。ダイニングキッチンのテーブルに載せられた、スパゲティの皿を前にして考えていたのである。

本間宗介は何故、いまだに団地暮しを続けなければならないのであろうか？　それは、団地の主婦たちが彼の小説を読まないからではないだろうか？　もし仮に、彼女たちが先を争い、奪い合うようにして彼の書いた数冊の本を買い求めたならば、おそらく宗介は、さっさと彼女たちの前から姿を消していたであろう。寝巻姿のままベランダで煙草をふかしているところを目撃されて、とやかく噂などされる前に、おそらく彼女たちの前から姿をくらませていたことであろう。

団地の主婦たちは、その矛盾に気づいていない。一方、宗介は、スパゲティの皿を前にして考えた結果、その矛盾に気づいたのだった。しかし、矛盾に気がついた宗介も、気がつかずにいる主婦たちの方も、滑稽であることに変化はなかった。そして、幸いなことには、そのことにも宗介は気づいたようだ。

その証拠に、彼はしかめ面をほどいて、ようやくスパゲティを食べはじめた。

「要するに、両方とも、幾らかずつ滑稽なのだ」

「え？」

「いや、べつに」

「何だかこのごろ、いやに独り言が多いようね」

「そうかな」

あるいはそうかも知れない。それから宗介は、ふと、一月に旅行した八丈島を思い出した。そこで泊った民宿の娘の顔である。何となくどこかへ旅に出たくなっているのかも知れない。自称《眠り男》の宗介にしてみれば、珍しいことだったが、独り言が多くなっているのは、あるいはそのせいかも知れなかった。それとも、宗介はふらりとただ家を出たくなったのだろうか？

「蒸発か？」

と彼はまた独り言をいった。

いずれにせよ季節は、いかなる不精者が旅に出たくなったとしても不思議ではない、三月の下旬だった。宗介の長男の小学校も、長女の幼稚園も間もなく春休みだ。

「鉄筋長屋も花ざかり、か」

「何よ、それ？」

宗介は煙草に火をつけて、立ちあがった。そして、そのままベランダの方へ出て行きそうになってから、寝巻姿のままであったことに気づき、廻れ右をして、六畳間へ入った。彼が仕事部屋に使用している北向きの四畳半と、背中合せになっている南向きの部屋である。

彼はソファーに腰をおろし、窓の外を眺めた。すると、団地内循環バス停留所前に、買物籠をさげて立っている、五階の林田夫人の姿が見えた。昨年の暮、とつぜん行方不明になり階段じゅうの話題になった主婦だった。

五

宗介の住んでいる団地からも、蒸発する人間はずいぶんいるらしい。もちろん男女いずれの場合もである。例えばある棟では次のような現象が起こった。同じ階段で向い合せに住んでいる二世帯の、一方は夫が、他方は妻が、それぞれとつぜん行方不明になった。にもかかわらず、取り残された向い合せの妻と夫は、ずいぶんながいこと、お互い、そのことに気づかなかった。

偶然、蒸発の時期が一致したのだろうか？　それとも向い合せ同士の駈け落ちだろうか？　いまだに真相

104

は不明のままらしい。少なくとも宗介にはわからなかった。そして、わからないのは、林田夫人の場合も同じだった。

しかし宗介は、噂の真相についても、また、その結末に関しても、それを最後まで確かめてみたいとは考えなかった。

団地内で牛乳配達をしていたどこかの主婦が、二人の子供を残したまま牛乳販売店の主人とともに行方不明になった、という噂についても同じだった。半年くらい経って、その主婦はひょっこり団地に姿をあらわした。しかし、もとの住居には、まったく知らない家族が住んでいたという話である。置き去りにされた夫は、間もなく別の女性と結婚することになり、子供を連れて団地を出て行ったのだそうだ。

帰ってきた主婦は、その後どうなったのだろうか？　牛乳販売店の主人との関係は、どうなったのであるか？　宗介には皆目わからなかった。また、それは宗介にとって、どうでもよいことでもあった。なにしろ、その噂を宗介が耳にしたのは、四年も経ってからだった。あるいは五年後だったのかも知れない。

「へえ、そんなことがあったのかね」

「あら、知らなかったんですか？」

と宗介の妻は、いった。

「初耳だね」

団地循環バスの停留所に立っている林田夫人を眺めながら、宗介は、彼女が失踪したという噂も、何だかもう四、五年前のものであるような気持になった。

これは季節のせいだろうか？　あるいはそうかも知れない。いかなる不精な男をも、どこかへふらりと家出をしてみたい誘惑に駈り立てずにはおかない、三月の終りの、陽気の故であるのかも知れない。

それとも、林田夫人失踪の噂など、そもそもはじめから無かったのだろうか？　すべては、ついどこかへふらりと家出をしたくなるような春先の陽気が、勝手に宗介の空想を駈り立てただけではなかったのだろうか？　たまたま、南向きの六畳間のソファーに腰をおろして、ぼんやりと窓の外を眺めていた宗介の目に入ってきたのが、林田夫人であった、というだけの話なのかも知れないのである。

本当に、林田夫人は、失踪したのだろうか？　すると宗介には、彼女の失踪に関する噂はすべて自分の空想に過ぎないものであって、実さいには、いまから彼女は失踪するところではないのだろうか、という気持になってきた。三月の終りの、ある日の午後一時過ぎごろ、買物籠をさげて団地循環バスの停留所に立っている彼女の前にバスが止る。彼女は乗り込む。そして、そのままどこかへ行ってしまう。

理由は、わからない。たぶん彼女自身にもわからないままだろう。そうであっても、いっこうに差しつかえはないと、宗介には考えられた。なぜなら、そのとき宗介は、林田夫人が彼自身であっても、まったく不思議ではないような気持になっていたからである。

「林田夫人は、わたしなのだ！」

と、宗介は口の中で独り言をいった。

「林田夫人は、わたしなのだ！」

と宗介は、もう一度、ソファーの上で、独り言をいってみた。すると、この団地じゅうの奥さんという奥さんが、とつぜん自分にとって親しみ深い人間たちに感じられてきたのだった。

つまり、文字通り、宗介はそのとき林田夫人とまったく対等な人間になったのだった。

「ボワリー夫人は、わたしなのだ！」

宗介はそのとき、この十九世紀フランスの大文豪フローベルが残したことばの中に、極めて自然にわれとわが身を発見したのだった。その発見は宗介を自由にした。つまり、その発見によって、宗介は自分が林田夫人を批評することはもちろん、同時に、彼女から批評されることにおいてもまた自由であるべき人間であることに気づいたのである。対等な人間、というのは、そういう意味だった。そしてその対等な関係は、林田夫人との間のみならず、飛田夫人や野村夫人との場合においても同様だった。

彼女たちは、いずれも104号棟における、同じ階段の住人である。104号棟は鉄筋コンクリート五階建てだった。住居は上から、林田夫人、野村夫人、宗介一家、教師夫妻、飛田夫人の順だ。つまり、この五世帯は、一本のコンクリート製の階段を共同の梯子として、すでに満八年の間、ずっと縦に積み重なって生活してきたわけだった。

したがって、宗介が、それらの隣人たちに親愛の情を抱くことは、べつだん不思議なことであるとはいえない。しかし、「林田夫人は、わたしなのだ」という独り言が、不思議なことに、あらためて階段じゅうの主婦たちに対する親愛の情を、新鮮なものにしたのだった。

「要するに彼女たちは、お互いに噂したり、噂されたりしながら生きてきたのだ」

と宗介は思った。そしてこれからも、たぶんそうしたり、されたりしながら生きて行くはずである。お互いに被害者でもなければ、加害者でもない。だからこそ同時に、お互いが被害者でもあり、加害者でもあるわけだった。

六

これが対等というものではないだろうか？　そして宗介自身の場合も、もちろん例外ではなかった。もっとも、宗介の真下に住んでいる二階の、教師夫妻だけは、例外といえるかも知れなかった。二人とも東京都内の小学校教師で、朝早く車で一緒に出かけて行く。そのうえ子供がいなかったから、階段じゅうのどの家庭とも、ほとんど無関係だったのである。

ただ一度だけ、教師夫妻の向い側に住んでいた主婦が、ノイローゼにかかった、という噂を宗介はきいたおぼえがあった。もう五、六年も以前の話で、その主婦はいまはこの団地に住んでいない。夫がどこかへ転勤になったということであるが、ノイローゼの原因は、向い側の教師夫妻宅へ届けられるお中元だったらしい。教師夫妻は、ウイークデーの日中は留守である。したがってデパートその他の配達人たちは、向い側の玄関のブザーを鳴らすわけだ。そのたびに向い側の主婦は、玄関へ顔を出して認め印を捺し、お中元を預かり、夕方、教師夫妻が車で帰宅する音をききつけて、預かったものを届けに行った。

教師夫妻の勤め先が、同じ小学校か、それとも別々であるのか、向い側の主婦は知らなかったが、お中元の宛名は、ほぼ半々のように見受けられた。そして多いときには、そのどちらか一人宛の荷物だけを二回に分けて運んだこともあったらしい。

しかし、向い側の主婦がノイローゼになったのは、そのためではなかった。教師夫妻宛のお中元が余りにも多過ぎたためではない。また、ある日の夕方、預かったものを届けに行って、カルピスを二本、お礼にといって渡されたためでもなく、もうお中元は預かって下さらなくて結構です、といわれた結果だという。

「いいえ、こちらはべつにちっとも構いませんよ」

と、向い側の主婦は当然そう答えたはずだった。しかし、お手数でも配達員に日曜日にまとめて届けてくれるよう伝えて欲しい、といわれてみると、それ以上のことは向い側の主婦にもいう必要が無くなってしまうわけだ。また、その方が確かに理にも叶っているのである。

ただし、現実には必ずしもその理屈の方が便利であったともいえなかったようだ。向い側の主婦は翌日から、玄関のブザーが鳴り出すたびに、またデパートの配達員ではあるまいかと気になって落ち着かなくなってしまったからである。実さい、その後も、教師夫妻宛のお中元の包みを抱えた配達員たちは、ひっきりなしに向い側の玄関のブザーを鳴らした。そのたびに彼女は、玄関へ顔を出し、かくかくしかじかの理由から、決して自分が不親切のために受け取らないのではない、ということを、若い配達員に弁明しなければならない。

「ほんとに二度手間かけちゃって悪いわね。でも、こちらもお向いから、日曜日にまとめて届けるようにいって欲しい、って頼まれてるんですものね。お向いはお向いで、こちらのことを考えて、そうおっしゃってるんでしょうし、困っちゃうわね、ほんとに」

これでは確かに、認め印を押して預かる方が楽であろう。しかも彼女は若い配達員たちから、見かけによらぬ意地の悪い奥さんだ、と誤解されなかったとは断言できない。彼女にしてみれば、その誤解はやり切れないものであったろう。教師夫妻の生き方は配達員たちに対しても決してまちがっていないばかりか、私的生活の自由と独立という意味において、団地の論理にも叶ったものであったからだ。

その論理は、ノイローゼにかかった主婦たちの一家がどこかへ引越してからあとも教師夫妻と宗介との間では通用していた。例えば、宗介と教師夫妻とは、階段の途中や、団地内のどこかですれちがってもお互いに挨拶を交さなかった。何故だろうか？　宗介にもよくわからなかったが、鉄筋コンクリート五階建ての三階と二階に、満八年間以上も積み重なって生活していたにもかかわらず、ずっとそうなのである。

ただ、一度だけ宗介は教師夫妻に頭をさげたことがあった。もう数年前の出来事であるが、宗介の家で使用した電気洗濯機の水が洩れて、教師夫妻の部屋の家具を水びたしにしたからである。宗介のところの洗濯機は、玄関をあがって右手の板の間に置かれている。板の間というより、廊下かも知れない。

こんなことに、いちいちこだわらなければならないのも、宗介が文字を書く商売の人間だからだ。団地という現代の住居においては過去の日本の家や部屋をあらわす文字や用語だけでは、表現し切れない部分がいろいろ出てくる。そもそも、住んでいるところ自体がすでに《家》ではないわけである。

僅か畳二枚余りの板張りの部分を表現するのに、このような混乱を極めざるを得ないのもそのためであるが、廊下といえば通常は細くて長いものだった。しかし、この団地の場合は凸型をした奇妙な板張りの空間で、凸の突端の部分に洗面台があり、突端の両脇がトイレットと風呂場になっている。

ややこしくなったついでに正確さを期すならば、宗介のところの洗濯機は、そのトイレットの壁に押しつけるようにして置かれているわけであった。そして排水用のホースは、風呂場の排水口に向って這わせてあった。だから、トイレットへ出かける場合は、ホースをまたがなければならない。ところが、誰かがそいつを蹴とばしたわけだ。

長男だろうか、あるいは、宗介自身であったのかも知れない。いずれにせよ、その日の夕方、宗介の妻はそのことを、教師夫人からの電話で知らされたのだった。宗介の妻は、早速お詫びに階段を降りて行った。

「どの部屋かね？」

と宗介は、戻ってきた妻にたずねた。

「北向きの四畳半だって。あそこを応接間に使ってるらしいわ」

宗介が仕事机を置いている部屋の、真下である。宗介はできることなら、暫くの間、教師夫妻と顔を合せたくない心境だった。しかし運悪く、翌日はたまたま日曜日だった。下の芝生で水びたしになったソファーや絨毯を干している夫妻の姿を見ては、挨拶に出かけないわけにはゆかなかった。

七

芝生には、ソファー、絨毯の他に畳二枚が運び出されていた。そして教師夫妻は、大掃除のように頭にタオルを被っていた。しかし宗介は、夫妻にお詫びの挨拶をしただけで、何も手伝わなかった。宗介の妻も手伝わなかった。宗介の妻は事故のあった翌日あらためて、菓子折りを持って様子をたずねに行った。そして、何か手伝わせて欲しいと頼んだらしいが、それは結構だと断わられたからである。ただ、絨毯の洗濯代金だけは払わせてもらうことに決めたそうだ。

「畳やソファーの方は？」

「濡れたのは、ごく一部だったらしいわ」

「そうか。とにかく天気がよくて助かったな」

宗介は、夫妻に挨拶をし終って部屋に戻ったあと、妻と暫くの間北向きの四畳半の窓から、下の芝生を眺めていた。

「しかし、ああやって夫婦揃って芝生に立っていられると、何だかデモンストレーションを受けてるみたいで、落ち着かないな」

「そうじゃないわよ」

「じゃあ、何だい？」

「子供の見張りですよ」

「子供？」

「そう。子供たちは捨てたんだと思っちゃうわけですよ」

「なるほど。芝生に置いてあるものは何でも捨てたと思うわけだな」

そのとき宗介は、教師夫妻に対して何ともいえない親愛の情をおぼえた。謝罪の気持とは、またべつのものだ。いわゆる隣人愛というものでもないようだった。何と呼ぶべきだろうか？　宗介は考えてみたが、この場合、彼の気持が目の下の芝生に並べられているソファー、絨毯、畳と結びついたものであることは、確かだった。宗介の家の洗濯機からこぼれた水によって濡れたそれらの家具類を、教師夫妻は頭にタオルを巻きつけた姿で監視している。

「これは捨てたものではありませんよ！」

というわけだった。実さい、そうでもしなければ、捨てたものとそうでないものとの区分は、最早やつけにくいことは確かだった。あるとき宗介は、ダブルベッドの上にテレビを載せ、電気冷蔵庫をその脇に置いてママゴト遊びをしている子供たちを、同じ芝生で見かけたことがあったのである。そこには、電気洗濯機も置かれていたかも知れない。もちろんいずれも、どこかの主婦たちが捨てたものだ。

宗介がそのとき教師夫妻に対して抱いた親愛の情は、あるいは一種の世代的なものだったのかも知れない。小学生だった宗介は、A1型模型飛行機のプロペラをまわすゴム紐と、竹ヒゴを接続するためのニューム管に飢えていたものだ。

「あのテレビはどうした?」

とつぜん宗介は妻にたずねた。

「どうしたって、四畳半の箪笥の上に置いたままですよ」

「あれもいずれは捨てなきゃあいかんだろうな」

「いいんですか、捨てても」

「まあ、いま捨てに行くことはないが」

「だって、あなたがあそこへ置いておけというから置いておいたんですよ」

「でも、まだ写るんだろう?」

「そうですね、カラーに取り替えたときは、まだ写ってましたけど」

「捨てるか!」

「何をまた、とつぜん思い出したんですか?」

「いや、いまはやめとこう」

「思い出したときに捨ててきて下さいよ」

「だって、ああやってせっかく芝生で張り番をしてるんだからね」

「べつに、あの先生とは関係ないじゃありませんか」

「あれは、兵隊に行った顔だな」

「あなたより、そうねえ、五つか六つくらい上に見えるかな」

「奥さんの方は？」

「そう。おれくらいか？」

「うーん、あのひと割りと美人だからねえ」

「終戦のとき、モンペをはいてたことは確かだな」

「まさか！　そんな年じゃあないでしょうよ」

「まさかじゃないさ。戦争中は女学生もみんなモンペにセーラー服だったんだ」

宗介は芝生を見おろしながら、モンペにセーラー服姿の教師夫人を想像してみた。彼女は女学校何年生のとき、どこで敗戦に遭遇したのだろう？　この種の想像は中学一年生で敗戦に遭遇した宗介のいわば運命的な癖のようなものといえた。

八

宗介は一階の飛田夫人とは、ときどき挨拶を交した。ときどきというのは、先方からおじぎをされた場合、ということである。階段の下や、団地内のどこかで出会っても彼女は宗介におじぎをしない場合があったからだ。何故そういうことになるのだろう？　もちろん飛田夫人の都合であるから、宗介には何とも断定はできない。年齢は、宗介よりも七つ八つ下に見えるが、一人娘はすでに中学一年生だった。二十歳そこそこの子供だろうか？　とにかく、サラリーマンである夫と子供を送り出したあとは、３ＤＫの住居の中に唯一人で彼女は残るわけだ。

この104号棟の主婦の中で、彼女の姿が最も宗介の目に入ってくるのは、たぶんそのためにちがいなかった。テレビの美容体操よりは実際に団地内を歩きまわる方が、当然よいに決っている。そして、彼女には彼女流儀の、散歩の仕方があってよいわけだ。

ただ宗介の想像では、それは彼女の《変身》に関係があるのではないだろうか、と考えられた。《変身》ということばが、女性のメークアップや、ファッションの用語として流行していることを、宗介は余り愉快には思っていない。

小説『変身』を書いた、チェコ生まれのユダヤ人作家フランツ・カフカを、宗介は尊敬していた。二十代の初めのころ、『変身』を読んだときにおぼえた衝撃は、いまだに生ま生ましかった。

「ある朝、グレゴール・ザムザがなにか気がかりな夢から眼をさますと、自分が寝床の中で一匹の巨大な毒虫に変っているのを発見した」

この書出しではじまるカフカの『変身』を、おそらく飛田夫人は知らないだろう。また、知る必要もあるまい。そしておそらくはカフカ自身も、自分の死後五十年近くも経ってから『変身』がマンモス団地の主婦である飛田夫人に読まれることまでは、希んではいないであろう。しかしそれ以上に予想しなかったことは、一九七〇年代の日本における、《変身》ブームだったであろう。宗介には、どこからかカフカのくしゃみがきこえてくるような気がする。しかしとにかく、テレビ怪獣番組における「ヘン、シン！」の呪文を知らない子供はいまや日本の子供とはいえない有様なのである。

カフカを知らない飛田夫人の《変身》とは、いうまでもなく、彼女の服装に関してのことだ。つまり、宗介の観察によれば、彼女が彼におじぎをしないのは、どうやら彼女が、和服姿に《変身》しているときであることがわかったからである。宗介は、ある日、団地内のテニスコートと野球場の間のポプラ並木で彼女とすれちがったとき、瞬間的にそう直感したのである。

飛田夫人の和服姿は、素人ばなれしているという話だ。宗介の妻も、そういっている。女性の着物の話は、宗介には不案内である。しかし、いわれてみれば、ワンピースやスカート姿のときの彼女の腰のあたりは、どことなく落ち着かないような気もする。何かひとつ、アクセントが欠けた感じだ。例えば、ベルトを締め忘れているといった、漠然とした、あるものの不足を感じさせる。

その彼女の腰のあたりが、和服を着ると、確かに堂々として見えるのだった。背丈は、五尺四寸くらいだろう。宗介と余り変らないようである。何流だかはわからないが、日本舞踊の名取であるというのは、おそらく嘘ではあるまい。また、中学生時代に某映画会社からニューフェイスの誘いがかかった、という話もまったくのでたらめではないだろう。宗介には、そう考えられた。

飛田夫人に関する宗介の知識はだいたいそういったものであるが、団地の階段の八世帯の中で、宗介がそれほどくわしく家庭の事情を知っているところは、他にはなかった。

宗介の知識は、ほとんど妻から得たものであった。妻はおそらく飛田夫人自身の口からきいたものであろうが、テニスコートと野球場の間のポプラ並木通りにおける宗介の「直感」は、たぶん、飛田夫人に関するそれらの知識から生まれたものと考えられる。

「うちかて、変身でけるんや！」

三面鏡の前で、そう呪文を唱えている飛田夫人の姿を、宗介は想像してみた。

「ヘン、シン！」

たちまち彼女は、堂々たる、素人ばなれのした和服姿に《変身》する。そしてそのとき彼女は、もはや下駄ばきで団地を散歩している宗介などは、眼中にないのである。彼女は、和服によっていったい何ものに《変身》するのだろう？　映画のニューフェイスだろうか？　それとも、○○流××派のお師匠さんだろうか？

いずれにせよ、彼女の《変身》は、同時に《変心》でもあった。そして、和服を着たときの彼女が宗介におじぎをしないのも、そのためなのだ。これが宗介の結論だった。

しかし、もし彼女が、そのような《変身》による《変心》を、意識的に楽しんでいるのだとしたらどうだろう？　ときどき、そうやって自分を演出することによって、まったく現実からかけはなれた、別の存在になり切ることを彼女が楽しんでいるのだとすれば、それこそ大へんな役者であるといわなければなるまい。

それはもはや、ニューフェイスになりそこねた一人の主婦の、ヘタな演技などと笑うことのできないものだろう。

「うちかて、変身でけるんや！」

そう唱えて、三面鏡の前でウルトラマンの恰好をしている飛田夫人を、もう一度、宗介は想像した。

九

五階の林田夫人はまだ、バス停留所に立ったままだ。団地内循環バスが、まだあらわれないからである。サラリーマンの出勤時間と退勤時間には、ほとんど四、五分おきにバスは動いている。しかし、午前十時から午後三時くらいまでは、最も間遠な時間だった。

宗介は確か一度、団地の医院で林田夫人に出会ったことがあった。たぶん宗介は、風邪をひいて医院へ出かけたのだろう。昨年の冬だった。

片岡医院は、団地内でも最も混むといわれている。しかし宗介は内科の場合は、決ってそこへ出かけた。一年前の春、彼が胃から血を吐いたとき往診してくれた医者だからである。

片岡の評判は、「マジメ人間」ということだった。五十前後のゴマ塩頭で、昼休みと休診日に団地のコートでテニスをするのが、唯一の楽しみらしい。宗介は、往診に対する返礼のつもりで、彼自身の著書を二冊、サインして片岡に贈呈した。

「どうも、本間宗介さんの文学はわれわれには、ちょっと肩がこりますなあ」

片岡は、宗介が診察室へ入って行くと、決って笑いながらそう挨拶した。

「しかし、運動不足は文学の大敵ですよ」

これも片岡の口癖だった。宗介は団地のテニスクラブへ入らないかと、何度か片岡から勧められていた。そのたびに宗介は、テニスコートの中を、白くて短いスカートで走りまわっている、団地の主婦の姿をちらりと思い浮かべた。しかし、いまだに入会はしていなかった。ただ、通りすがりに片岡の姿をテニスコートの中に発見すると、必ず金網に手をかけて、挨拶することにしていた。

宗介が林田夫人と出会ったときも片岡医院は、大へんな混みようだった。待合室の長椅子は、もちろん満員で坐れなかった。坐っているのは、ほとんど赤ん坊か幼児を連れた主婦たちである。宗介は、立ったまま石油ストーブに当って待っていたが、煙草を吸うのも気がひけるような雰囲気だった。

「あら!」

と林田夫人から声をかけられたとき、宗介はとっさに彼女が誰であるのか、思い出すことができなかった。

「お風邪ですか?」

「ええ。どうも……」

宗介が、彼女が林田夫人であったことを思い出したのは、検尿用のガラスコップを手にした彼女が、トイレットへ入ってからだった。石油ストーブは、トイレットの入口付近に置かれていたのである。

彼は、そのままそこに立っているべきかどうか、ちょっと考えてみた。検尿用のガラスコップを手にしてあらわれる林田夫人に、もう一度あらためて挨拶すべきか、どうか? 結局、宗介は、ストーブの傍を離れ、靴脱ぎ場の方へ行ってから、煙草に火をつけた。

林田夫人が、行方不明になったのは、それから数日後ではなかっただろうか？

検尿用のガラスコップを手にした林田夫人の姿を、宗介は見なかった。石油ストーブの傍を離れて、玄関の靴脱ぎ場のところで、立ったまま煙草を吸っていたからだ。

十

片岡医院の待合室は、決して居心地のよい場所とはいえない。いつ行っても満員で、待たされるためだけではなかった。診療科目は内科、小児科、レントゲン科となっているが、平日の昼間、患者はほとんど女子供だった。中に、ときたま老人の姿が混っていたが、働きざかりの男の姿は、まず見当らなかった。宗介は、その待合室では、どこからともなく眺められている意識にとらえられずにはいられなかった。それは、たまに出演するテレビのせいではなく、いわば女子供専用バスに、便乗させてもらっているような感じである。

「何かサービスでもしなければいけないのだろうか？」

とさえ宗介は考えたほどだ。

例えば、待合室で滑って転んで泣き出した子供を助け起すとか、腰かける場所がなくて立ったままでいる主婦の背中にくくりつけられた赤ん坊に笑いかけるとか。

「まさか！」

そんな必要がどこにあるだろうか？　片岡医院の待合室は女子供専用バスではない。そしてオレは、べつにそこへ便乗させてもらっているわけでもない。当り前の話ではないか。

しかし、そう打ち消したすぐあとから、宗介はこうも考えてみずにはいられないのだった。もし、待合室で滑って転んだ幼児を素早く助け起したり、主婦の背中の赤ん坊に向って、いとも気軽に笑いかけたりすることができたならば、どんなにか気楽なことだろう。少なくとも、片岡医院の待合室という場所が、いまより数倍は居心地のよいものとなるであろうことだけは、確かだ。

いったい、どちらが男性的な態度といえるだろうか？　また、どちらが、十歳の男の子と五歳の女の子の父親らしい態度だろうか？

もちろん、結論は出なかった。したがって宗介は、いつもの通りの居心地の悪さを感じながら、ぎこちない態度で、煙草を吸っていたのである。

「本間さん、お忙しいときは、裏口から入って、いいですよ」

宗介は、片岡からそういわれたことがあった。そのとき、彼は正直いって、悪い気持ではなかった。そして幾度かそうしてみようと、片岡医院の裏口の方へ足を向けたこともあった。しかし、いまだ一度も、その裏口を利用したことはない。

ウシロメタイ、という意識は確かにあった。が、正義感のためというのは、やや大げさ過ぎるようだ。バカ正直？　臆病者？　それともただの不精者だろうか？　と宗介は考えた。

「ごめん下さい」

と、裏口から入って行く。そのとき、

「どなたですか？」

と宗介の顔を知らない看護婦から問い返される。その瞬間、たちまち赤面してしまうのではないか、とおそれている点では、宗介は確かに臆病者である。しかし、そのとき看護婦に一言二言、弁明する手間を面倒臭がるところは、不精者ということになるのだろう。

宗介はそのことを、彼の妻に話したことがあった。

「それはあなたが、看護婦さんにまでモテたいという気持があるからじゃないの？」

と宗介の妻は答えた。宗介は、そのとき、思わずムッとした。

「裏口を利用しないのは、オレが忙しい人間じゃあないからさ」

「でも、病院に二時間はもったいないわよ」

宗介は妻のことばによって、不意を衝かれた感じだった。そして思わずムッとしたが、そのことから妻と口論を続けたわけではなかった。結婚当時であれば、おそらく口論となったであろう。しかし満十一年を過ぎたいまでは、そこで肩の力を抜く習慣を彼は身につけたようだ。

彼は深呼吸をした。

「ま、十一年間の観察の結果がそうであるのならば、それはそれできくに値するものということだろうな」

「だって、先方だって折角ご親切でいってくれてるんでしょう。あたしは、そう正直に受け取ってるだけなんですけど」

「だからさ、オレはそんなに急ぐ旅じゃない、というわけだよ」

宗介は一応、この裏口問題にはそう結論づけたい気持だった。

「お忙しいときには」と片岡がいったのは、おそらく親切からであろう。しかし、オレはそんな忙しい人間ではない。また、そんなに忙しい人間ではありたくもないのだ。

あるいはこれは、負け犬の論理かも知れない。しかし、問題は片岡医院の待合室の居心地ではないだろうか？

宗介は、幾人かの知人の顔を思い浮かべてみた。それらは、五年前まで彼が勤めていた某出版社の同僚であったり、現在つき合いのある新聞記者や同業者たちであったり、古い昔からの友人たちであったりした。宗介は、思い浮かべた幾人かの知人たちを、片岡医院の裏口を自然に利用できそうな顔と、できそうもない顔とに分類してみた。そして最後に、裏口へまわったときの自分自身を想像してみた。

すると、それは、大の男があれこれと考え悩むほどの問題ではないような気もした。何のことはない。それは一瞬のタイミングなのだ。そのほんの一瞬間を、面倒臭がるか臭がらないかの相違ではないだろうか。

しかし、もしそうだとするならば、待合室で滑って転んで泣いている子供を助け起こすことだって同じかも知れない。主婦の背中にくくりつけられている赤ん坊に、笑って見せることもまた、同様であろう。一瞬のタイミングという点では、どちらも同じなのだ。そしてもしその一瞬の手間を面倒がりさえしなければ待合室の居心地は、いまのように悪いものではなくなるだろう。だとすれば、何も裏口から入って行く必要もなくなるはずである。宗介は、そういう具合に、裏口を利用できない自分を正当化してみた。

「図々しいのか、気が弱いのか、まったくわからない人だわね」

というのが宗介の妻の意見だった。宗介自身としては、自分の弱さを、図々しく丸め込んでいるのだ、といった気持だった。オレは片岡医院の裏口を利用しなければならないほど忙しい人間にはなりたくない、という理屈で、丸め込んでいたのである。

十一

煙草を吸いながら、宗介は暫くの間、林田夫人のことを忘れていたようだった。しかし、名前を呼ばれて診察室へ入って行ったとき、レントゲン室から出てきた彼女にふたたび出会った。

片岡医院の診察室は、衝立で二つに仕切られており、名前を呼ばれたものは入口のドアを入って衝立のこちら側で、準備をして待つことになっている。注射を受けたり、電気治療を受けたりするのも、衝立のこちら側である。林田夫人に気づいたのは、こんどは宗介の方だった。しかし、彼は声をかけなかった。彼女は上半身裸だったからだ。毛糸のセーターで胸のあたりを覆った恰好で、彼女は衝立の向う側へ通り抜けて行った。

林田夫人の診察はやがて終った。

衣服を着け終った彼女は、上着を脱いで順番を待っている宗介に
「お先に失礼します」

と声をかけて、診察室を出て行った。

宗介は、そのとき、彼女に対して不思議な親しみをおぼえた。上半身裸の彼女を見たためであろうか？ もちろん、胸のあたりはセーターで覆われていた。しかし、背中にはブラジャーのあとが、はっきりと見えた。あるいは水着のあとだったかも知れない。とにかく宗介は、まるで一緒に身体検査を受けた同級生に対するような、不思議な親しみを、林田夫人におぼえたのだった。

「お大事に」

と宗介は、会釈を返した。しかし、考えてみればそのとき、彼女はすでに失踪を決意していたのではないだろうか？ レントゲン検査も、検尿も、失踪を決意した上での、健康診断だったのではないだろうか？ それとも単なる偶然だろうか？ 宗介がそう考えたのは、もちろん彼女の失踪の噂が、階段じゅうに広まってからだった。妻から話をきいたとき、彼はほとんど反射的に、片岡医院で出会った林田夫人を思い浮かべたのである。

そしていま、六畳間のソファーに腰をおろした彼が、団地循環バスの停留所に立っている彼女を見ながら思い浮かべているのも、そのときの彼女だった。

彼女は階段じゅうの主婦の中で最もスタイルが良いのではないだろうか？ 少々、頸がなが過ぎるかも知れない。しかし、すらりと伸びた脚は、若々しかった。背丈は、宗介よりも高いのではないだろうか？ 彼女にこそ、セーラー服は似合うのかも知れない。

それにしても、どのくらい彼女は行方不明になっていたのだろうか？ 宗介は、失踪の噂以来、はじめて

彼女を見たような気がする。

「少なくとも、かなり計画的な家出じゃないかな」

と宗介は、妻から噂をきいたとき、そう答えた。そして片岡医院の模様を話した。

「実家の方には帰っていないらしいわよ」

「ふーん、しかし、そういう情報はいったいどこから入ってくるのかね？」

実際、宗介にとっては、そちらの方に関心が強かった。いったいどうして、五階の一室に取り残された亭主の情報が、階段じゅうに逐一報告されるのだろうか？

すると、極めて自然に、薄緑色のエナメルで塗られた一本の鉄管が宗介の目に浮かんだ。洋式トイレットの鉄管である。その鉄管は、白い馬蹄型の便器に腰をおろすと、ちょうど背骨の真うしろのあたりを、五階から一階まで貫通していた。大人の両掌で包み込めるか込めないか、といった太さである。

同じような鉄管はもう一本、風呂場の中を貫通していた。しかし、そちらの方は宗介の目に浮かんでこなかった。何故だろうか？　たぶん、トイレットの中に腰をおろしているとき、宗介はより頻繁に真下と真上を意識させられたためと考えられる。団地生活満八年以上を体験したいまでは、宗介もその背骨の真うしろを貫通している、薄緑のエナメルで塗られた鉄管の中を降下して行く水音におどろかされるということはなくなってしまった。しかし、そこに腰をおろすと、宗介はほとんど反射的にまず足下の床を眺め、それから、天井を仰ぎ見るのだった。白くて四角い天井は、すなわち四階の床の下であり、薄茶色をした床はすなわち二階の天井の上である。

もちろん五階の噂が、トイレットの中を貫通している、薄緑色の鉄管を伝わってくるはずはなかった。ただ宗介にとっては、階段の中から発生して、いつともなしに広がって行く噂というものが、何とも不思議なものに思えたのである。

妻に失踪された男が、階段じゅうにそれを知らせて歩けるものだろうか？　夕方暗くなっても帰宅しない子供を捜すのとは、わけがちがうのである。

「そうだろう？」

「あたしがきいた話ではね」

と宗介の妻はいった。

「だから、誰からきいたのか、それをききたいわけだ」

噂とはいったい何だろう？　と宗介は考えた。噂とは、つまり声だ。

「そうじゃないかね？」

と彼は妻に向っていった。

「声から、声……ということじゃないかね。ま、耳から耳……でもいいけど、いったい誰の声が誰の耳に入り、それが次々に伝播して、結局この耳に入ったかということだよ」

「そんなこといったって、ムリですよ」

「どうして？」

「誰がいい出したのかわからないから、噂話っていうことじゃないのかしら？」

「しかしだね、まさか階段のどこかから、テープレコーダーに吹き込んだ音がきこえてくるわけじゃないだろう。そんなバカなことはないじゃないか？」

「何だか、あたしが犯人みたいないい方しないでよ」

「犯人？」

「何だか刑事の訊問みたいないい方だって、いうことです」

「ふーん」

と宗介は、そこで溜息をついた。

十二

結局、宗介にわかったことは、林田夫人の真下に住んでいる四階の野村夫人が、郵便局の窓口で、林田夫人の小包の宛名を見たらしい、ということだった。

野村夫人が、何かの用事で郵便局へ出かけると、ちょうど受け付け終った直後らしい書留小包に、窓口の係員が切手を貼っているところだった。その間、彼女は窓口で待たされたため、べつに見るつもりではなかったが、それが林田夫人の小包であることを知ったのだという。

小包の宛先は、名古屋だった。しかし、林田夫人の姿は、すでに郵便局の中には見当らなかった。団地の郵便局は、いわゆる三等郵便局である。窓口の係員は男一名、女二名。部屋の奥の方に、五十前後の局長が机に向って、面白くもおかしくもなさそうな顔つきをしている。

「それにしても、野村夫人というひとは、ずい分と目がいいんだねえ」

と宗介は感心した。しかし、宗介の妻の方は、大しておどろいてはいないようすだった。

「あのひとは、千里眼なのよ」

「遠いものばかりじゃなく、近いものも、よく見えるじゃないか」

「なにしろ、ベランダに干して置いたニンニクを発見されちゃったんですからね」

「ニンニク?」

妻の話によると、野村夫人は、ラッキョウと一緒に干していたニンニクを、四階のベランダから見分けたというのである。

「いきなり頭の上から声がかかって、そのラッキョウの隣りにあるのは何ですか?　ってきかれたときには、おどろいたわ」

「ラッキョウとニンニクをねえ」

「両方とも、きれいに皮をむいてあるわけよ。それを四階のベランダからのぞき込んで見分けちゃったんですからね」

「郵便局の小包の宛名などはのぞかなくっても見えちゃうわけか」

宗介は職業柄、団地の郵便局には比較的出かけることが多い。書物の批評文や、新聞雑誌用の短い随筆原稿などを郵送するためだった。その種の原稿は、ふつう書留か速達かにするので、ポストへ投げ込まずに、窓口へ直接持参するわけである。

五十前後の郵便局長は、小肥りの男だ。宗介は彼に好感を抱いていなかった。あるとき宗介が、原稿郵送用の大型封筒に十数枚程度の原稿を入れて、速達便を頼みに行くと、たまたま局長が窓口に坐っていた。封筒を差し出すと、まず彼はそれを卓上の秤にかけた。それは当然である。しかし、そのあと、料金を計算するまでに、二度も窓口を離れたのである。一度は預金係の女子事務員の方へであり、二度目は彼本来の席である局長用の机の方へ、だった。

何の用事だかはわからないが、宗介は腹が立った。自分が局長であることを宗介に知らせるためだろうか？ しかもその上、抽出しの中から料金表まで取り出して眺める始末である。それでようやく、切手の値段が決まったわけであるが、宗介がさらに腹を立てさせられたのは、料金を受け取ったまま封筒に切手を貼ろうとしないことだった。こういった場合、市民はいったい、どういう形で公務員に抗議をすることができるだろうか？

宗介はそのノロマな郵便局長から、

「どうもありがとうございます」

などということばを待っていたわけはない。ただ、彼の手に委ねた原稿の封筒に切手が貼られ、速達の赤いゴム印が捺されるのを待っていただけだ。

宗介は、腹を立てながら、窓口に立っていた。そして、隣の女事務員の机の上を眺めている小肥りの男の頭を睨みつけながら、二、三度、下駄でコンクリートの床を鳴らした。すると、その五十前後の小肥りの男は、立ちあがって奥の方の、局長席へ歩いて行ったのである。

これはいったいどういうことだろうか？　もっとも、速達郵便は、依頼者の見ている前で、その封筒に速達のゴム印を捺さなければならない、などという規定は郵便法にはないのかも知れない。しかし三等郵便局の局長が、自分の手で封筒に切手を貼りつけてはならない、という規定もないのではないだろうか。いやしいというくも日本国家の郵便局の業務を疑おうというのではない。郵便局を信頼せずに、どうして原稿を郵送することができるだろうか。宗介は、自分にとって最も重要なものを、郵便局に委ねているのである。だからこそ、封筒の表に赤い速達のゴム印が捺されるのを見届けると、

「お願いします」

と窓口の係員に声をかけて帰ってくるのだった。信頼できないものに、誰がお願いできるものだろうか？何も宗介は、五十前後の小肥りの男に、愛想笑いを要求していたわけではないのである。宗介は腹を立てながら郵便局を出てきた。しかしそれは、腹を立てながらも、結局は何もいうことのできなかった自分自身に対する腹立たしさでもあったようだ。

こんどのときは、下駄を鳴らすだけでなく、何とかあいつにいってやろう！　しかし、それ以来、宗介は、小肥りの局長に窓口では出会わなかった。

郵便局長に対する宗介の腹立ちは、決して治ったわけではなかった。実際、彼は、いろいろと具体的な復讐の方法を考えてみたりもしたのだった。もちろん、いまだ実行には移されていないわけであるが、宗介と

しては、自分の職業が郵便局長によって、不当に侮辱された気がしたのである。

あるいはこれは、一非流行作家のヒガミというものだろうか？　と宗介は考えた。しかし、少なくとも郵便局長に対する彼の腹立ちは、同時に彼の不安でもあった。速達で出した原稿が、予定通り到着するかどうかということは、宗介の職業上きわめて重大なことだったからである。

しかし、野村夫人の千里眼ぶりを妻からきいたとき宗介が思い出したのは、またべつな郵便局長の姿だった。奥の方の局長用の机の上に、赤い栄養剤の粒を並べて数えている、五十前後の、小肥りの男の姿である。宗介はあの失礼きわまる速達事件以来、何度も郵便局へ出かけている。そして、郵便局長の、そのような姿を、何度か見かけていたのだった。

しかし、野村夫人によって発見されたその小包の宛先はついに五階の林田氏には伝わらなかったようだ。

「そこまで他人の家庭問題に立ち入るのはどうかと思う。それに小包の宛名を見たのは、まったくの偶然に過ぎないのだから」

という野村夫人の意見と、

「事情はどうであれ、やはり教えてやるのが隣人の義務というものやないんやろうか」

という飛田夫人の意見が対立したためである。

十三

「で、結局はどうなったのかね？」

と宗介は妻にたずねた。

「さあ……」

要するにこの結末も、宗介にははっきりわからないままだった。ただ宗介は、そのときの野村夫人と飛田夫人の意見の喰いちがい方を面白いと思った。一階の住人である飛田夫人と、林田家の真下に住んでいる四階の野村夫人。この階数のちがいが問題ではないだろうか？

「どうやら人間というものは、自分の頭の真上に住んでいるものを本能的に憎悪したくなるもんらしいからね」

「ふーん。そんなものですかね」

「だって現実に、四階のベランダから、いきなりニンニクをのぞき込まれたりすりゃあ、いい気持はせんだろう？」

「まあ、あのときはあたしもおどろいたけどさ」

「それに、夫婦喧嘩に関しても、二人の意見は喰いちがってるんだろう？」

「そりゃあ、直接下の野村さんと一階の飛田さんじゃあ、もちろんちがうでしょうよ」

「だったら、やはりそうじゃないか？」

「だったら、って？　でもね、その話は、ちょっとまた、ちがうんです」

「ちがうって、何がだ？」

「うーん、そうねえ。つまり……」

「要するに、音の解釈のちがいっていうわけだろう？」

「まあ、そういうことだわね。つまり四階ではその騒音を、夫婦喧嘩だといっているらしいし、一階の奥さんは、喧嘩じゃなくて別の音じゃないか、っていうわけ」

「ここまではきこえないようだけど、いつごろやってるのかな？」

「何いってんのよ！」

「何いってんのよって、喧嘩の話だよ」

しかし、夫婦喧嘩の声や物音が果して鉄筋コンクリートを通してきこえるものだろうか？

「五階の林田夫妻は、窓ガラスをあけ放って夫婦喧嘩をするのだろうか？」

と宗介はそのとき本気で妻にたずねた。

「まさか！　わざわざそんなことはしないでしょうよ」

「しかしね、もし五階の夫婦喧嘩の声が四階の野村家へきこえるとすれば、それは一旦、外へ出た声だと思うがね」

「外へって？」

「窓の外だよ」

「じゃあ、四階の方でも窓をあけてるわけかしら？」

「必ずしもそうじゃないだろう。一旦窓の外へ出た声は、こちらが窓を閉めていてもきこえてくる場合があるだろう」

「そういえば、自動車の音だってきこえるわね」

深夜、まるで１０４号棟の不寝番のように起きている宗介の耳には、いろいろな物音がきこえてきた。団地の裏側を東京都心部へ向って走り抜けているバイパスを通行する自動車の音はもちろん、団地内の舗装道路を帰宅するものの靴音もきこえる。ハイヒールか、紳士靴かの区別さえつく。

１０４号棟の階段の下、つまり宗介が仕事机を据えつけている北向きの四畳半の窓の真下あたりに停車した車が、奇妙なリズムでクラクションを鳴らすのは、だいたい夜の九時過ぎごろである。はじめ宗介は、その奇妙なリズムに腹を立て、ガラガラと音をたてて北側の窓をあけて首を出した。窓の下の通路には、黄色いボデーに白い線を入れた、一台のスポーツカーが停車しており、運転席から首を出した若い男が、三階の窓を見あげていた。１０４号棟の三階の窓であるが、宗介の部屋ではない。

スポーツカーの若い男が見上げていたのが、宗介と同じ三階で隣り合っている佐藤家の窓であったことは、やがて判明した。階段の方で足音がして、佐藤家の一人娘があらわれたからだ。彼女は高校を卒業したのだろうか？　超ミニのスカートの裾のあたりまで、髪をたらしている。

宗介は窓を閉めた。すると、若い二人の笑い声がきこえた。それからスポーツカーの発車する音がきこえた。クラクションの奇妙なリズムは、それから一日おきくらいに、決って九時半ごろきこえてきた。

「ア・ソ・ボ！」

と幼児が呼ぶような、おどけたような、甘えたような調子だ。すると間もなく、佐藤家の玄関のドアのあく音がきこえ、一人娘がサンダルで階段を降りて行く足音がきこえ、若い二人の笑い声がきこえ、そして最後にスポーツカーの発車する音がきこえる。

また、夜の十二時を過ぎるころ、決って宗介の部屋の窓の下付近に、一台の黒い乗用車が停った。エンジンをかけたまま、停車している。バタンとドアの閉まる音がしたあと、決って女の声と男の声がきこえた。

「どうもありがとう！」

「じゃあ、おやすみなさい」

宗介がカーテンを割ってのぞいてみると、黒い乗用車はUターンして消えて行った。降りた女は、ハンドバッグをさげている。どこの主婦だろうか？　コツコツとハイヒールの音をさせて、宗介たちの階段下を通り過ぎて行った。キャバレーのホステスでもやっているのだろうか？　黒い乗用車の運転手は、そこのマネージャーかボーイかも知れない。とにかく、毎晩、決って十二時過ぎにきこえるのだった。そのあと、

「おーい！」

という酔っ払いの叫び声がきこえることもある。

s.yamanobe.

十四

宗介はあたかも団地の不寝番でもあるかのように、ほとんど毎晩、午前三時から四時まで起きているにもかかわらず、いまだ一度も、林田夫人の悲鳴をきいたことはなかった。

「何となく、おかしいな」

「だって、四階じゃあ、そういってるんだから仕方ないでしょう」

「まさか、ダイニングキッチンで暴れまわるわけじゃないだろう？　だとすれば、下まで物音がきこえるわけはないと思うがね」

ダイニングキッチンの天井は、確かにときどき音をたてた。四階の子供が、食卓用の椅子から落ちたり、椅子そのものをひっくり返したりする音だろう。しかし、団地の天井は、たとえ上から火が出ても、決して類焼しない耐火建築のはずだった。その上、ダイニングキッチン以外の部屋には、畳が敷いてあるのである。

「野村夫人の、被害妄想じゃないのかね？」

要するに宗介は、四階の野村夫人を疑っているのだった。そしてその理由は、

「人間はどうやら自分の真上に住んでいる人間を憎悪せずにはいられないものらしい」

という彼の考えに則ったわけだ。

もちろん宗介は、野村夫人の口から彼の妻に伝えられる噂に、無関心なのではなかった。ただ、宗介の関心は、噂そのものよりも、どちらかというと、噂が伝播して行く経路の方に、より強く示されていたとはいえるかも知れない。

人間の噂というものは、いったいどういう形で広がって行くのだろう？　宗介にはその噂の経路というものが、どこから入ってどこへ抜けるのか、入口も出口もわからなくなってしまっている、不思議な迷路のよ

うに思えるのだった。

林田夫人の場合も、例外ではなかった。宗介がその噂に関心を抱くのは、不思議な迷路めいた噂の経路というものを、この団地の階段という狭い限られた集団の中で、具体的に確かめてみたかったからに他ならない。

「団地における噂の経路の探求」――これは決して小さくないテーマではないだろうか？　と宗介には考えられた。少なくとも大の男がクチバシを挾むに値しない問題である、とは断言できない。しかし、結局は、何もわからないままだった。

単なる、衝動的な蒸発だろうか？　宗介は考えた。そして、いつか見たテレビ番組を思い出した。大阪出身の漫才夫婦が司会する視聴者参加番組である。その漫才夫婦は、いまは離婚しているらしいが、番組に出てくるのは視聴者の中から選ばれた現実の夫婦である。宗介が思い出したのは、そのとき出演した三十前後の夫婦であるが、「夫への注文は何か？」という司会者の質問に対して、妻は次のように答えた。

「どこといって欠点はないけれども、ときどきふらっと家出する癖だけは直してほしい」

それに対して夫の方は、ただ頭をかいているだけであったが、宗介は画面を見ながら、その夫の家出の原因は、妻の性欲が強過ぎるためではないだろうか、と考えたのである。

宗介が思い出したテレビ番組に出ていた夫婦の場合、家出した夫は、一週間くらい経つとまた家へ戻ってくるという。家出の周期は、だいたい月に一回くらいということらしい。そして宗介がその夫の家出の原因を、妻の性欲が強過ぎるためではないかと想像したのは、月に一度という周期のためであった。もちろん、テレビであるから宗介の判断と想像には、その画面に写っていた夫婦の、体つきや、顔や、ことば使いや、その他の細かい態度なども関係している。

「ご主人、浮気するような顔には見えまへんがなあ」

と司会者はいっていたが、宗介にも、その夫の家出の原因は浮気とは思えなかった。妻の方にも、それははっきりわかっているのではないだろうか？　宗介にはそう考えられた。ただ宗介にわからなかったのは、何故、彼ら夫婦が揃ってテレビ番組に出演する気を起こしたのか、ということだった。

宗介は、林田夫人の失踪について考えながら、ふと、そのテレビ番組を思い出したわけだ。あるいは飛田夫人は、林田夫妻に関して、あのテレビに出ていた夫婦と正反対の場合を想像したのではないだろうか？

しかし結局は彼女が行方不明になった理由は、わからないのである。野村夫人が発見したという小包の宛名の場所が、果して彼女の失踪先であったかどうかも、不明のままだ。はっきりしているのはただ、彼女がふたたびこの団地の104号棟へ舞い戻ってきたことだけだった。そして、ああして買物籠をさげ、団地循環バスの停留所に立っていることだった。

しかし、本当に彼女は失踪したのだろうか？　それとも宗介が耳にしたと思い込んだ噂はすべて、何かのまちがいか錯覚であって、そもそも彼女の失踪事件など、はじめからなかったのだろうか？

団地の郵便局の窓口で、たまたま野村夫人の目に入った小包の宛先は、たぶんまちがいなく名古屋であったのだろう。そして、それから数日後、とつぜん林田夫人の姿が見えなくなったのも、たぶん現実だろう。ただ問題は、それが果して失踪であるか、どうかだ。その真相は結局、確かめられなかった。確かめられないまま、林田夫人は、ふたたび104号棟の五階へ舞い戻ってきたのである。

失踪か否か？　宗介にもわからなかった。しかし、失踪の噂だけは確かにあったのである。104号棟の階段じゅうに、その噂だけは実在したのだった。

「どうやら、これが結論らしいな」

宗介はそう独り言をいった。

「噂だけが、実在したというわけだ」

宗介は、新しい煙草に火をつけると、六畳間のソファーから立ちあがった。ようやくバスがあらわれたからだ。林田夫人がバスに乗り込むのを眺めながら、宗介は窓をあけた。走り出したバスを目で追って行くと、レンギョウの黄色い繁みが宗介の目に入った。そしてその中から、幼稚園の帽子を被った女の子が三人、転がるように走り出してくるのが、見えた。

やがて宗介はその中の一人から、大きな声で呼びかけられた。

「お父ちゃーん！」

マンモス団地の日常

一

「お父ちゃーん！」

　という声がもう一度きこえた。

　宗介がガラス窓から顔を突き出すと、芝生のニセアカシヤの下から、三つの顔がこちらを見上げている。顎かけゴムのついた紺の帽子。桃色の通園カバン。真中で手を振っているのが、宗介の長女の友子である。

　宗介は、手摺りから上半身を乗り出すようにして、手を振り返した。すると、二人の女の子も宗介に向って手を振りはじめた。

　二人とも顔見知りの子だった。右側の長顔の方がカヨちゃん、左側の丸顔の方がユミちゃん。宗介が二人の名前まで知っているのは、二人ともよく遊びに来るからである。友子の方も、二人の家へ遊びに行っているらしい。

昼間、仕事中に玄関のブザーの音で宗介が立って行くと、ちょうど顔の広さに開かれたドアの向う側に、どちらかの顔が見えることがあった。友子の方も、二人の家へ遊びに行ったときは、そうやって玄関のブザーを鳴らし、ドアの隙間から顔を出すのだろう。ただし、宗介のように、そこへ父親が顔を出すことはあるまい。

「カヨちゃんちも、ユミちゃんちも、お父さんは会社にお出かけするのに、どうしてトモコのお父さんは会社へお出かけしないの？」

「おうちでお仕事してるからさ」

「じゃあ、おうちが会社なの？」

「会社でお仕事するお父さんもいるし、おうちでお仕事するお父さんもいるんだよ」

宗介は長女と、何度かそのような問答をしたことがあった。幼稚園で父親のことが話題になるのだろうか？　あるいは長女の疑問は、昼間でも家にいる宗介に対する、カヨちゃんやユミちゃんの疑問なのかも知れない。彼女たちの眼には、自分たちの父親とは異なる宗介の存在が、不思議なものに写るのだろう。

二人の父親のことを、宗介はもちろん何も知らない。名前も年齢も、勤め先もわからない。また知る必要もないわけである。必要なのは、ただ棟番号と室番号だけだった。それさえわかっておればよいのである。つまり友子の場合には、１０４号棟の３０３号室の友子ちゃんということになるわけだった。

友子は、それを「イチマルヨンのサンマルサン」と読んでいる。まことに便利な表記である。おそらく子供たちにとってばかりでなく、郵便配達にとっても、これほど便利な住所表記はあるまい。「イチマルヨンのサンマルサン」さえわかれば、本間宗介の名前などなくとも郵便はまちがいなく届けられるわけだ。

枝をおろされたニセアカシヤはまだ半分裸だった。背丈はちょうど、宗介が上半身を乗り出している、三階のガラス窓の手摺りくらいだ。ノコギリで切断された枝の、丸い断面を、宗介は見おろすことができた。

八年以上経っているにもかかわらず、何とも貧弱なニセアカシヤである。しかし、その丸い断面からは、確かに新芽が生え出してきていた。何ともイジマシイ限りではないか。

「お父ちゃーん！」

ニセアカシヤの根本では、三人の女の子が、兎のダンスのように跳ねまわっている。

「何だね？」

「トモコたちねえ、あしたからおべんとうナシだって！」

いつもの定位置に小型トラックを停めて商いをしている野菜売りの若い男が、チラリと宗介の方を見上げた。視線が合った。しかしここで照れてはいけない。宗介は両手をあげて伸びをした。そして、

「あ、そう！」

と答えた。

二

「明日からお弁当ナシ」ということは、春休みも近いということだった。春休みが終れば、ニセアカシヤの下で跳びはねている三人の女の子は、年長組ということになるわけである。

宗介の長女が通っているのは、北海道のある修道院が経営しているカトリック系の幼稚園だ。いま小学校四年生である長男も、その幼稚園へ通った。しかし、わざわざカトリック系の幼稚園を宗介は選んだわけではない。妻の希望というわけでもなかった。たまたまそこが一番近かっただけの話である。

宗介がいつか腹を立てたことのある郵便局の、すぐ裏側が幼稚園だった。先生は、黒い修道服を着けたシスターと、俗服のままの女教師と半々くらいで、シスター先生たちは幼稚園の二階に寝泊りしていた。団地内には他に三つの幼稚園があったが、宗教関係のものはそこだけである。したがってその幼稚園の二階は、

宗介の住んでいる団地内で、最も神秘的な場所であるということができよう。

しかし、幼稚園内はべつに男子禁制というわけではなかった。運動会、学芸会、バザー等にはもちろん父兄が招待されるし、父親参観日というものもあるのである。

とはいえ、団地内のマーケットで買物籠を手にした黒い修道服のシスターが魚や野菜を買っている姿を目撃したとき、やはり宗介は不思議な気持になったものだ。

幼稚園の屋上に、白い洗濯物が干されているのを見たときも、同様だった。何が干されていたのかは、はっきりしなかった。ただそのとき宗介は、幼稚園の二階に住んでいるシスターたちが、できることなら、彼女たちの生活を愉しんでいて欲しい、と考えたようだ。修道院の戒律について、くわしい事情を宗介は知らなかったが、彼女たちが、幼稚園の二階において黒い修道服などは脱ぎ捨てた自由気儘な恰好で生活する場面を想像してみたのである。

ミニスカートあり、ノースリーブあり。ジーンパンツに上半身裸だって構わないだろう。宗介は、そのような自分の想像が、決してキリスト教というものを冒瀆するものであるとは考えなかった。また、単なる卑猥な妄想であるとも思わなかった。

むしろ宗介は、現代の物質万能主義的文明に抵抗して、園児には必ず母親手作りの弁当を持参させているその幼稚園の方針には、好感さえ抱いている。だからこそ、自由に振舞ってもらいたいと思うのである。もちろん、それは秘密だ。幼稚園の二階においてだけの話である。その他の場所では、あくまでも厳粛な黒い修道服を身にまとうべきである。なにしろそれは、彼女たちの象徴だからだ。

これは偽善というものではあるまい。いうなれば、われわれ人間が現実に生きてゆくための、《形式》とでもいうべきものだ。考えてみれば、人間は《形式》を信じて生きているのではないだろうか？　いや、《形式》を信じなければ生きてゆくことはできないのかも知れない。幼稚園のシスターたちはその二階以外の場所でだけ、修道服を着用する《形式》を厳守しさえすればよいのではないだろうか？要するに宗介は、黒い修道服を着けた幼稚園のシスターたちが、ミニスカートの内側まで露出させて自転車をこいでいる団地の主婦たちの姿を見て、余計な反撥や欲求不満をおぼえない方がいいのではなかろうか、と考えたわけだった。それとも、そんなことは宗介の余計なオセッカイというものだろうか？

三

黒い修道服を着た幼稚園の先生たちの心理状態まで心配するというのは、確かに宗介のオセッカイというものだろう。それは宗介にも認められた。しかし、彼女たちが、年々歳々子供が増加する一方であるこのマンモス団地の中で、次から次へと生まれてくる子供たちの面倒を見るというのは、いかにも皮肉といわなければなるまい。

団地の葬式は、集会所でおこなわれる。集会所は五つあって、最寄りの場所を使用するわけだ。これは大へん便利な方法だ、と宗介はいつか感心したことがあった。

しかし、八年余りも住んでいるにもかかわらず、宗介が集会所の前に葬儀用の花輪が並んでいるのを見たのは、数える程しかない。せいぜい五、六度ではないだろうか？

つまり、老人が長生きしているわけだ。約七千世帯の夫婦の平均年齢は何歳であるのか、正確な数字は宗介にもわからなかったが、世帯数は増加しないにもかかわらず人口だけが増加するというのは、要するに子供が生まれるということだろう。そしてその増加の勢いはどのようなものであるかといえば、八年余りの間に、小学校一つ分増えたという有様である。

宗介たちが入居したとき、団地内の小学校は二つだった。それが昨年から三つになり、宗介の長男は地区の関係で新しい方へ移された。きくところによると、来年にはもう一校増えるそうだ。まったくおそろしい勢いであるが、当然といえば当然かも知れない。

現在の日本人の平均家族数は三・七五人という話であるが、団地で見るところによれば、子供二人というのが標準のようである。しかし、はじめから子供二人を連れて入居したわけではない。とすれば、子供一人だった夫婦が入居してからもう一人を生めば、団地の子供が二倍に増加するのは当然ということになるわけである。最初二つしかなかった小学校が、八年後に四つに増えることは、さしておどろくには当らないのかも知れない。

これは決して他人事ではなく、宗介自身の場合も、例外ではなかった。入居したときにいたのは、長男だけだった。五歳である長女は、この団地で生まれたのである。これは、完全なる団地ッ子だ。芝生のニセアカシヤの下で兎のダンスをしている他の二人の幼稚園仲間も、おそらく同じだろう。

いったい彼女たちはどこへお嫁に行くのだろう？

宗介はそんなことを考えた。まったくとつぜん、そう思ったのである。

彼女たちは幼稚園友達だ。しかし、いつまでこの団地で一緒に成長することができるのだろうか？

宗介は、団地内循環バスの停留所で、高校のセーラー服を着たカヨちゃんやユミちゃんから、おじぎをされる場面を想像してみた。そういう情景は、果して現実に起りうるだろうか？　十年ないし十二、三年先の話である。それまで彼女たちはこの団地に住むであろうか？　もちろん彼女たちにわかるはずはなかった。宗介自身にさえわからないのである。

三人の幼稚園仲間は、いずれは分れ分れになるだろう。そしてそのことは、べつに悲劇でもなんでもない。ただ、彼女たちの兎のダンスを眺めているうちに、芝生に生えている貧弱なニセアカシヤに対して、宗介は奇妙な悲哀をおぼえたのだった。いかに貧弱でイジマシイものであったとしても、いまその下で跳びはねている三人の幼稚園友達にとっては、それはかけがえのない、《生れ故郷》の思い出の樹となるものだろうからである。

四

コンクリートだらけの、鉄筋長屋の集団であるマンモス団地が、果して《生れ故郷》と呼べるかどうか。正直なところ宗介にもはっきりした意見の持ち合せはなかった。

ただ、そこが少なくとも、団地ッ子たちの生まれた場所であることだけは確かだ。宗介の長女およびその幼稚園友達が生まれた場所は、この団地以外のどこでもない。宗介の長女の場合、実さいに生まれた場所は東京は神田にある某私立大学病院の一室であったが、だからといって彼女を《神田ッ子》と呼ぶわけにはゆかないだろう。臍の緒を切って何週間目かにはこの団地へ戻ってきたのであり、人間として、はじめて人間の世界を眺めたのは、他ならぬこの団地においてであったのである。

したがって、故郷を喪失した悲哀といったものを秘かに味わっているのは、父親である宗介の方だけなのかも知れない。確かに宗介は、自分の住んでいる団地であるにもかかわらず、そこを愛しているとはいえなかった。べつだん宗介が、人一倍の感傷家だからではない。また、この団地を憎悪しているというわけでもない。憎悪するどころか、現在の宗介にとってこの団地は、かけがえのない住居であった。

しかし、だからといって芝生の中にぽつんと突立っている貧弱なニセアカシヤを愛することができるだろうか？

宗介にはやはりできないような気がした。しかし、もし宗介の長女がその樹を愛しているとしたらどうであろうか？　あんな貧弱なニセアカシヤを愛するものではないと、果していうことができるだろうか？

宗介は、そのときいつか鎌倉の光則寺で見た、樹齢数百年といわれる海棠(かいどう)を思い出した。あいにく花は咲いていなかったが、鎌倉一といわれるだけのことはあると、その枝ぶりの見事さに感心したものだ。

しかし、どうせ愛するならば、あんな貧弱なニセアカシヤではなく、あの光則寺の海棠のような樹を愛すべきだ、と長女に向っていうことができるだろうか？

長女に限らず、それは長男の場合も同じことだった。長男の泰介は、バイパスとの境目にあるドブ川にザリガニを採りに行って、何度もはまり込んだものだ。幅一メートルほどのドブ川で、金網をめぐらせてあるのだが、それはいわば、子供たちが乗り越えるために張りめぐらされているようなものだ。宗介の長男は、母親から何度叱られても、全身ドブネズミになって帰ってくることをやめなかった。幼稚園の年長組から小学校一、二年生にかけての頃である。

「まあ、いいじゃないか」

とそのたびに宗介は妻にいったが彼がそのドブ川を愛していたわけではないのは、ニセアカシヤの場合と同様だった。

しかし、だからといって、そんなドブ川を愛するよりは、筑後川のような堂々たる川を愛しなさいと、長男に向っていうことが果してできただろうか？

宗介はとつぜん、二人の子供たちと一緒にどこかへ散歩に出かけたくなった。

五

宗介を子供たちと一しょにどこかへ散歩に出かけたい気持に駈り立てたのは、幼稚園帰りの三人の女の子の姿だった。

遊びをせむとや生れけむ
戯れせむとや生れけむ

遊ぶ子供の声きけば
　吾が身さへこそ揺るがるれ

この古い歌が宗介は好きだ。これこそ大人の悲しみというものではないだろうか？　子供を持った大人の悲しみである。いい換えれば、もはや子供ではあり得なくなった大人の悲しみといえるだろう。

宗介は、原稿の締切りにせき立てられながら、仕事机にしがみついているとき、その古い歌を不意に思い出すことがしばしばだった。そういうときに、窓の外から、わめくようにして遊んでいる子供たちの声がきこえてくると、もうじっとしてはおれない気持になってしまう。

「お前さん、いったい年はなんぼなのかね？」

こう自分に問いかける余裕がなかったならば、おそらく宗介は、そのまま仕事を放り出して、子供たちの声のする方へ、キチガイのようにとび出して行ったかも知れないのである。

ある晩、宗介は、テレビを見ていて、あの宗介の愛好している古い歌がコマーシャルに使用されているのに気づいた。

出演者は高名な新劇夫婦であった。もちろん宗介も知っている。その新劇俳優であり、新劇女優である夫婦が、緑の芝生の中を竹馬に乗ったり、落ちたりして戯れているフィルムが写り、妻である新劇女優の方の声が、

「遊びをせむとや生れけむ
戯れせむとや生れけむ」

と、いかにも新劇女優らしい朗読調のいいまわしで入るわけだ。

ビールのコマーシャルだった。しかもそのビールは、宗介が酒屋から取りつけのビールである。宗介の父親も、確かそのビールを飲んでいたように、彼は記憶していた。宗介は家では必ずそのビールを飲むことに

している。

しかし、そのテレビのコマーシャルを宗介は好きになることができなかった。出演している新劇夫婦が特に嫌いだというわけではない。また、コマーシャルそのものも、キチガイじみた音をたてる自動車会社のものなどにくらべれば、たぶん《優良》の部類に属するといえるだろう。女性週刊誌等が毎年おこなっているような、《愛読者が選ぶコマーシャル・ベスト10》といった種類の投票では、おそらく上位に入ることうけ合いであろう。出演者は日本を代表する一流の新劇夫婦であり、写真も決して下品ではない。

宗介もその点に関しては、べつに異存はなかった。ただ、あの古い歌の解釈に腹を立てたわけだ。あの歌を新劇口調で朗読している女優が、竹馬に乗ったり落ちたりしながら、亭主と一緒に戯れていては、いけない。いけない、というより、まちがいというべきだろう。

あの歌は、大人の悲しみの表現だからである。失われた童心を、竹馬に乗ることで取り戻そう、というような、安っぽいものではない。大人のノスタルジーをくすぐろうという程度の、甘いものではないはずだった。

しかし、テレビの前で腹を立てているうちに、宗介は咽喉の渇きをおぼえた。これはいったいどういうことだろうか？　宗介はニガニガしい気持で、妻に声をかけた。

「ビール！」

六

宗介は必ずしもビール党というわけではなかった。家の外で飲むときは、むしろウイスキーの水割りが多かった。

しかし家にはビールを、切らさないようにしている。小瓶と大瓶の両方で、それは、宗介がいつか腹を立てたあのテレビコマーシャルと同じ銘柄である。

「今度からビールを変えますか？」

と妻はいった。コマーシャルに腹を立てていた宗介に、気づいていたようすである。

「ふーん」

と宗介は照れ笑いをした。妻のことばは、皮肉といえば皮肉であろう。しかしこの際、宗介も割り切らざるを得なかった。

「いや、今まで通りでいいさ」

「酒屋さんは、どっちだっていいと思うわよ」

「いいよ。おれはコマーシャルに腹を立てただけだから。べつにビールに腹を立てたわけじゃない」

「あたしも、あの女優は、余り好きじゃないわ」

「べつに味方してくれなくてもいいですよ。世の中には、止むを得ん、ということだってあるんだからな」

「それほど大ゲサな問題じゃないと思いますけど」

「止むを得ざる、これを真なりと云う」

「何いってんのよ」

「橋本左内のことばらしい」

「橋本左内？　あの？」

「そう。安政の大獄で処刑されるとき、彼が呟いたことばだそうだよ」

宗介の妻はおかしそうに笑いはじめた。ははあ、少しばかり酔いはじめたかな？　と宗介は思った。もちろん、酔いはじめたのは、妻の方ではない。宗介自身のことである。

妻もそのことには気づいているはずだった。次から次へと、軽口がとび出すのは、宗介が酔いはじめている証拠だからだ。彼は、いわゆる晩酌というものを、やる習慣は持たなかった。結婚して以来ずっとそうである。

晩酌を好む男は、美食家か、さもなければ愛妻家ではないだろうか？　というのが宗介の考えであった。宗介は、いわゆる美食家ではない。これはもう、はっきりしていた。

「だいたい、おれたちの年齢で美食家を自称するヤツは、信用できないね」

「そうかしら？」

「だって、育ちざかりのときに代用食ばかり食わされた人間が、美食家なんて、滑稽じゃないかね」

日本が戦争に敗けたとき、宗介は中学校一年生だった。宗介の出身校は、福岡市から急行電車あるいはバスで一時間ほど離れた筑前某町の県立高校であるが、途中で学制改革があったため、中学から高校まで、六年間、同じ木造平屋の、古い校舎に通ったものだ。

その高校も、現在では新しい三階建て鉄筋コンクリートに生まれ変ったらしいが、確か昭和二十一年に次のような告示が掲示板に貼り出されたのを、宗介はおぼえている。

「非農家家庭の出身者は、昼休みの外出を特に許可する。校長」

告示の文句は正確に思い出せないけれども、おおよそそういった意味の告示であったと、宗介はおぼえていた。

「この文句の意味が、わかるかね？」

「つまり、食糧難でしょ？」

「ま、そういうことだがね」

要するに非農家の家庭では、子供に弁当を持たせることができないから、昼食を自宅まで食べに帰ってよろしい、という意味だった。

「まさか、芋雑炊を水筒につめて行くわけにはいかんからね」

七

ビールの話から、とつぜん「芋雑炊」がとび出してきたことには、宗介もいささかおどろかずにはいられなかった。何故だろう？　と宗介は、例によって考えてみた。

たぶん、自分たちの世代は、そういう運命に生まれついているのだろう。すでに子供を二人まで生んでいる団地の主婦たちに、想像の中でセーラー服を着せて見たがるのも、おそらく同じ理由によるものではないであろうか？　モンペをはかせて見たがるのもまた、同様ということだろう。ビールから「芋雑炊」へのとつぜんの飛躍は、宗介の内面の問題として考えてみれば、決して唐突でもなければ、飛躍でもなかったわけだ。それら二つのものは、彼の内部においては、決して切り離すことのできない下駄の鼻緒のように、結びついていたのであった。

実さい、食べ物のことを思い出しはじめると、際限がなかった。

《ハイキュウマイ》

というのが、当時、宗介たち「非農家」出身者に与えられた蔑称である。宗介が六年間通った中学、高校は、筑前某郡の郡庁所在地にあって、周囲の農村から汽車、電車、バス、自転車で通学してくる農家の子弟が、全校生徒の約半分だった。

そして宗介たちは、彼ら農家の子弟たちから、《ハイキュウマイ》というあだ名を頂戴したのである。《ハイキュウマイ》たちは、昼休みになると、一人も学校に見当らなくなった。しかし、決して「配給米」の昼食を自宅へ食べに帰ったのではない。宗介たちは、「配給」された「大豆カス」の粉で作られた、何とも奇妙きてれつなパンか、さもなければ、朝食と同様、「配給」されたサツマイモの雑炊を食べに帰ったわけだ

土地っ子
ハイキュウマイ

からである。

まったく、思い出しはじめるとそれこそ一篇の『戦後食糧難史』ができ上りそうな気配だったが、宗介にとって、それは決して単なる過去の《歴史》ではない。歴史と呼ぶことによって客観視するには余りにも日常的な後遺症として、食糧難時代は、いまなお宗介に残されていたのである。

それは理屈抜きで、肉体に残された後遺症だった。理屈好きの宗介にとって、これはまことに皮肉なことだった。しかし、彼の胃袋と舌は、彼の理屈を無視していた。何にでも理屈をつけなければ生きているような気がしない宗介も、この不条理だけは、黙認せざるを得なかったようだ。例えば宗介は、いまなおどうしても、パンを食べる気になれない。これは明らかに、あの配給された大豆カスによって作られた、何とも珍妙な「代用パン」のせいではないだろうか？

「それでよく、シベリア旅行ができたもんだな？」

と宗介は、ある友人からからかわれた。

「向うじゃあ、黒パンが常食だろう？」

「まあ、飢え死はできんからな。しかし、今度どこか外国へ行くときは、ぜったいオレはインスタントラーメンとメシの缶詰めを担いで行くよ」

そういうことが、果して可能かどうか？　もちろん宗介にもわかってはいない。ただ少なくとも、彼が決して美食家とか食通とかでない人間であることだけはもはや明らかとなっただろう。

それでは、愛妻家の方はいったいどうなのであろうか？

これはいささか難問だった。しかし、宗介は、そのときビールを飲みながら、比較的単純明快な回答をひねり出したのだった。

「要するに、それはおれ自身が決めることじゃない問題だよ」

「え？」

宗介の妻は、きき返した。

「そういうことじゃないかねえ」

「だから何が？」

「ところで最近、怪電話でだいぶ騒がしいらしいじゃないか」

宗介は、団地新聞で見た投書をとつぜん思い出したのである。

八

《プライバシーを侵害する怪電話》という見出しで団地新聞に掲載されたその投書は、おおよそ次のようなものであった。

「先日わたしの家へ日赤の者だが家庭の健康管理について調査をしているので協力して欲しい、との電話がありました。電話の内容はまず主人やわたしの年齢、学歴、職業、結婚年数、子供の数、年齢、性別からはじまり、収入、職場での地位等についての質問があり、次いで主婦として一日をどう過しているか、サークルとかＰＴＡ活動等の会合に出席しているか、等をきかれました。

それまでの質問については、とくに問題になる様なことは感じませんでしたが、質問がだんだん〝所謂〟夫婦生活について移っていきました。医学的立場からの質問かと思い、私の家庭でのことについて質問に応じておりましたが、どうも感じが変であり、腑に落ちないことを感じました。たとえば体位がどうであるとか、どちらから要求するかとか、週刊誌並みの質間なのです。

わたしはたまりかねて、これ以上の質問に応じることはできないと断わりますと、相手はちょっとびっくりした様子で、あわてて電話を切りました。きくところによりますと、相当数の方がわたしと同じ様な被害を受けているとのことです。皆様、怪電話にはくれぐれもご注意下さいますように」

この投書には、投書者の棟番号も氏名もついていない。おそらく投書者のプライバシーを尊重してのことであろうが、投書のすぐあとに、「自治会から」という短信がつけられていた。

「投書にもありました様に、最近この種の事件がひんぴんと起っています。自治会では皆様からの連絡があり次第に知らせるようにしていますが、ちょっとでも不審な物品の販売、電話等がありましたら、自治会へお知らせ下さい」

二人の子供たちは、すでに眠っていた。夜の十時半ごろである。

宗介の家庭では、ダイニングキッチンと子供部屋との境にテレビを置いていた。このテレビの位置は、宗介にとっても満足のゆくものとはいえなかった。明らかに幾つかの弊害があった。

まず、食事時に子供がテレビを見ようとすることである。宗介の家庭の夕食は、おおよそ六時から七時の間におこなわれた。ところが、この時間帯は、どのチャンネルをひねっても、怪獣ものか漫画である。要するに、子供番組なのだ。

これは何とかならない問題であろうか？　と宗介は、何度か考えてみたものだった。食糧難世代の人間としては、マジメに夕食を食べようとしない子供たちに、少々腹を立てていたのである。

子供番組の提供主は、当然のことであろうが、菓子類の製造会社が多い。したがって、子供たちは、それらのスポンサーたちが宣伝しているチョコレートやキャンデーやクラッカーなどの天然色写真を眺めながら、わが家のカレーライスを食べている、といった状態が起こってくるわけである。また、インスタントラーメンのコマーシャルを眺めながら、わが家のハンバーグを食べる、といった場面もあり得るのだった。

「親子の対話を妨害している元凶は、このテレビということになるのかも知れんな」

そういって宗介は、ダイニングキッチンのテーブルから立ちあがり、テレビのスイッチを切った。

それから冷蔵庫のドアをあけてビールを取り出した。大瓶の三本目である。

「あ、そうか、例の電話の話だったな」

九

宗介には、団地新聞に投書された《怪電話》の内容は、少しばかりおかしいような気もした。

「それに、何だかちょっと奇妙な部分があったような気がするんだがね」

「奇妙って、何が？」

「何だか、どこか一個所そう思ったような気がするんだ。読んだときにそう思った個所が……」

「持ってきましょうか？」

「ああ、そうだな」

宗介の妻は、玄関脇の物置きへ団地新聞を捜しに行った。まだ、トイレットペーパーとは交換されていなかったらしい。

「ありました」

宗介は妻の手から受け取った新聞の投書欄をもう一度読みはじめた。

「えーと。先日わたしの家へ……」

「何も声を出さなくってもいいでしょう」

「あ、そうか。これだな」

宗介は、読み終ってから新聞を妻の方へ差し出しながら、右手の指でトントンとその個所をたたいてみせた。それは、投書そのものの部分ではなく、「自治会から」という短信の方だった。

「自治会では皆様から連絡があり次第に知らせる様にしていますが――というのは、いったい何を知らせるんだろうね？」

「ふーん」

と宗介の妻も首を捻った。

「そうだろう？」

「そうねえ。まあこの場合は、日赤とか、あるいは警察とか、という意味じゃないかしら？」

「警察？」

「そう。だって、この自治会の回答の方には、不審な品物の販売のことにも触れてるわけよ」

「ああ、例のインチキ消火器売りのことか」

「それもあったけど、最近ではふとん屋ね」

妻の話によれば、最近、真綿のふとんの贋物を売って歩く行商人が団地にあらわれるらしい。

「どういうふうに贋物なのかね？」

「真綿入り、というところが贋物なわけよ」

「なるほど」

「真綿入り」ということは、「真綿も入っていないわけではない」ということだった。ぜんぜん真綿が入っていないわけではない。しかし、大部分は古い綿なのだ。

「ヤクザふうの男かね？」

「うちへあらわれたのは、おばあちゃんね」

あらわれるのは決って夕食の仕度に追われている時間らしい。

「どさくさまぎれだな」

「そう。要するに、夕方忙しいときにやってきて、いまから帰るところだけど、二、三組残ったから安くしとく、というわけよ」

「品物を見せるのかね？」

「見せるらしいわよ。あたしはもう話をきいてたから、見ないで断わっちゃったけどね。でも、いまどきあんな、狐と狸みたいな商法が通用するのかしらねえ？」

「まあ、いずれにしても、そいつは自治会か警察へ電話をすることで片づくだろうな。しかし、怪電話は、自治会へ知らせてどうなるのかね、いったい？」

「さあ……」

「そういう性質のもんじゃないだろう？」

「だけどさ、やっぱり失礼だわ」

「だって、そういう種類の電話を楽しんでいる女だっているわけだがね」

「そうかしら？」

「じゃあ、こないだ話してた、伊田さんの奥さんさ、彼女もやっぱり自治会へ届けたのかね？」

宗介は、伊田夫人がその電話を受けている顔を想像してみた。

＋

《怪電話》を受けている伊田夫人の顔を宗介が想像してみたのは、もちろん彼女の顔を知っているからである。伊田夫人は眼鏡をかけていた。黒縁の、割合に太い眼鏡だ。そしてその眼鏡は、ＰＴＡの役員にふさわしいものであった。

伊田夫人は、宗介の長男が通っている団地の小学校ＰＴＡのクラス役員である。宗介が彼女の顔をおぼえたのも、ＰＴＡの会合においてであった。

「ところで、伊田夫人宅への怪電話は、いったい何時ごろかかってきたのかね？」

と宗介は妻にたずねた。

「さあ……時間まではきかなかったけどねえ」

「昼間かな？」

「さあ……」

「だってさ、まさか犯人の方だって、亭主のいる時間にはかけたくないだろうじゃないか」

「だって、あそこのご主人は船乗りだから」

「なるほど……」

「外国航路の船員さんだから、三月に一度くらいしか帰ってこないんじゃない？」

「ははあ、そういうことか」

「何時ごろだったかはきかなかったけど、子供がいたっていってたわね、そのとき」

「子供って、あれか、うちの泰介と同級の女の子か？」

「さあねえ……そこまではきかなかったけど、なにしろ、子供もいたんで、べつにおそろしいとは思わなかったけど、やっぱり気味が悪かったたって、いってたわね」

伊田夫人は、二人の子供の母親である。子供は小学校五年生と高校一年生で、いずれも女の子らしい。二人の年齢がかなり離れているのは、あるいは父親が外国航路の船員であるためかも知れないが、問題は犯人がそれを知っていたか、どうかだろう。

「伊田夫人の場合のは、日赤の調査というやつではなかったんだろう？」

「そうじゃないらしいわね」

「若いやつかな？」

「何だか知らないけど、いろいろとエッチなことを喋るわけでしょう？」

「まあ、そういうことだろうが」

「それでね、あなたは誰ですか、ってきいたらしいのよ。そしたらさ、名前を教えたら遊んでくれるかい？っていったそうよ」

宗介は、飲みかけたビールのコップを口からはずして、思わず笑い出さずにはいられなかった。

「なかなか、うまいことをいうやつじゃないか」

「何いってんのよ！」

「だって、そうじゃないか」

「だけどね、あたしがおかしいと思うのは、何故、そのまま電話を切っちゃうのかしら」

「そりゃあどういう意味かね？」

「なんでその男をつかまえようと考えないか、ということよ」

「つかまえる？」

「そうよ。相手のさ、服装とか人相とかをくわしくきいといて会う場所も打ち合せちゃうわけよ。そうして、みんなに知らせちゃってさ、大勢で出かけるとか、あるいは警官を連れて行ったっていいと思うんだけどなあ」

「なるほど。しかし、そうはゆかんだろうよ」

「どうして、そうはゆかないんですか？」

「だって、証拠がないじゃないですか。そうだろう？」

「その時間に、その場所に、ちゃんと決められた服装をして立ってることが、証拠だわ」

「しかし、それだけじゃあ、その男が怪電話をかけてきた犯人だという証拠にはならんよ」

十一

《怪電話》の犯人をめぐる宗介と彼の妻との対話は、どのくらい続いただろうか？　あるいは三十分以上、続いたのかも知れない。しかし、だからといって、何か結論めいたものが出たわけではない。

「いってみれば、公衆便所の落書きみたいなもんじゃないかな」

「そうかしら？」

「まあ、落書きの方は、壁を全部タイル張りにしちゃえば、防止できるかも知れんがね」

「テープレコーダーに記録したらどうかしら？」

「で、どうするんだね？」

「犯人をつかまえる、証拠にするわけよ」

「まだ、つかまえることを考えてるのか」

と宗介はいったが、実はその「犯人をつかまえる」という発想に彼はおどろいていたのだった。男としては、まず思いもつかない考え方である。それは不思議なくらい、新鮮なおどろきだった。おそらく電話をかけてくる男の方も、つかまえられるとは考えていないだろう。

「だって、そんな人間を放って置くのは、迷惑じゃないの」

「迷惑だとか、失礼だとかいうけどね、だったら、さっさと電話を切っちまえば済むわけじゃないかね。そうだろう？　ということは、もし迷惑じゃなければ、適当に喋らせて、愉しんでりゃあいいわけだよ。だからね、テープレコーダーに録音してみたって、犯人をつかまえるための証拠にはならない。つまりだなあ、仮にその声が本人のものと合致したとしてもだよ、そのテープの声や、いわゆるエッチなことばをだよ、きいた方の女が愉しまなかったという証拠はどこにもないじゃないか」

「そういう考え方を、女性の敵というのよ」
「まあとにかく、もしかかってきたら、テープに吹き込んでみろよ」
しかし、と宗介は考えた。もしわが家に《怪電話》がかかってきたとしても、たぶんテープレコーダーにそれを録音するようなことにはなるまい。宗介はそのときの妻の表情を想像してみた。おそらく彼女は、いきなり電話口で、大声を発するにちがいあるまい。そしてガチャンと受話器をおろしてしまうだろう。宗介にはそのときの妻のカン高い声がきこえるような気がした。

宗介はそのとき、ふと、長男の泰介がときどきかけている《GIジョー電話》のことを思い浮かべた。《GIジョー》というのは、男の子用の、いわば着せ換え人形である。手足を自由自在に曲げることのできる二十センチくらいの大きさの人形で、それをアメリカ兵、ドイツ兵、航空兵、レインジャー部隊、また、将校、下士官などに、自由に《変身》させることができるわけだ。ヘルメット、自動小銃、カービン銃、手榴弾、拳銃その他の小道具も揃っている。

その《GIジョー》の製造元である玩具メーカーの宣伝のためか、それとも別なアイデアマンが考えついた新商売かはわからなかったが、《GIジョー電話》というのは、ダイヤルをまわすと、受話器に《GIジョー》の声がきこえてくるという仕掛けだった。もちろん、テープレコーダーに吹き込まれた人間の声であるが、宗介は何度か、長男が黙って受話器を耳に当てて、その声をきいているのを見たことがあった。

「やあ、キミか？　こちらはGIジョーだ」

そういって、テープレコーダーに吹き込まれた《GIジョー》の声は話しかけてくるのである。話の内容は、ときどき変るらしく、そのたびに子供たちはダイヤルをまわすというわけだった。《怪電話》の犯人の声をテープレコーダーに録音するという話から宗介は、その《GIジョー電話》を思い出した。

ダイヤルをまわすと、テープに吹き込まれた、各種各様の《怪電話》が受話器に流れ込んでくる。そういった《孤独な愉しみ》を売る新商売を考え出す男が、そのうち出現するのではないだろうか？　いや、すでに存在しているのかも知れない。

十二

テープに吹き込まれた《怪電話》を売る商売というものは、あるいは法律に抵触するのかも知れない。法律というものには至って不案内な宗介には、くわしいことはわからなかった。しかし、少なくとも、そのような《孤独な愉しみ》を求めている人口は、相当数に上るのではないだろうか？

実さい、宗介は、そういった電話を現実に愉しんでいる女性を知っていたのである。確かに彼女は、《孤独な》女にちがいなかった。宗介がときどきふらりと立ち寄る、新宿の小さな酒場のマダムである。いや、マダムというよりは、おかみさんと呼んだ方がふさわしいだろう。和服のときも洋服のときも、必ず白いカッポウ着を着けていたし、なんといっても、その酒場には彼女以外に女性はいなかったからだ。

ホステスもバーテンもいない、いわば一ぱい飲み屋のおかみさんである。年は、宗介よりも一つか二つ、下だった。結婚して、女の子が一人できたが、その後夫婦別れをして、現在はアパートに一人住まいをしている。娘は女子大生で学校の寮に入っているという。

宗介は、年齢の割りには子供っぽく見えるそのおかみさんの、まる顔を思い浮かべた。小皺はほとんど見当らない、いわば童顔だ。化粧っ気もほとんどない。中年の水商売の女としては、例外的といえるような健康な顔色といっていいだろう。その代り、色っぽくないといえばそれまでであるが、ほめていえば、湯あがりにクリームを塗ったような、顔の色艶だった。

「例の電話はまだ続いているかね？」

とあるとき宗介はその酒場のおかみさんにたずねてみた。

「もちろんよ」

「で、その電話の主にはもう会ったのかね？」

「小説家のくせに、何いってんのよ。お互いに顔を知らないところに、イメージセックスのダイゴ味があるんじゃないの」

「なるほど、一理あるな。じゃあ一つおどかしてやろうか？」

「おどかすって、あの子を？」

「あの子？」

「そう。二十三歳なの」

「なんだ、まだガキじゃねえか」

「うらやましいでしょう？　二十三歳のサラリーマンです」

「そうじゃないさ、ママをだよ」

「あたしをどうやっておどかすのさ？」

「そいつは、ママとの電話のやりとりを、そっくりテープに吹き込んでるぞ、たぶん」

「まさか！」

「いや、たぶんそうだと思うね。だって、ママが店を閉めて帰るのは二時か三時だろう。そんな時間にまともなサラリーマンがかけるわけないじゃないか」

「残念でした。最近は、昼間よ。あたしがお風呂に入って、店へ出かけてくる前が多いわ」

「じゃあ、なおさらおかしいじゃないか」

「それじゃテープに吹き込んで何するのよ？」

「そりゃあいろいろあるだろうよ」

「あとでそのテープをかけて愉しむ、ってことだったらべつにあたしゃあかまいませんよ」

「のんきなこといってるけど、商売かも知れんぜ、そいつは」

「商売って？」

「売るんだよ、そのテープを」

「まさか！」

と彼女はカウンターに頬杖をついたまま、小指を使って、鼻の脇をかくような仕草をした。それからカウンターの端に置かれている桃色の公衆電話の方へ、視線をそらせた。そのときの彼女の顔を宗介は思い出した。あれが《怪電話》愛好家の顔だろうか？

「案外そんなもんかも知れんな」

「え？」

と宗介の妻がきき返した。

「いやね、怪電話愛好家の女のことを思い出していたのさ」

「そんなひとを、あなた知ってるの？」

「知ってるよ。ほら、どこかそこいらにマッチがあるんじゃないかな」

「飲み屋だわね？」

「そう。新宿の、小さい店だ」

「どんな話だか知らないけど、作り話じゃないの？」

「いや、どうもそうじゃないみたいだな、あれは」

「わかるもんですか」

「何故？」

「どうせさ、エッチな酔っ払い相手に、適当に面白おかしい話をして喜ばせてるにちがいないんですよ」

「いや、おれはそうじゃないと思うよ」

そして、宗介は、その裏づけとして、一応彼女の孤独な生活ぶりと、身の上話を妻にしてきかせたのであるが、そんな話だって本当かどうか、にわかに信じるわけにはゆかない、というのが妻の解釈のようであった。

「ずい分また疑い深くなったもんだな」

「そういうわけじゃないけど、だってそう簡単に信じ込む方がおかしいんじゃない？」

「そりゃ、そういってしまえばオシマイだけどさ。いわゆるお色気を売りものにしている女ではないだけにね、逆にその話が本当らしくきこえるわけだよ」

宗介は、黒縁の眼鏡をかけた伊田夫人と、カッポウ着を着けた、まる顔の酒場のおかみさんの顔を、頭の中で並べてみた。

「それにしても、選りに選って、ＰＴＡの役員である伊田夫人に怪電話がかかるとは、面白い話じゃないか」

「そういえば、何となくおかしいわね」

伊田夫人の顔と、新宿の小さな酒場のおかみさんの顔とは、もちろん似ていなかった。しかし、と宗介は考えた。その二人の女性が、女性として孤独である点は、共通しているのではないだろうか？

もちろん伊田夫人は、未亡人ではない。離婚者でもない。高校一年生と小学校五年生になる二人の娘たちとも一緒に暮している。その上、小学校のＰＴＡの役員である。ＰＴＡの役員が多忙であることは、団地の主婦たちがみんなその役を敬遠していることからも明らかだった。

もっとも、団地の主婦たちが、ＰＴＡ役員を敬遠するのは、彼女たちが多忙さそのものを嫌うためではない。ただ、どうせ多忙であるのならば、何か内職をして稼いだ方がよい、と彼女たちは考えていたためである。

したがって、誰もが敬遠するPTAの役員を引き受けている伊田夫人は、多忙さを金銭に換える必要のない、甚だ恵まれた主婦であったということもできよう。しかし、外国航路の船員である彼女の夫は、三月に一度の割合いでしか帰宅しないのである。

十三

「おい、おい！」

と宗介は、とつぜん大発見でもしたような声を出した。

「何？　びっくりさせないでよ」

「伊田夫人に怪電話をかけた犯人は、彼女の家庭の事情をくわしく知っているやつじゃないのかな？」

「どうして？」

「彼女の夫が、外国航路の船員だということを、知ってるやつじゃないのか？」

「そんなこと、あたしにきいたってしようがないでしょう」

「だって、伊田夫人の夫は、三カ月に一度しか帰ってこないわけだろう？」

「そういえば、そうねえ」

「そこを狙ったってわけじゃないのかな、やつは」

「でも、なぜそういうことがわかるのかしら？」

「要するに、団地の事情にくわしいやつということだよ」

「何だか、気味が悪いわね」

「怪電話の犯人は、案外、この団地の周辺にいるのかも知れんぞ。お前、いつだったか、痴漢騒ぎの話をしていただろう?」

「あの、下着どろぼうのこと?」

そういえば宗介は、干してある女性の下着類が盗まれるという話も、確か妻からきいたおぼえがあった。盗まれるのは、ほとんど、小さな庭つきの棟割り長屋式になっている、テラスハウスの場合らしい。

もちろん、女物の下着盗人そのものは、宗介にとってさほど珍しい話とはいえなかった。いまさら特別におどろくほどの事件とはいえない。古今東西の小説類にも、その種の盗癖、愛好癖を持つ人間はたくさん登場している。彼らが欲するのは何も、吉永小百合のブラジャーやパンティだけとは限らないのである。いや、かえって、まったく無名の団地の主婦たちのものを吉永小百合のものよりも強く欲する場合もあるのだ、とも考えられる。

いずれにせよ、女性の下着盗難事件そのものは、大して宗介をおどろかさなかった。ただ、そのとき宗介が関心を抱いたのは、それらの下着どろぼうたちが、果してこの同じ団地内に居住する男なのだろうか?という点だった。

団地内の、野球場とテニスコートの間の、ポプラ並木付近で発生したという痴漢事件の話を妻からきいたときも、同様だった。

「この団地の中に、痴漢が住んでいると思うかね?」

と宗介は妻にたずねた。

「女性の下着どろぼうの場合もそうなんだが、犯人もまたこの団地の住人であるかどうか、ということなんだがね」

「さあねえ」

「なにしろ、人口二万人以上の団地だからな」

「あたしには、さっぱり見当がつかないわよ。むしろ、それはこちらからききたいくらいだわね」

宗介はこの団地の住人である、約七千名の世帯主というものを考えてみた。彼らのうち、約九十パーセントはサラリーマンである。

「ま、七千人の世帯主のうちに一人も痴漢がいない、とは断言できないだろうな」

しかし、宗介が妻からきいた痴漢事件というのは、まことに他愛のないものであった。つまらないといえば、これほどつまらない話もないであろう。なにしろ、団地内の野球場とテニスコートの間のポプラ並木通りにある公衆便所の陰から出てきた男に、十メートルほどあとをつけられ、

「散歩しませんか？　車は向うに置いてあります」

と声をかけられただけだったらしいからだ。もちろん新聞ダネになるはずもなかった。またおそらく、警察に届けられもしなかっただろう。しかし宗介が、その話に興味をおぼえたのは、むしろそのためであったともいえる。新聞に載るわけでもなく、また警察に届けられもしない、甚だアイマイで漠然としているところが、いかにもこの団地の事件らしい、と考えられたからだ。

確かに、野球場とテニスコートの間のポプラ並木のあたりは、夜は淋しい通りだ。水銀灯のあかりで歩くのに不自由しない程度の明るさではあるが、車も通らないし、この団地の中では、最も人気のない場所にちがいなかった。

マーケット、集会所、子供プール、遊園地、テニスコート、野球場などが一かたまりになっている場所であるから、夜八時を過ぎると、その通りは、残業帰りのサラリーマンたちが近道として利用する程度である。したがって、この団地の中で痴漢が出るとすれば、最もふさわしい地帯といえるであろうが、それにしても、妻からきいた話だけでは、何が何だか、さっぱり正体がわからない。話をきいた宗介だけでなく、その話を

きかせた妻の方にも、それ以上ははっきりしないようすだった。

にもかかわらず宗介は、その話に興味を抱いた。つまり彼は、その程度のことを、《痴漢事件》として、宗介の妻に話してきかせた団地の主婦に、興味を抱いたのである。

十四

宗介は、その主婦のことは、知らなかった。ただ妻の話によると、大変な《教育ママ》で、その晩も、高校二年生になる娘の家庭教師のところへ相談に出かけての帰り途だったという。

「いったい、彼女がいいたいのは何なのだろうかね？」

「さあねえ」

「自分が若くて、魅力的だということかな？」

「そういうことは考えられなくはないわね」

「それとも、亭主との仲がうまくいっていないということだろうかね？」

「確かに彼女は、まだ若いわよ。少なくとも、高校二年生の子供を持つ年には見えないわね」

「高校二年といえば、十七歳か」

「そうか……。そうねえ、まあ、十八か十九で生んでいれば、まだ三十五、六ってところだわね。彼女は、あたしと同じくらいだろうから、十八、九で生んでいれば、まあ高校二年生くらいの娘がいてもおかしくはないわけだけど」

「旦那はいるのかね？」

「もちろん、いるわよ」

「しかし、例えばその旦那と、ずい分年がちがうとか、そういうことじゃあないのかね？」

要するに、宗介はその主婦の《痴漢事件》を信用していないのだった。高校二年生の娘を持つ《教育ママ》のことばを、余り信用できない、という姿勢でものをいっているわけだ。

「旦那さんの年はわからないけど、高校二年生の子は先妻の子ですからね」

「なるほど、そうか」

「奥さんの方は三十五、六くらいでしょうね」

「ところで高校二年生の娘というのは、知ってるのかね？」

「まさか！　娘にまでは喋らないでしょうよ、そんなこと」

「そうじゃないよ。その娘を知ってるかいって、きいたんだ」

しかし、宗介はそのとき、彼女が娘にその話をしていないとは断言できない、と考えたのだった。宗介の妻は、その高校二年生になる娘を知っているらしかった。

「学校の成績の方は、よくわからないけど、可愛い子よ。体格もなかなか立派だしね」

あるいは、ポプラ並木で男から声をかけられたのは、その娘の方ではなかったのだろうか？　と宗介は考えてみた。しかし、そのことは口に出さなかった。

宗介としても、そこまでその主婦をからかう気にはなれなかったからだ。そこまで、酒の肴にするつもりはなかったのである。

「彼女は、一度くらいは痴漢に出会ってみたい、と考えているだけじゃないかな？」

「何故かしら？」

「まあ、退屈なんだろうさ」

「あたしがきいた話も、何となくアイマイなところは、確かにあるようだけどね」

「痴漢に憧れているのでなければ、せいぜいあのポプラ並木で、誰か残業帰りのサラリーマンにでも出会ったということだろう」

　それを、何故その主婦が《痴漢事件》として宗介の妻に話す気になったか？　おそらくこの程度の空想的虚言癖の持ち主は、この団地内にも相当数いるはずだった。何も彼女に限ったことではあるまいと宗介には考えられた。

「なにしろ、七十過ぎのおばあさんだって、ぜったい自分は痴漢に狙われているという確信を抱いているそうだからな。まあ、その教育ママばかりを責めるわけにはゆかんわけだよ」

　しかし、宗介はそのとき、何か奇妙な声を耳にしたようだった。

「おい、何かいったか？」

「いいや、べつにぃー……」

　と宗介の妻は答えたが、その返事のうしろ半分は、すでに欠伸になっていた。宗介が耳にした奇妙な声も、実は妻の欠伸だったのである。

　宗介は、コップに半分ほど残っていたビールを、しぶい顔で飲み干した。他人の女房の痴漢話や下着どろぼうや《怪電話》を肴にしながら、自分の女房のことをすっかり忘れていた自分に、どうやら気がついたらしい。

誕生日の前後

一

宗介が自宅にビールの大瓶と小瓶を欠かさず備えるようになったのは、結局、宗介が酒に弱くなったためといえる。もちろん、弱くなったといっても、相対的なものだ。以前にくらべれば、ということである。とにかく彼がビールを常備するようになった第一の理由は、徹夜で仕事をしたあと、寝がけにウィスキーを飲めなくなったためだった。

いつからであったか、正確なことは思い出せなかった。とにかくここ一、二年、という感じであった。大瓶と小瓶とは、その徹夜明けの、疲労の度合い、胃腸の具合、また、翌日の予定などと睨み合せて調節されるわけだ。

ビールの量は、体の調子ばかりでなく、仕事の調子にも多分に支配された。あたかも不寝番でもあるかのように夜通し仕事机にへばりつき、ウンウン唸り続けたにもかかわらず思うように仕事が捗らなかった朝は、宗介は当然の結果として、ニガいビールを飲む。そういうときには、量も小瓶一本か、せいぜい多くて大瓶一本だった。

しかし、宗介にも決して、ニガい朝ばかりはなかったのである。

四月に入ってから間もない、ある夜明け方、仕事机の前から立ちあがった宗介は、明るくなりはじめている窓のカーテンを勢いよく引きあけた。それから窓をあけて、深呼吸をする。一回、二回、三回……。北向きの四畳半いっぱいに渦を巻いていた煙草の煙も、また、宗介の頭の中に渦を巻いていたモヤモヤッとしたものも、すべてがその深呼吸によって、吐き出され、新しい朝の、冷んやりした空気の中に吸い込まれ、雲散霧消してゆく爽快な一瞬である。

「チュン、チュン、チュン!」

と雀の鳴き声がきこえる。もちろん、雀が鳴いているのは、何もその朝に限ったことではない。毎朝、雀は鳴いているはずだった。しかし、その朝は宗介の耳に、その鳴き声が、いかにもなつかしく、きこえたのである。現金なものだ、といってしまえばそれまでであるが、宗介は、そうは考えない。

「ああ、生きているのは、人間だけではなかったんだ!」

と彼は、たった今その事に気づいたような気持になりながら、芝生の上の雀たちを見おろしていたのである。五羽? 六羽? 七羽? この雀たちは、バイパスの向う側から飛んできたのだろう。宗介たちがこの団地に入居した当時は、バイパスの向う側は、まだ田圃だった。しかし、八年余り経った現在では、バイパスの向う側一帯は、鉄筋コンクリートの社員住宅、赤い屋根、青い屋根の建売住宅の間のところどころに、田圃が挟まって残っている、という状態に変貌している。

《××台分譲住宅地》として、目下造成中というところも目立っていた。宗介は、そのことに腹を立てていた。「自然をこれ以上破壊しないで欲しい!」等という大義名分はともかく、バイパスの向う側を散歩するたびに、もと通ったことのある畦道を歩いて行くと、とつぜんその先が通行止めになっていて、大型の工事用トラックが運んできた埋立用の土砂を、田圃の中へ吐き出していたりする現場に、あちこちで出会わなければならなかったからである。

しかし、その朝は、また別であった。芝生の上でチュンチュン鳴いている雀たちを見おろしながら宗介は、雀たちにもバイパスの向う側は住みにくくなったのだろうと、野鳥愛護協会員のような気持で考えていたのである。

芝生の上で鳴いている雀たちを見おろしながら、あたかも自分が野鳥愛護協会員であるかのような気持になっていた宗介が、その朝腹を立てなかったのは、次第に破壊されてゆくバイパスの向う側の自然に対してだけではなかったようだ。

北向きの四畳半の窓から顔を出すと、右手にフジヤマ公園が見える。富士山の形に造られたコンクリートの滑り台があるため、子供たちがそう呼んでいる遊園地だ。

そのフジヤマ公園が駐車場代りに使われていることに、だいぶ前から宗介は気づき、腹を立てていたのだった。もっとも、その腹立ちは、宗介がいまだにマイカーというものの所有者でないためであったのかも知れない。

宗介たちがこの団地に入居したときは、同じ階段の十世帯のうちでマイカーを所有していたのは、一軒だけだった。宗介の真下に住んでいる、二階の教師夫妻だ。ところが八年余り経った現在では、十世帯の中でマイカーを持っていないのは、宗介のところただ一軒という有様である。

「どうしてお父さん、うちでは車を買わないの？」

と宗介は、何度も子供たちから質問された。はじめは、十歳になる長男の泰介が、五歳のころだった。そして、現在では、五歳になる長女の方から、まったく同じ質問を受けているわけだ。長男の方が最早その質問をしなくなっているのは、宗介の返答が次のようなものであることを、すでに知っているからであろう。

「お父さんはお酒を飲むでしょ。お酒を飲んで自動車を運転すると、おまわりさんから叱られるから、お父さんは車を買わないんだよ」

もちろん宗介が車を買わない理由はそれだけではない。しかし、長男は、宗介に車を買わせることは諦めているようだ。そればかりでなく、宗介に代って、長女の質問にさえ答えてくれているようすである。

「じゃ、お母さんが買えばいいじゃない？　お母さんはお酒飲まないんだからさ」

と長女が反論すると、

「お母さんは、車にヨワイの！　車に乗ると、すぐ気持が悪くなるんだよ。わかんないかなあ！」

という具合いであった。

そういった長男と長女の問答をきいていると、さすがに宗介も、自分の子供たちが不憫に思えることがないではなかった。しかし、そこが我慢のしどころなのだ、と考えるのだった。親には親の人生があるのだ。この猫も杓子もオーナードライバーというものになってしまった時代において、一人くらい、アマノジャクを通す人間があってもよいのではないか。お前たちは、お父さんを憎むよりも、フジヤマ公園を占拠している車たちを憎むべきではないのかね？

その朝もフジヤマ公園は、ぎっしりマイカーで埋っていた。しかし宗介は腹を立てなかった。増えたのは何も子供ばかりではないのだ。団地内の小学校が二つから四つに増えれば、車が増えるのも当然ではあるまいか。なにしろ、子供が増えた分だけ、住居は狭くなっているのであるから、それから脱出したい欲望を車に求めるのもまた、当然の成りゆきと考えなければなるまい。

「一人当りの畳数が、少なくなればなるほど、人間は、車を求めたくなるものではないだろうか？」

要するにその朝の宗介にとっては、何もかも立腹の原因にはならなかったのである。彼は、襖をあけて玄関へ出て行き、左手の物置きからビールの大瓶二本をつかみ出した。

二

団地における駐車場の問題は、ずい分もめたようすだった。車を持っていない宗介にとって、それは現実的には関係のない問題であったが、団地新聞に載った論争を見て、なるほどと思ったわけだ。

フジヤマ公園に限らず、道路上に駐車させること自体が違反であるということを、宗介はその論争ではじめて知った。車庫を持たぬものは、マイカーを持ってはいけない、という法律ができたためらしかった。しかし、車庫などというものが、団地の住人に持てるはずはないのであるから、団地における駐車場論争は、そこからはじまったわけである。

まず、団地のマイカー所有者の団体であるマイカークラブは、公団側に早速、合法的な駐車場をただちに設置するよう申し入れたが、公団の回答は、適当な土地が見当らない、というものだった

そこで、棟と棟の間の芝生を駐車場に改造したらどうだろうか、という意見が出てきたようだ。この意見は、公団側からではなく、マイカークラブ員の中から出てきた。

「日曜日など、キーをかけたままの車が手前に駐車していると、自分の車を出すことができない。公団側が、適当な駐車場を設置するまで、暫定的に芝生を改造することは、お互い止むを得ないのではないだろうか?」

というわけであるが、確かに、階段の下で警笛を鳴らし続けられるのは、宗介にとっても迷惑千万だった。眠っているところを、その騒音のために、起こされたこともしばしばだったのである。宗介は、何度か、安眠妨害で訴えたい気持に駈られながら、眠い目をあけて、窓の外をのぞいて見たことがあった。そして階段の下で、水筒を肩からかけた子供たちが、父親がハンドルを握っている車がうしろの車に妨害されて通路へ

出ることのできない有様を、もどかしそうに見守っていたりする場面を、目撃したものだった。

要するに、階段の下に並んで駐車している車は、全部前向きになって一列に駐車しているため、うしろの車の持主が眠っている以上、どうしても通路へは出られないのである。しかし、水筒を肩からかけて待っている子供に罪はないとしても、うしろの車に妨害されて出ることのできない車の持主もまた、駐車違反であったことにはちがいあるまい。たまたま、うしろの車の持主よりも、早く起きて、早く出かけなければならなかっただけの話だろう。ということは、いつ立場が逆になるかは、わからないのである。

だからこそ、そのような事態を体験したものとして、芝生を駐車場に改造することを提案したとも考えられるが、この提案に反対者が出たことは、当然だった。

「公団への要求を、芝生利用にスリ代えるのは、とんでもない話である。いったい、われわれのまわりから、これ以上、緑を奪おうというのだろうか？」

この反論も、まことにもっともな意見である。

結局、宗介はその駐車場論争がどういうことになったのか、わからなかった。芝生論者と、その反対論者の意見が折り合わないまま、その結果がフジヤマ公園占拠、ということになったのかも知れない。もちろん、これだって違反である。しかし、現実においては、この団地のマイカー族は駐車違反を犯すことなしには、車を所有することはできない。

宗介は、そんなことを考えながら、仕事机の前でビールを飲みはじめた。違反していないのは、このオレだけではないだろうか？

三

不思議なくらい腹の立たない朝だった。宗介は満足してビールを飲みはじめた。もちろん仕事が捗ったからであるが、大瓶二本というのは、珍しいことである。

子供たちもまだ起きてこない。妻も、まだ眠っている。宗介は、コップに二杯ほどビールを飲んだところで、立ちあがり、ダイニングキッチンへ入って行った。

「さて、本日の、食べ残しは何かな？」

宗介は、そう独り言をいって、冷蔵庫のドアを開いた。終戦直後に大流行したアメリカの漫画を、宗介は思い出している。『ブロンディ』だった。その当時、日本の家庭には、まだ電気冷蔵庫は普及していなかった。なにしろ《ハイキュウマイ》の、芋雑炊の時代なのだ。そんな時代に、何故あの漫画が大流行したのだろうか？

チック・ヤング作のその漫画は、代表的なアメリカの小市民生活を描いた、家庭漫画である。ブロンディというのは、その家庭の主婦の名前で、亭主はダグウッドという。彼の趣味は、夜中に女房が寝てしまったあと、一人で台所の冷蔵庫から「食べ残し」を引っぱり出して、自分の好きなサンドウィッチをこしらえて食べることだ。

ハム、チーズ、トマト、ホウレン草、その他のものを間に挟んで高さ一尺近くに積みあげたサンドウィッチを、彼はこしらえる。そいつをちょうど積み重ねた本を運ぶような手つきで彼が運ぼうとするとき、ドアをあけて眠い目をこすりながらトイレットに起きてきたブロンディに衝突して、せっかくの苦心の結果を、床にたたき落とされてしまう。

宗介は、その場面を奇妙にはっきり記憶していた。《ハイキュウマイ》の芋雑炊で腹を減らしていた時代だからだろうか？

それにしても、日本人たちが大人も子供も一億総餓鬼であった時代に、あのような漫画が大流行したというのは、皮肉なことだ。その漫画は、大新聞社が発行している週刊誌に連載された。ということは、その漫

ダグ・ウッド
キンピラゴボウ
ユデタマゴ
ビール(大)
2本

画を通じて、日本人たちに、アメリカ家庭の民主主義というものを宣伝しようという意図があったのかも知れない。
《恐妻家》ということばがその当時すでにあったかどうか、はっきり宗介はおぼえていないが、『ブロンディ』における、ダグウッドの恐妻ぶりは《男女同権》ということばがことごとに強調されていた終戦当時の日本においては、最も恰好な民主主義の教科書であったともいえるだろう。買物に出れば、必ず男が荷物を持たされる。といった具合いのダグウッドぶりが、アメリカ民主主義の本質であるかのような観念を、日本人たちは、あの漫画から植えつけられてしまったのかも知れない。

その観念が必ずしも正しくなかった、ということが最近になってボツボツいわれはじめているようである。ダグウッドの恐妻ぶりは、あくまでも彼個人のものに過ぎないのであって、決してアメリカ民主主義の本質というものではないという修正である。

しかし、皮肉なことは、そういった修正がおこなわれはじめた日本において、いまや、まさしくダグウッド的なマイホーム亭主が大流行しはじめていることではないだろうか？

電気冷蔵庫は、日本全国津々浦々にまで普及した。そして、その中には、ぎっしりと食べるものが詰め込まれている。食べるものは日本じゅうに氾濫し、子供たちは、「飢え」ということばを知らない。しかも団地の場合、冷蔵庫は住まいのド真中に据えつけられているのである。

四

孟子曰く――
「君子は庖厨を遠ざくるなり」
誇り高き男は、台所へなど入ってはいけない、ということだ。ゴキブリのように台所をウロチョロする亭主は、軽蔑された。男の風上にも置けないもの、とされていたのである。

宗介は確かそのことばを、父親からきいたような気がする。彼がまだ、小学校何年生かの頃だ。もちろん「ホウチュウ」ということばが、宗介にはよくわからなかった。しかし、父親のいう意味は、何となく宗介にも理解できたのである。

ところで、この団地という住居の場合はどうだろうか？　ダイニングキッチンは、その中央部に堂々と位置しているのである。宗介の住んでいる3ＤＫの場合、六畳、四畳半、四畳半の三つの部屋は、中央のダイニングキッチンを取り囲むような形で配置されている。

もはや団地には《君子》は住めないということだろうか？《君子》は団地に住むべきではない、ということかも知れない。なにしろこの団地においては、ダイニングキッチンへ入らないことには、一日も生活することはできないからだ。そういう構造になってしまっているのである。

ダイニングキッチンが、住いの中央部に設置されているという団地の構造は、戦後の民主主義によってもたらされた《女権》というものの象徴であるのかも知れない。そしてそのダイニングキッチンには、まるで王様のような電気冷蔵庫がデンと安置され、子供たちはあたかも玩具箱でもあけるようにそのドアを開いて、ありとあらゆる食べ物をつかみ出すことができる時代なのである。

《鍵っ子》に肥満児が多いのは、共稼ぎ夫婦が、いつでも冷蔵庫の中に、ぎっしり食べる物を詰め込んで置くためである、といった話を、宗介は何かで読んだおぼえがあった。これは、悲劇だろうか？　それとも喜劇というべきであろうか？

ダイニングキッチンへ立って行った宗介が、結局、冷蔵庫の中から取り出したものは、ゆで卵一箇と、キンピラゴボーの小皿だった。

「よしよし」

と宗介はまた独り言をいいながら、キンピラゴボーの小皿から、冷蔵庫用のピラピラした包装紙をはがした。何とも珍妙なビールの肴ではある。しかしこの場合、ハムやチーズではやはりうま味がない。欲をいえば、イカ、エビ、タマネギのカキ揚げ、というところだろうが、注文をつけられないところが、残り物というわけだ。

ゆで卵とキンピラゴボーの小皿は、宗介の仕事机の上に並べられた。

窓越しに眺められる向い側の棟のカーテンは、まだほとんど閉じられたままだ。

一本目のビールが空になろうとするころ、窓の外からアサリ売りの呼び声がきこえてきた。

「アサリィー、アサリィー。アサリ屋さんが来ましたよおー。当地直送のアサリですよおー」

当地直送、というのは、どういう意味だろう？　と宗介は、ひとりでニヤニヤしながら考えてみた。虫のいどころの悪い日であれば宗介は、そのような些細なことにも、何かいいがかりをつけたいような気持になったのかも知れない。しかし、その朝の彼は、上機嫌だった。

「アサリ売りの声をききながらビールが飲めるとは、この団地もまんざら捨てたもんじゃあないではないか」

彼はゆで卵を頬張りながら、そんなことさえ考えていた。

五

アサリ売りの声がきこえなくなるころ、宗介の耳にはいろいろな物音がきこえはじめてきた。

向い側の棟の窓のあく音がきこえる。仕事机に向ってビールを飲んでいる宗介の眼の位置からは、二階、三階、四階のベランダが見えるが、三階のベランダには、早くも主人があらわれて植木鉢に水をやりはじめた。

額から頭の真上に向って、髪の毛は総退却した形であるが、宗介より五歳くらい年上だろうか？　宗介は彼と、まだ直接には挨拶を交したことはなかった。しかし、宗介は何かしら、不思議な親近感を彼に抱いているのだった。

植木のことは、宗介はまるでわからなかった。花の名前も、菊とか朝顔といった、子供でも知っている程度の知識しか宗介は持っていない。だから、宗介が抱いている彼への親近感は、彼がベランダで丹精している植木のせいではなかった。

日曜日などには、一人で芝生の手入れをしている姿も見かけた。子供たちが踏み荒らした芝生にしゃがんで、芝の苗を植えているのである。芝生は、原則として立入禁止であった。しかし、実さいには「芝生をきれいにしましょう」と書かれた立札を真中にして、子供たちは、キャッチボールやバレーボールを楽しんでいるのである。

子供たちばかりではない。中には乳母車ごと乗り入れて、陽なたぼっこをしながら井戸端会議を開いている主婦たちの姿も見られた。

先だっての、駐車場論争のときも、そのことが問題になった。

「芝生改造案に反対する人たちはこれ以上団地から緑を奪うな、といっているけれども、芝生は立入禁止のはずである。ところが、その芝生に乳母車などを乗り入れて子供を遊ばせているのは、おかしいではないか？」

というわけだった。宗介には、その指摘が面白かった。しかし、それは、相手の痛い所を突いている、という意味からではない。団地の中には、そういった矛盾が、他にもごろごろしているからだった。

団地内には、公団が指定した、正規のマーケットが五カ所にあった。建物も公団が造った規定のもので、業者は抽選で入って営業しているわけだ。八百屋、魚屋、菓子屋、酒屋から薬屋まで、いわば各地区に一業種一店の割合で配分されている。

ところが、その周囲の通路に、いつのころからか、露店商人たちが群がってきて、物を売りはじめているのだった。

はじめは、タオルで顔を覆った百姓女だった。バイパスの向う側の百姓家の女房で、リヤカーに自家製の野菜を積んできて、道路で売るのである。それから、小型トラックに乗った若い百姓がやってくるようになった。定位置は、リヤカーの方が郵便局前のポストの手前。小型トラックの方は、104号棟の南側の芝生脇の道路上であるが、もちろん、いずれも道路交通法違反である。

はじめのうち、そのもぐり八百屋は、ときどき警官に取締られたらしい。宗介もそんな話を妻からきいたような気がしているが、いまだに姿を消さないのは、団地の主婦たちが、彼らから野菜を買うことをやめないからだ。どの程度安いのか宗介は知らなかったが、いずれにせよ彼らには、そこに存在する理由があったのである。

百姓女が駐車したリヤカーの傍で、タオルを被ってうつむいているのは、せめてもの彼女の良心なのかも知れない。リヤカーのすぐうしろには、「道路上にて行商禁止」の立札が立っていたからだ。

「道路上にての行商を禁ず」の立札のまわりには、行商人が群がりはじめた。

考えてみれば、その場所が、最も目立つせいだったのかも知れない。彼らが群がったのは、理に叶った結果だったのである。

夕方、その立札の付近を通りかかると、ちょうど縁日のような臭いが立ちこめているのだった。おでん、たこ焼きの屋台も、そこには出ていたからだ。布地屋、玩具屋、菓子屋から、漬物屋、干物屋、履物類を売るもの、そして、金魚屋、小鳥屋まで揃っている。まるで「行商禁止」の立札のまわりだけが、取締りを受けない安全地帯であるかのように、彼らはそこに群がり、腹を減らしたものはおでんやたこ焼きの屋台に首

道路上にて行商禁止

を突込んでいるようすである。

彼らが、そこにあらわれることをやめないのは、いうまでもなく商売が成立するからだろう。もしかすると、向い側の棟の三階の亭主は、その露店で芝生の芝苗を購入したのかも知れないのである。鉢植えの花や苗木を売っている行商人も、確か宗介は見かけたことがあった。

六

宗介は、ベランダの鉢植えに水をやっている三階の主人とは話をしたことがなかったが、そこの夫人からは出会うと必ずおじぎをされた。特別なつき合いなどはもちろんない間柄だ。しかし、宗介が北向きの四畳半の窓からぼんやり外を眺めているときに、彼女がベランダへあらわれると、いやでも真正面から目が合ってしまうのである。

彼女はベランダ越しにおじぎをする。こちらも窓越しにおじぎを返す。宗介と彼女とは、いわばそのような間柄であったが、あるとき、宗介はバスの停留所で彼女から声をかけられた。

「お出かけですか？　駅までお送り致しましょう」

見ると、彼女が車の運転席から顔を出しているのだった。宗介はそのとき、どこへ出かけるところだったのか、すでに忘れてしまっている。しかし、午後二時か三時ごろで、団地内循環バスは、一番間遠な時間だった。

助手席の椅子の背を倒してうしろの席に乗り込む、小型の車である。

「こんなちっぽけなボロ車ですけど、よろしかったらいつでもご利用下さい」

ハンドルを握った手にはめられていた白い手袋が、宗介には印象的だった。

「夜中でも、もし、子供さんがご病気のときなんかは、どうぞ遠慮なくお電話を下さい。主人かわたしか、どちらかがお役に立つと思いますから」

宗介は、彼女の親切に対して素直に感謝した。

「お宅ではどうして車をお買いにならないんですの？」

と彼女がたずねているのだとは、宗介は考えなかった。しかし、その後、彼女へ電話をして車を出してもらってはいない。彼女の親切なことばを忘れてしまったわけではなく、車を持っているのは、１０４号棟の同じ階段十世帯のうち、宗介の家庭を除く九世帯だったからだ。

「新聞にお書きになったシベリア紀行文、拝見いたしました」

と彼女はいった。

「いや、どうも」

と、宗介は、うしろの席から、彼女の白い手袋を見ながらいった。

「ずっと昔のころを思い出して、ほんとになつかしい気持でした」

あるいは彼女は、そのことを宗介に伝えたかったのかも知れない。

「父が外務省に勤めておりましたものですから」

と、白い手袋をはめた手でハンドルを動かしながら、彼女はいった。

「ソ連の大使館に赴任するとき、シベリア鉄道に乗って行ったんです。わたしはまだ、ほんの子供でしたが……」

「ああ、そうでしたか」

彼女の年齢を宗介は知らない。宗介より二つか三つ、年上だろうか？　子供は、二人とも、宗介のうちと同じくらいだった。しかし、彼女の夫の年恰好から、年上だろうと見当をつけたわけだ。

シベリア紀行文を話題にされたことは、もちろん宗介にとって快いことだった。まだ、ほんの子供だった時分の、彼女の思い出話を、宗介はききたいような気持になったほどだ。しかし車は早くも、団地駅に到着したのだった。

それ以後も宗介は、窓越しに彼女に挨拶を続けている。彼女もベランダからおじぎをしてくる。しかし、シベリアの思い出話は、きく機会がなかった。あれ以来、彼女の車に乗せてもらっていなかった。

その機会は、いつか到来するだろうか？　奇妙な話であるが、お互いがこの団地の、向かい合せの棟に住んでいるうちは、その機会は到来しないような気が宗介にはしている。

彼女はシベリアの思い出を持っている。まだ彼女が、ほんの子供だったころの思い出である。そのことを彼女は、宗介の書いた紀行文を読んで思い出した。そして、それを宗介に知らせた。つまり、知らせたいことを、彼女は知らせたのである。車は、たぶん、そのために使われたのだろう。

宗介はその親切に感謝し、そして彼女のシベリアの思い出話をききたい気持になった。しかしわざわざ、そのために彼女のうちを訪問しないのは、彼の《オブローモフ主義》のせいである。

「シトータコーエ・オブローモフシチイナ？　オブローモフ主義とは何ぞや？」

宗介は、向い側の三階で、ベランダの花に水をやっている彼女の夫を眺めながら、独り言をいった。おそらく、彼女の少女時代のシベリア体験をきくことからは、何かが得られるにちがいない。あるいはそれを、いま取りかかっている、シベリアを舞台にした小説のために、役立てることさえできるかも知れなかった。

しかし、と宗介は考えた。確かに、彼女のシベリアの思い出話をきこうと、向い側の三階を訪問することは、宗介に何らかの新しい現実をもたらすであろう。小説のための収穫があろうとなかろうと、訪問することと自体が、新しい現実であるにちがいない。しかし、訪問しないこともまた、一つの現実ではないか。彼女のドアのブザーを押したとたん、この北側の四畳半の窓から、ぼんやりと向い側の三階を眺めているという現実は、失われてしまうからである。

要するに、選択の問題なのだ。そして、選べるのは、どちらかなのだ。

宗介は、訪問しない方の現実を選んだ。しかしそれは、彼女を訪問したくない、ということではなかった。彼女の少女時代のシベリアの思い出を、ききたくないわけではなかった。ただ当分の間は、この窓越し、ベランダ越しのつき合いが続くだろう、と宗介は考えていたのである。

もし、いつの日か、宗介がこの団地を出てどこかに住み、ある日、ひょっこりこの団地へ遊びに来るようなことがあったら、そのときは是非とも彼女を訪問して、シベリアの思い出話をきいてみよう。手土産をぶらさげてあの三階を訪問し、思い出話をきいたあと、今度は是非拙宅へ遊びに来て欲しい、と挨拶をして、辞去すればよいわけだからだ。

七

窓の外は次第に賑やかさを増していった。団地内循環バス停留所へ向うサラリーマンたちの足音である。男ものの靴音に混って、コツコツコツと小走りに急ぐハイヒールの音もきこえる。上着の片袖に腕を通しながら歩いている若い男もいる。

もし、仕事が捗らなかった朝であったならば、宗介はそれらの出勤して行くサラリーマンたちを、うらやましい気持で眺めたことであろう。

「ああ、俺は何という不健康な生活を強いられているのだろう!」

と嘆かずにはいられなかったはずだ。われとわが身とわが職業の忌わしさを呪わずにはいられなかっただろう。しかし、その朝の宗介は、そうではなかった。

「サラリーマン諸君、どうもお勤めご苦労さんです!」

宗介は窓の外を眺めながら、そう声をかけたいような気持だった。

「お早よう！」

と声をかけて、宗介はダイニングキッチンへ入って行った。

「あ、お父さん酔っ払ってるう！」

と、パジャマ姿の長男が声をあげた。

たぶん宗介は、赤い顔をしていたのだろう。自分でもそれは、おおよそ、見当がついた。

「なんだ、お前まだパジャマなのか？」

と宗介は、両手にぶらさげてきたビールの空瓶二本を、ダイニングキッチンのテーブルの上に置きながらいった。

「お父さん、今日、何曜日だと思ってるの？」

「何曜日だって、学校がはじまる時間は同じだろう」

宗介は、パジャマ姿のままグローブをはめて、キャッチボールの真似をしている長男に向って、いった。

「今日は、日曜日なんだよ、お父さん」

「おいおい、寝呆けるんじゃないぞ」

「お父さんこそ、朝から酔っ払うんじゃあないの！」

「窓の外をのぞいて見ろ。もう皆んな勤めに出かけてるんだぞ」

「うわーい、バンザーイ！」

と長男が両手をあげて跳び上った。

「お母さん、お兄ちゃんどうしてバンザイしてるの？」

とトイレットから戻ってきた長女が、たずねた。長女の方も、まだパジャマ姿である。

「友子、友子！」

長男は、長女を呼びつけて、何ごとかを耳打ちしている。

「なあ、友子、今日は日曜日なんだよな、友子」

「何よお？」

「バカ！」

「ねえ、お父さん、お父さんお兄ちゃんからダマされちゃったの？」

「バカ！　友子、せっかくお兄ちゃんがトボケてるのに！」

宗介は、テーブルの前の椅子に腰をおろした。なるほど、そうか。もう春休みだったわけだ。

「そうか、そういうわけだったのか」

「そういうわけですよ」

と、ガス台からスープの鍋をおろしながら宗介の妻が答えた。

「そうかあ。それじゃあ一つ、どこかへハイキングにでも行くか」

「ハイキングなんて、お父さんつまんないよう！」

「もうこないだから、映画映画って、うるさくてしようがないんだから」

「あれだけテレビを見てても、まだ映画が見たいのかね？」

と宗介は少々ウシロメタイ気持になりながらいった。ここ一、二年、ぜんぜん子供たちを映画館へ連れて行ってやらなかったからだ。春休みになると、子供用の映画が一斉に封切られることは、宗介も知っていた。だいたい、怪獣物とディズニー物の二種類であるが、昨年あたりから、長男と長女とは別々の映画を見たがるようになってきている。つまり、二回に分けて、子供を連れて行かなければならないわけだ。それを宗介は二回とも妻に押しつけていたのである。

理由は、宗介が朝起きないためだ。

「お父さん、酔っ払ったままハイキングへ行くの？」

「ああ、平気だよ」

「何か、いま召上りますか？」

と妻がたずねた。

「うーん、まあいいや。このまま眠らせてもらいましょう」

「じゃあ、お赤飯は、夕食の方がいいですね？」

「セキハン？」

「だって、いまから眠ったんじゃあ、お昼にはとても起きられないでしょう？」

「うん、まあ、二時ごろなら大丈夫だろうが、どうしてかね？」

「今日は貴方サマの誕生日ですよ」

八

「お父さん、誕生日にはどうして赤飯を食べなきゃいけないの？」

と、真向いに坐っている長男が宗介にたずねた。

「そりゃ、お祝いだからさ」

「さあ、泰介も友子も、お父さんおめでとう、をいいなさい」

と宗介の妻は、バースデーケーキの赤いローソクにマッチで火をともしてから、いった。

「一、二、三、四。どうしてお父さんのローソクは四本なの？　友子は五本だったのにさ」

「バカだなあ、友子は。だってこんな小さなケーキに四十本もローソクが立てられるわけがないじゃないか」

「四十本？」

「そうだよ。お父さん、お父さんは今日で四十歳なんだよね」

「へえー！　じゃあお父さんは、今日生まれたの？」

「バカ！　四十年前の今日じゃないか」

「さあ、二人とも余計なお喋りはやめて！　おめでとうございます！」

宗介の妻は、そういって、ちょっと頭をさげる真似をした。

「おめでとうございます！」

「お、め、で、と、う、ございます」

と二人の子供たちも、妻の口真似をした。

「いや、どうも、ありがとうございます」

宗介がそう答えるや否や、テーブルの向い側から、長男がバースデーケーキに向って、ふうーっ！　と息を吐きつけた。四本のローソクのうち、三本がそれで消えてしまった。

「これ、お行儀が悪いよ！」

と妻が叱りつけた。しかし、こんどは長女の方が残りの一本に向って、ふうーっ！　と息を吐きつけた。

「これ！」

「だって、早く消さないと、ローソクが溶けちゃって、ケーキがまずくなっちゃうんだから」

「お父さん、ケーキ食べるの？」

「うーん、どうしようかな？」

「じゃあ、トモコにちょうだい！」

「あっ、ズルいよう友子は！」

「じゃあ、こうしよう」

と宗介はいった。

「お赤飯を食べたものに、お父さんの分のケーキをあげるよ」

「ちえっ！　そんなのヒキョウだよ、お父さん」

「何が卑怯だ？」

「だって、ぼくが赤飯嫌いなの知ってるじゃないか」

「どうして、こんなにうまいものが嫌いなのかな？」

宗介にはそのことが不思議だった。宗介のところでは、一年に四回、赤飯を炊いた。宗介と妻と長男と長女の、誕生日である。しかし、実さいに赤飯を食べるのは、宗介と妻だけだった。

最も積極的に食べるのは、もちろん宗介である。妻の方は、いわばつき合っている程度である。それは宗介にもわかっていた。しかし、だからといって、不愉快なわけではない。無理に、宗介と同じくらい赤飯を好きになれ、と強制するつもりは、宗介にはなかった。

ただ、宗介に不思議だったのは、二人の子供たちが、いずれも赤飯を好まないことだった。彼らは、自分たちの誕生日にさえ、ふつうの白飯を食べているのである。何故だろうか？

「他家の子供たちも同じなんだろうかね？」

と、宗介は、赤飯にゴマ塩を振りかけながら、妻にたずねた。

「誕生日に赤飯を炊くうちなんて、この団地じゃあほとんどないんじゃないかしら？」

「ふーん、なるほど……」

そういう習慣は、もはや滅びたということなのか？　宗介は皿の上の、鯛のオカシラつきを睨んだ。

九

宗介が年に四回、家族の誕生日に必ず赤飯を食べるのは、もちろん第一には、彼が赤飯を好きだったからだ。

ゴマ塩をかけた赤飯に、オカシラつきの鯛の塩焼き。この取り合せは、確かに余り現代的な好みとはいえない。野暮ったいばかりでなく、年寄り臭いとさえいえるだろう。ただし、美食家でない宗介にとっては、まことにふさわしい好みであったといえるかも知れない。

「おれの好物は、ゴマ塩つきの赤飯に鯛の塩焼きなのだ」

宗介は、たぶん意地になって、そう考えていた。それとも、意地というより、むしろ運命と呼ぶべきだろうか？

宗介が子供だったころの習慣で、現在もなお引き続き守られているのは、正月の雑煮と誕生日の赤飯くらいのものだった。いや、正確にいえば、宗介が子供だったころの赤飯は、毎月一日と十五日だったのである。当時においては、家族の誕生日を祝うという習慣は日本人の家庭にはなかった。お正月に、全員揃って一つずつ年を取ったからだ。したがって、家族の誕生日に赤飯を食べるという習慣は、昔式と現代式の折衷といえる。戦前式と戦後式の、折衷策である。

宗介の曾祖父は宮大工だった。筑前某郡某村の、農家の次男坊であった彼は、百姓にならずに宮大工となって、分家したわけだ。そして、いわゆる《日韓併合》というものがおこなわれて間もなく、宮大工の棟梁として朝鮮に渡った。日韓併合は、一九一〇年である。その後、日本人たちはぞろぞろと朝鮮へ出かけはじめたため、朝鮮各地に日本人用の神社を建てる必要が生じてきたのであろう。

宗介の曾祖父が、朝鮮の各地にどのくらい神社を建てて歩いたのか、くわしいことはわからない。しかし、宗介が生まれたとき、曾祖父をはじめとする宗介の一家は、北朝鮮の小さな町に定住していた。

宗介の父親は、その町で、かなり大きな雑貨商を営んでいた。宗介が生まれたとき、曾祖父はすでに隠居していて、三代目の父親が当主になっていたのである。二代目の祖父は、四十代で若死にした人で、宗介が生まれたときは、すでにいなかった。

昭和十五年、宗介が小学校二年生のとき、曾祖父は八十八歳で亡くなった。米寿の祝いをすませて間もなくだった。それから、宗介が中学一年生の夏、日本は戦争に敗け、三十五年ぶりに朝鮮は朝鮮人たちの手に戻って、独立した。

宗介の家族に関していえば、応召していた父親が、帰ってきた。しかし、間もなく胃潰瘍のため死亡した。そのあとを追うようにして、祖母も死亡した。敗戦の翌年、宗介たちは、三十八度線を歩いて越え、筑前某町へ引揚げてきた。

この一家の、四代に亘る年代記を、宗介はいつか一大長篇に書き残したいものだと考えているが、いつのことになるか、もちろんわからない。《年代記》という形が、果してとれるものかどうか、それもわからない。しかし、それは宗介にとって、一つの遠大なる計画という性質のものとはちがっていた。もっと身近なものだ。なにしろ、赤飯を食べるときには、必ずその《年代記》が思い出されたからだ。《年代記》なしに、宗介は赤飯を食べることはできなかった。

「オレの好物は、ゴマ塩つきの赤飯に、鯛の塩焼きなのだ」

それを運命ではあるまいかと宗介が考えるのは、そのせいだろう。

それにしても毎月一日と十五日に赤飯を食べるというのは、宮大工だった曾祖父の方の習慣だったのだろうか？　それとも、商人だった父親の方の習慣なのか？

宗介が誕生日の赤飯にこだわるのは、あるいは失われてしまった《生れ故郷》に対する、郷愁のためであるのかも知れない。しかし、誕生日に食べる赤飯は、昔風と現代風の折衷だった。

「結局、この四十歳という年齢が折衷的な存在なのかも知れないなあ」

と、宗介は、妻に向ってとも、独り言ともつかぬ、いい方をした。

「入学したのは尋常小学校だが、卒業したのは国民学校。中学校も入学したのは旧制中学校で、卒業したのは、新制高校だった」

「何いってんのよ、ひとりで？」

「それとも、鉄筋コンクリートの団地の中で、誕生日に赤飯を食べようとすること自体が、滑稽だということになるのかな？」

「そんなこともないでしょう。だって好きなものは、いつ食べたっていいわけですからね」

「そうさ。だから誕生日にこだわって食べるという習慣のことさ」

「じゃあ、毎月一日と十五日に炊いて差しあげましょうか？」

「冗談じゃないよ！　お母さん」

と長男が、口を挾んだ。

「まあ、お前にとっては、確かにそうだろうな」

宗介は、宮大工になって分家した曾祖父の四代目である。しかし宗介の長男をその五代目と呼ぶことができるだろうか？　おそらく呼べないだろうからだ。曾祖父の血はこのオレまでで滅びた、ということではないだろうか。

宗介は、自分のうちに仏壇がないことに、そのとき気がついた。果してこのマンモス団地の七千世帯のうちに、仏壇のある家庭が幾つくらいあるだろうか？　考えてみれば、団地には床の間というものもなかった。ないばかりでなく、それがないということさえ忘れっ放しで、宗介は生活してきたのだ。これでは《伝統》も《習慣》も、あったものではないのである。

「そういうことです！」

「え？」

「いや、赤飯はやっぱり、うまいものだと、オレは思うよ」

「お父さん、トモコが取ってあげたノビルもおいしいでしょう？」

「ああ、おいしいよ」

そういって宗介は、鯛の塩焼きの向う側に置かれた皿から、ノビルを一本つまみあげ、生味噌をこすりつけて、かじってみせた。

「おいしい？」

「ああ。ずいぶん大きなノビルだ」

「それ、トモコがスコップでとったノビルだよね」

「ちがいます！　お兄ちゃんがとったノビルです！」

「ちがうよね、お父さん、トモコがとったノビルだよね」

「そうだな、自分で食べてみればわかるんじゃないかな？」

何故、子供たちはノビルを食べないのだろう？　ツクシも食べない。ツクシの卵とじは、宗介の好物の一つだった。

「お父さん、ツクシはもうスギナになっちゃったよね」

「そう。また来年になったら食べられるさ」

その日、宗介たち親子四人は散歩に出かけたのだった。その川土手にノビルが群生していたのである。朝、アサリ売りの呼び声をききながら、久しぶりにビールの大瓶二本をあけた宗介は、妻からその日が四十歳の誕生日であることを知らされたあと、ふとんにもぐり込み、午後一時ごろ目をさました。睡眠時間は約六時間だ。《眠り男》を自称する宗介にしては、異例の早起きである。

十一

四十歳の誕生日当日、午後一時ごろ目をさました宗介の頭にまず浮かんできたのは、まことに平凡であるが、「不惑」の二字だった。

「四十にして惑わず……か」

例によって、独り言であるが、そのとき宗介は、一人の男を思い出していた。男といっても、実在の人物ではない。二葉亭四迷という小説家が書いている、『平凡』の主人公である。

「私は今年三十九になる。人世五十が通相場なら、まだ今日明日穴へ入らうとも思はぬが、しかし未来は長いやうでも短いものだ。過去つて了へば実に呆気ない。まだ〳〵と云つてる中にいつしか此世の隙が明いて、もうおさらばといふ時節が来る。其時になつて幾ら足掻いたつて藻掻いたつて追付かない。覚悟をするなら今の中だ。

いや、しかし私も老込んだ。三十九には老込みやうがチト早過ぎるといふ人も有らうが、気の持方は年よりも老けた方が好い。それだと無難だ」

という書き出しで、その小説ははじまっている。二葉亭四迷という小説家もまた、宗介が尊敬する文学者の一人だった。しかし『平凡』が、いつ書かれたものであったか、すぐに思い出すことはできなかった。

「いったい、何歳であの小説を書いたのだろう？」

これは宗介にとって、重大な問題であった。宗介は、寝巻姿のままダイニングキッチンへ入って行き、冷蔵庫からミネラルウォーターの壜を取り出し、コップに注いで、まず一杯、飲み干した。それから、煙草に火をつけると、六畳間の本棚のところへ戻って、二葉亭四迷全集第四巻を引っぱり出した。

『平凡』は、新聞小説である。そのことは宗介もおぼえていたが、「解説」には次のように書かれている。

「『平凡』は明治四十年十月三十日より同年十二月三十一日まで『東京朝日新聞』に連載。翌四十一年三月文淵堂より単行本として刊行された」

この小説の主人公である「私」は、役所勤めの官吏である。もと文学青年で、いまは内職に翻訳などをして家計のたしにしている男であるが、その彼がある日曜日に、妻子を親類へ無沙汰見舞いに出したあと、長火鉢の傍で、一人、つれづれなるままに三十九年間の回想にふける、という話である。書かれたのは明治四十年。二葉亭四十四歳の作である。

「ふーっ」

と宗介は溜息をついた。二葉亭の四十四歳は数え歳だ。そして、本日まさに満四十歳の誕生日を迎えた彼は、数え歳四十一歳だったからである。

「日本人の平均寿命は、いくつになったんだったけね？」

二葉亭四迷全集を手に持ったまま、宗介はダイニングキッチンへ入って行き、妻にたずねた。

「さあ……」

「いや、正確にじゃなくともいいんだが」

「女は確か七十五歳じゃなかったか知ら」

「七十五？」

「男の方は、それよりも、確か四つか五つ若かったと思うわよ」

「じゃあ、七十くらいだな？」

「たぶん、そうだったと思いますよ。ですから、あなたの場合は、あと三十年は残ってるわけです」

「ふーん」

「え？」

『平凡』が数え歳四十四歳の作であるという事実は、なお宗介の頭を離れなかった。ただ、唯一の救いは、それが《人生五十年》の時代の四十四歳だということだろう。

　宗介が子供だった頃も、人生の相場は、二葉亭の時代と同じく、やはり五十年と決っていた。戦争に敗けるまではそうだったのである。

「それにしても、ずいぶん気前よく延びたもんだなあ」

　しかし、戦争に敗けて、平均寿命が延びるとは、いったいどういうことだろうか？

「国破れて山河あり。城春にして、白髪三千丈……か」

十二

「子供たちは？」

「まだお午まえですけど、そろそろ帰ってくるでしょうよ」

「よし！」

　宗介は、二葉亭四迷全集をダイニングキッチンのテーブルの上に置くと、子供部屋の四畳半に入って、ラジオ体操をはじめた。

「一、二、三、四！」

「どうしたんですか、急に?」

「五、六、七、八!」

どのくらいの時間、宗介は体操を続けただろうか? せいぜい二分か三分ぐらいだったかも知れない。その結果、彼が発見したものは、まったく奇妙なことに、臍のゴマだった。つまり、こういう次第である。

まず、ラジオ体操第一の脚の運動。次は両手を腰に当てて首の運動に移ったが、このときは、ボキボキッ! と骨の鳴る音がきこえた。しかし宗介は、その音には最早慣れていた。彼は続いて、両脇腹の筋肉を伸ばす運動に移った。とにかく腹筋を伸ばさなければいけない。座業に従事するものは、特にそうだ。そうです、そうです、そうなんですよ! とまず左脇腹を伸ばし、続いて右脇腹の筋肉を伸ばした。そうです、そうです、そうなんですよ!

それから両脚を開いたまま、膝を直角に折り、「天突き体操」の恰好を四、五回やってみた。これは確か、小学校が国民学校と改称されたあとから取り入れられた体操ではなかっただろうか?

「天突き体操」の次に宗介はシコを踏んでみたが、左右の脚を二、三度持ちあげると、もう汗がにじみ出てきた。宗介はまだ寝巻を着たままだったのである。

寝巻を脱ぎ捨てた彼は、パンツ一枚の恰好で、こんどは両手を腰に当てて上体をうしろに反らせはじめた。畳の上何センチのところまで見えるか? その高さによって、骨と筋肉の若さの度合いを測定できるという記事を、宗介は何かの雑誌で見たことがあった。雑誌ではなく、それは新聞に挾み込まれた広告であったかも知れない。いったい何の広告だったのだろう?
一、二、三、四、五、六! うしろの子供用ロッカーの抽出しを数えながら、宗介は歯を喰いしばった。なんとか畳が見えるところまで頑張らなければならぬ。
「見える、見える!」

「見える、見える、じゃないですよ！」

とそのとき妻の声がきこえた。

「ヘンな恰好しちゃって！　それじゃあ外から、まる見えじゃありませんか！」

しかしその妻のことばが終るか終らないうちに、宗介は長男の勉強机の前に尻餅をついた。

「ふーっ！」

そして、情けないくらい波打っている自分の腹を見おろしているとき、臍のゴマに気づいたのである。

宗介は、不思議な気がした。いったい、臍のゴマを見るのは、何年ぶりのことだろうか？　十年？　二十年？　いや、おそらく、日本が戦争に敗けて以来、はじめてのことではないだろうか？　宗介は、ほとんど反射的に、戦争に敗けた年の冬、朝鮮で死んだ祖母の九州弁を思い出した。

「臍のゴマをいじると、腹がセクばい！」

宗介がまだ小学校にあがるかあがらない頃の記憶だった。もちろん宗介には、臍のゴマをいじると何故「腹がセク」のか、わからなかった。そして、いまもなお、わからないままである。

宗介は、しげしげと、自分の腹を眺め直してみた。臍のゴマをいじると何故「腹がセク」のかわからない点は、四十歳となったいまも変らない。しかし、宗介の腹はずいぶん変った。

彼は、結婚当時に仕立てた背広を、十一年経った現在もなお着用しているが、二年ほど前から、ズボンがきゅうくつになってきている。胴まわりがいったい何センチあるのか、正確な数字は宗介にはわからなかったが、十一年前のズボンは、チャックを引き、留金をかけると、コルセットのようにきゅうくつだった。ベルトなしでも落ちてこない。

「ふーん」

と宗介は、感心したように、もう一度自分の腹を眺め直したあと、手を伸ばして臍のゴマをつまみ出しはじめた。四十歳になったいまでも、臍のゴマをいじると「腹がセク」ものだろうか？結果的にいえば、宗介の腹は、セカなかった。「腹がセク」のは、あるいは子供のうちだけなのかも知れない。宗介は、ようやくの思いでつまみ出した、その薄黒い、やや湿り気を帯びた臍のゴマを、暫くの間、ぼんやり眺めていた。

宗介の掌に載せられた臍のゴマは、ネズミの糞を小さくしたようなものだった。しかし、何故いままで、そのゴマに気づかなかったのだろうか？　実さい、宗介は、不思議な気がした。それとも、この臍のゴマは、四十歳の彼の誕生日にとつぜん宗介の目の前に出現したというのだろうか？

彼はやがて、おそるおそる、掌の上のものを、自分の鼻先に近づけてみた。そして思わず、顔をそむけた。それはまったく、「四十年間の垢」とでもいう以外に、いいあらわしようのない、奇妙な臭いを発していたからだ。

人間の臍の緒というやつも、こんな臭いを発するのだろうか？

念のため、宗介はもう一度、掌の上のものを鼻先に近づけてみた。すると、こんどは、不思議なことに、はじめは思わず宗介に顔をそむけさせてしまった臭いが、何ともいえず懐しいものに感じられたのである。

「四十年間の垢か……」

その日、宗介に、子供たちと一緒に散歩に出かけようと決心させたものは、その「四十年間の垢」の臭いだったのかも知れない。

十三

「昔の人は、この道を歩いて、東京へ通ったんだよ」

旧日光街道沿いに流れている綾瀬川の土手を歩きながら、宗介は長男に説明した。

「お父さん、東京じゃなくて、江戸だろう?」

「そう、江戸だな」

「木枯し紋次郎も歩いたの?」

「あれは、架空の人物だ」

「でも、テレビの中じゃあ歩いたんでしょう?」

「そうだな。たぶん一度くらいは歩いただろうな」

「紋次郎は、お母さんの友達だったんでしょう?」

「そうらしいな」

宗介の妻は、そのテレビの股旅もの番組を、毎回欠かさず見ているようだ。背の高い、孤独な無宿者紋次郎を演じている主役俳優が、彼女の高校時代の後輩だったからである。そのことは宗介も、妻からきいて知っていた。

宗介も、できるだけその番組を妻とつき合って見るように努めている。もともと宗介は、時代劇のファンである。テレビ映画では、時代物かマカロニウエスタンしか見ないとさえいえるくらいだ。あとは、相撲と野球中継である。

宗介の妻は、彼の好みをよく知っている。したがって、そのような趣味の持ち主である宗介が『木枯し紋次郎』だけを見ないとなると、何だか妻の後輩に対して、嫉妬でもしているように取られるのではあるまいか、と宗介は考えたのだった。それは誠に、心外なことだ。

はじめはそういったわけで、宗介はできるだけ妻とつき合ってそのテレビの股旅物を見ることにしていたのであった。しかし、回を重ねるうちに、宗介の気持は少しばかり変化してきた。

「あの番組が熱狂的にウケるのは歩く、という現代人が失った夢を紋次郎が実現してみせるからではないだろうか?」

宗介は、そう考えるようになったのである。

「今日も歩く、明日も歩く。明後日も歩く……」

人間の理想は、ただただ、ひたすら自由に、足のおもむくまま歩き続けるということかも知れないのだ。

そういえば、芭蕉も西行も日本じゅうを一人で歩き続けた。

「あ、ボートだ!」

長男が叫んで、土手を駈け降りていった。見ると、廃船が水際につながれているのだった。

宗介も、長女の手を引いて、長男のあとに続いた。土手には一面にノビルが群生していた。

近づいて見ると廃船はかなりの大きさだった。十メートルくらいだろうか?

「お父さん、どうしてこんなところにボートがあるの?」

「ボートじゃない。船だよ」

綾瀬川は、旧日光街道の松並木に沿って流れており、たぶん江戸川か荒川に注ぐのだろう。くわしいことは宗介にはわからなかったが、ここに国道四号線ができるまではこの川が、荷物や人を運搬したのだろう。

「どうしていまは使わないの?」

と長男は、綱渡り式に廃船をつないでいるロープを昇りながら、たずねた。

「トラックの方が速いからさ。それに地下鉄や電車も発達したからね」

「ボート場みたいなのを、ここに作ったらいいのになあ」

「なかなか風流なところじゃない?　ねえ」

と宗介の妻がいった。

「そうだなあ。それにしても何故団地の連中はこういうところへ出かけてこないのかね?」

「皆んな、車で街や観光地へ出かけちゃうのよ」

実さい、土手にはまったく人影がないのだった。

「ノビルもこんなに生えてるというのになあ」

宗介はしゃがみ込んでノビルを一本引き抜いてみた。

「お父さん、ノビルって食べられる草なの？」

「そうだよ」

「お父さんがトモコぐらいのときもノビルは生えてた？」

「もちろん、だよ！」

と宗介は最後の「だよ！」に力を入れながらノビルを引っぱった。しかし、白い根の手前のところでノビルは切れてしまっている。二度、三度、繰り返してみたが、うまくゆかない。宗介は、ムキになって指先で土を掘りはじめた。

「手じゃあ、ちょっとムリでしょうよ」

「いや、そんなことはないよ」

「この次のとき、スコップを持ってきて掘ったら？」

「あ、お母さん、どこかでスコップ買ってこようよ」

いつの間にか、しゃがみ込んでいる宗介のまわりを、妻と長男と長女が取り囲んで見物しているのだった。

「じゃあ、捜して来いよ、お前たちは。お父さんは、ここで掘ってるからさ」

妻と子供たちが、土手を昇ってスコップを買い求めに行ったあと宗介は、三十分くらいも指でノビルを掘り続けただろうか？　やがて家族のものたちが、ピカピカ光る移植ゴテを買って戻ってきたとき宗介は、上半身裸の姿になっていたのである。

「ヒェーッ、お父さん裸になってるう！」

「どうだい！」

と宗介は、白い根ごと引き抜いた十本ほどのノビルを摑んで、妻の方へ差し出してみせた。

「ほんと、凄いわねえ！」

ノビルを手で引き抜いたのは、いったい何年ぶりだろう？　と宗介は思った。彼は泥まみれになった右手を眺めた。ペンだこのできている中指の爪にも、煙草のヤニで黄色く変色している人さし指の爪にも、真黒い泥が詰まっていた。

「その手で煙草を吸うんですか？」

「ああ」

宗介はあたかも自分が、もうずっと何年間も、昼はノビルを採り、夜は読書に励む「晴耕雨読」の生活を続けてきた人間であるような、満足をおぼえていたのだ。

「ああ、腹が減った！　今夜の赤飯は、うまいだろうなあ」

十四

本間宗介の、第四十回目の誕生日は無事に終った。それは、まことに健康な一日であったといえるだろう。中でも、臍下丹田に力を込めて、十数本のノビルを引き抜いたときの、快い汗と空腹感が彼を満足させたのである。

「全て世は事もなし！」

と宗介は思った。もちろん、まるで「四十年間の垢」のような臭いを発する臍のゴマを発見したことも、また、ノビルを掘って帰ったあと、風呂の中で長男との間に交された、次のような会話をも含めてである。

「あれ、お父さんの頭、何だかヘンだよ」

「どこがヘンかね?」

「なんだかさあ、テッペンのあたりがハゲかけてるみたい」

「どのへんかね?」

「このへんだよ」

と長男は、指で自分の頭の真中あたりを押さえてみせた。

「それじゃあわかんないよ。お父さんの頭の、どのへんか、指でやってみろよ」

「こ、の、へ、ん、だよ」

いいながら長男は、指先で宗介の頭の上に円を描いた。

「おい、おい、見えないと思って嘘をいっちゃいかんよ」

「嘘じゃないよう、本当だよ!」

「いま、頭を洗ったばかりだからじゃないかな?」

「何だか、毛がさあ、ここんところだけ切れちゃってるみたいになってるんだよ」

そういって長男は、もう一度指先で宗介の頭の上に、円形を描いた。宗介には、少しばかりその範囲が広過ぎるように思われた。

「それじゃあお前、ほとんど頭の上、全部じゃないか?」

「全部じゃないけどさ、二分の一か三分の一くらい、かな」

俺は真中からハゲる質なのだろうか? 思わず宗介は、頭のテッペンに掌を当てずにはいられなかった。

それから、青いプラスチック製の腰かけ台の上で、暫くの間じっとしていた。ロダンの《考える人》の恰好である。

「少年老い易く、学成り難し。一寸の光陰軽んずべからず……」

宗介はぶつぶつ、独り言をいった。

「いまだ醒めず池塘春草の夢、階前の梧葉すでに秋声……」

しかし、もちろん宗介は、いつまでも頭髪にこだわっていたわけではない。いや、こだわってはいられなかった。四十歳の誕生日を過ぎてみると、自分の目の前にはたくさんの予定やスケジュールが目白押しにつながっていることに気がついたからだ。

その第一は、生まれてはじめての仲人だった。話が持ち込まれたのは、半年ほど前だ。宗介の妻は、もと某私立女子高校の英語教師をしていた。結婚をして、長男が生まれる半年くらい前まで続けていたのであるが、その教え子の一人が訪ねてきて、どうしても仲人を頼みたいという。

宗介にはもちろん、即答はできなかった。しかし、結局は引き受けることになったのである。理由の第一は、断わる理由が見当らなかったからだ。女の方の人物、家庭については、妻がほぼ知っていたし、男の方は、宗介が雑誌に書くものや、本になったものを、ほとんど読んでいるということだった。話はどうやら、そこから出てきたものらしかった。宗介にしても、正直なところ悪い気はしなかったのである。

しかし、宗介が結局その仲人役を引き受けることにしたのは、それだけの理由からではなかった。彼は例によって、《オブローモフ主義》を決め込んだのである。

「ま、半年先のことだから、それまでには何とかなるだろう」

いったい何が、何とかなるのだろうか？　それはもちろん宗介自身にもよくわからなかった。そして、よくわからないまま、半年の月日は経とうとしていたわけである。

宗介の妻の方はどうだったのだろうか？　彼女にも仲人役を断わる理由は、見当らないようだった。宗介が書いたものを、その青年が読んでいるということを、彼女は特に問題にはしなかったようだ。その点に関しては、むしろ宗介の方が、少々の警戒心を働かせたといえるかも知れない。

十五

「まさか、結婚したとたんに会社をやめて、小説を書きたいなんていい出すんじゃないだろうな、あいつ?」

「どこでわかる?」

「そういう心配はない子じゃないかしら」

「どこってことはないけど、あの女の子が選ぶんだから、まずそんなに無鉄砲な人間じゃあないわよ」

「じゃあ、オレのものを読んでます、というのはお世辞か?」

「まさか!」

「しかし、このごろの若い衆は、なかなか知恵があるからな。わからんよ」

「だって、そんな嘘ついたって、すぐにバレちゃうんじゃない?」

「ま、とにかく半年先のことだからな。それまでには、だいたいのことはわかるだろう」

「半年あとになってわかったたって、何にもならないんじゃないかしら?」

「じゃあ、どうするんだ? 引き受けた以上、仕様がないんじゃないかね」

「だから、あたしは、その点に関しては、あの二人はたぶん大丈夫だと思うんですよ。でなきゃあ引き受けなければいいんですからね。ただ、あたしの場合は、いわゆる正式のお仲人さんというものを、まだ見たことがないもんですからね」

「そういえば、そうかな」

　確かに、宗介たちは、いわゆる形通りの結婚式というものを挙げていなかった。神式、仏式、キリスト教式、その他いかなる形式の式も挙げていない。

もちろん宗介たちの結婚は、決して冒険的なものではなかった。つまり、それ自体が、物語とか小説とかになるようなものではなかった、という意味では、まことに平凡なものであったとさえいえよう。仲人もいれば、披露宴もおこなったし、新婚旅行にもちゃんと出かけた。ただ、いわゆる「結婚式」だけはおこなわなかったのである。

何故だろうか？　宗介の考えでは、神前にしろ仏前にしろ、あるいはキリスト教式にしろ、いわゆる正式な結婚式を挙げるということは、むしろ非凡なことに思われたからだった。最も平凡な形式が、当時二十八歳であった宗介には、正反対のものに思われたのである。然るに宗介の考えでは、結婚とは平凡なものでなければならなかったわけだ。

無届けの同棲生活というものも、やはり宗介には非凡なものに思われた。共産主義による男女の結びつきもまた、同様である。それらの実例は、学生時代の同級生や同人雑誌仲間などに幾つも見られた。

つまり、いわゆる正式な結婚式も、それを否定した無形式の同棲も、宗介には同様に非凡な結婚であると思われたわけだ。しかし、彼がそう考えたのは、二十八歳であったからではない。たぶん、時代のせいであろう。宗介が二十八歳当時といえば、いまから僅か十二年余り前に過ぎない。確かに、僅か十二年！　である。しかし、その十二年前に、十歳でもなく、四十歳でもなく、二十八歳であったということが重大なのだ。

そのときの宗介に、羽織袴を着けて、神前でお祓いを受けることができただろうか？　あるいは着るものはモーニングでも何でもよいが、いずれにせよそれは、共産主義によって結びつく結婚同様、宗介には非凡なことに思われたのである。要するに、形式主義もイヤ！　反形式主義もイヤ！　というわけだった。そしてその結果が、「いわゆる正式のお仲人さんというものをまだ見たことがない」という宗介の妻のことばになったのである。

もちろん、結婚後、宗介夫妻は友人、知人の結婚式に何度か招待された。したがって、披露宴の席における仲人の姿はその都度見ているわけであるが、宗介の妻がいうのは、正式の結婚式現場における「お仲人さん」だった。それは、宗介にもよくわかった。

「例の神前でお祓いを受けるときのことをいってるわけだろう？」

「そうです」

「オレは何度、見たんだろう？」

「福岡だけでも、二回は帰ってるわね」

「それから従弟が一人、東京で結婚したときか」

いったいいつごろから、あの「お祓い」が平凡なものとなったのだろうか？

宗介の妻は、できることなら、生まれてはじめての仲人役を果す前に、一度「正式なお仲人さん」を見学して置きたいような口ぶりだった。

しかし、こればかりは思い通りにはゆかなかった。他人の式へ割り込むわけにはゆかず、また親戚縁者関係にも近々そのような話は見当らないようだった。

「ま、大丈夫さ」

と宗介はいった。

「どうってこたあ、ないよ。式場の係の人が教えてくれた通り、平凡にやりゃいいんだ」

そして、そのうち、約束の五月はあと一月後に迫ってきたのだった。四十歳の誕生日が終ると、宗介は何だか自分がめちゃくちゃに多忙な人間であるような気になりはじめた。

生まれてはじめての仲人役を果さねばならない結婚式は、五月のゴールデンウイークあけである。それまでのおよそ一月の間に自分がやって置かねばならないことを、宗介はあわてて考えてみた。

まず九州へ講演に出かけなければならない。唐津市と福岡市の二個所であるが、講演会の翌日に、高校の同窓会がやはり福岡市でおこなわれる。これは、まったく偶然の一致だった。

「えーと、それから……」

平凡に、平凡に、と宗介は考えた。その結果、彼が考えついたものは、四十歳の厄除けのお守りを手に入れることだった。

「そうだ、前厄祓いもやらねばならん」

旅の空

一

宗介が福岡へ帰るのは、およそ二年ぶりのことだった。前に帰ったのは、妹の結婚式のときだ。宗介とはちょうど一まわり、つまり十二歳下の末の妹である。確か、昨年の暮ごろ子供が生まれたはずだった。

「あそこの子供は、女の子だったかな？」

と宗介は、妻にたずねた。

「そうですよ」

宗介の兄弟は、現在、七人のうち五人が福岡市内に住んでいる。兄が一人、弟が三人、妹が一人であるが、すでに全員結婚して、それぞれ別々に暮していた。子供は末の妹をのぞき、他の兄弟のところには、それぞれ二人ずつ。母親は、宗介の兄に当る長男の家に住んでいる。

宗介は、九州旅行の仕度をしながら、二、三人の甥姪たちの顔を思い浮かべてみた。年齢は、宗介のところと、似たり寄ったりである。しかし、名前までは、思い出せなかった。

「だけど、こんどの博多行きは、仕事なんでしょう？」

と、こんどは宗介に妻の方から質問が出た。

「もちろん、そうだよ」

宗介も、講演会のことを忘れていたわけではない。今回の文芸講演会は、宗介が卒業した私立大学の校友会と教育委員会の共催で、宗介が選ばれたのも、たぶんそのせいだろう。同行する先輩作家の神田も同じ大学の出身者である。宗介より、十年くらい先輩で、主として歴史物を書いている。

「こんどは、へたすると、おふくろに会う暇はないかも知れんよ」

「そんなに忙しいんですか？」

「いろいろ、とね」

「だって、講演会は、一日に一回ずつでしょう？」

「そりゃあ、そうだが、そのあとがね」

講演会の予定は、まず唐津の方からだった。羽田から板付空港へ着いたあと、博多で小休止。それから、迎えの車で唐津へ向い、午後六時から九時までが講演会。そのあと、共催者側との懇親会があって、唐津に一泊。翌日、車で博多へ行き、六時から九時まで講演会という予定であったが、宗介が考えているのは、唐津に住んでいる武田のことだった。

武田は、もともと唐津の人間ではない。宗介と同じ中学、高校へ通っていたときには、筑前某村から、一里ほどの道を徒歩で通学していた。それ自体はべつに珍しいことではなかったが、珍しかったのは、村に住んでいながら、武田は《ハイキュウマイ》であったことだ。

武田の父親は、旧帝国海軍の少将である。そのため戦後は失業状態となって、田舎へ引込んでいたわけであるが、現在は、唐津で船舶のエンジン工場を開いていたのだった。武田は、大学の工学部を出たあと、その工場を手伝っているらしい。

宗介と武田とは、べつだん親友といった間柄ではない。ふだんから文通をしたりする友達でもないが、いわば二人の間柄は、《ハイキュウマイ》同士の友情関係であるのかも知れない。世に、食べ物の怨みはおそろしい、というが、この場合はその逆ということであろう。

「それにしても、まったく色気のない話だなあ」

と宗介は、考えた。あるいは、独り言になっていたのかも知れない。せっかく二年ぶりに九州へ帰るというのに、まず頭に浮かんでくるのが、《ハイキュウマイ》仲間の顔とは、いささか、わびし過ぎるのではなかろうか。

二

同行する先輩作家の神田は、宗介にとって特にニガ手という存在ではなかった。神田の作品を宗介はほとんど読んでいない。しかし、それはお互い様であって、却ってその方が気楽というものだろう。宗介との関係は、べつに、ただ同じ大学の出身であるというだけで、特殊なものではない。つき合いというものも、個人的にはなく、誰かの出版記念会やその他のパーティで顔を合せれば、挨拶を交し、立話をする程度である。それに年齢的にも、また作家歴においても、宗介はまちがいなく神田の後輩であったから、諸事すべて神田を立てて、自分は後に控えておれば、万事うまく納まるはずだ。お互いに、シノギをけずっている間柄ではないから、その点は、主催者側としても、不必要な神経を浪費せずに済むであろう。宗介にとっても、まことに無難な同行者といえたわけだが、ただ神田は、まったく酒を飲まないらしい。

そのせいだろうか？　せっかく二年ぶりの九州旅行であるにもかかわらず、どうも、余りパッとした空想を描くことができないのを、宗介は神田のせいにして考えてみた。

しかし、本当の理由は、飛行機かも知れなかった。確かに宗介は、できることなら汽車で九州へ行きたかった。しかし、自分一人だけ汽車で行くこと等、もちろんできない。絶対にできないわけではないが、非常にむずかしい。実さい、この飛行機の問題は、簡単なようで、厄介なものだ。例えば宗介は、どちらかといえば、飛行機という乗物が好きな人間ではない。しかし、それでは絶対に乗らないかといえば、そういうわけでもなかったからである。

「飛行機の切符を用意しましたから」

と仕事関係の相手からいわれれば、

「いや、わたしは飛行機には乗りません」

とまで、はっきり断わる勇気は持っていないからだ。つまりそれは、逆にいえば、それほどはっきりとは、臆病ではない！　ということである。落ちるかも知れない！　と想像するだけで心臓がおかしくなるほどの、飛行機恐怖症ではないわけだ。

もちろん、恐怖以外にも、飛行機を嫌う理由は幾らも考えられる。

「そんなにあわてて、いったいどこへ行く必要があるのか？」

というのも、その一つだろう。

「頭が痛くなる」

というものもいるだろう。その他、腹痛、吐気など、生理的な苦痛から、飛行機を避けるものもいるはずである。しかし、宗介の場合、面倒なことに、それらの理由はどれも該当しなかった。めまい、頭痛、腹痛、吐気、いずれも起こらないのである。

「早過ぎる」

という理由も、宗介は考えてみた。しかし、九州の母親が危篤だといわれれば、他ならぬその理由のために、おそらく飛行機を選ばざるを得ないだろう。

一番はっきりしているのは、羽田空港が遠い、ということかも知れなかった。宗介の住んでいる団地からそこへ行くのは、東京都を南北に縦断する形である。飛行機で羽田から板付までと、どちらが時間がかかるだろうか？

しかし、あれやこれや考えてみても、もちろん結論など出てくるはずはなかった。また、そんなものを無理に引っ張り出そうとしているわけでもなかった。要するに、九州へ旅行する前日、講演会の原稿を考えながら、宗介は何となく憂鬱だっただけだ。二年ぶりの福岡行きが、何故、憂鬱なのだろう？　その原因を、飛行機のせいにして宗介は考えてみたに過ぎない。

しかし何故、憂鬱なのだろう？　講演会のせいだろうか？　そうではなく、《帰郷》の二文字のせいだった。福岡は宗介の本籍地である。中学、高校もそこで終えた。母親も兄弟もそこで暮している。にもかかわらず、宗介は《帰郷》の二文字を素直に、自分の福岡行きに当てはめることができなかった。

三

宗介が羽田空港のロビーに到着したのは、約束の午前十時にあと三分というところだった。眼鏡をかけた、背の高い神田の姿はすぐにわかった。煙草を吸いながら、四、五人の男女と立ち話をしている。見送りに来た雑誌の編集者らしい。

宗介は近づいて行って、神田に挨拶をした。

「どうも遅くなってすみません」

「いやね、キミの切符も、彼が預かってるものだからね。ちょっと心配してたんだが」

そういって神田は、「彼」と呼ばれた、若者を宗介に紹介した。

「ぼくんところで、いろいろ資料やなんかの整理を手伝ってくれてる、佐野君だ」

「今日は先生と一緒にお伴しますので、よろしく！」

と佐野は頭をさげた。

「ああ、あなたが切符を預かってくれてたんですか。そりゃあ、どうも」

宗介は、佐野から搭乗券との引換券を受け取った。そして、その瞬間、やはり昨夜の憂鬱の原因は飛行機だったかも知れない、という気持になった。しかし宗介は、ほとんど同時に、飛行機に対する恐怖も忘れていた。自分が、眠い目をこすりながら、なんとか約束の時間に間に合うよう羽田空港へ駈けつけて来たのは、他ならぬ、この引換券を受け取るためであったことに気がついたからである。

「そうだったのか！」

「え？」

と佐野がきき返した。

「いや、ちょっと……」

と宗介は、煙草を取り出して、ゆっくりと火をつけた。何とかして笑い出すのを、こらえなければならなかったからだ。

宗介の住んでいる団地から羽田空港までは、およそ二時間を必要とした。地下鉄で国鉄への接続駅まで行き、そこから、国電で浜松町へ出る。浜松町から羽田まではモノレールである。

もちろん、朝飯など食べている暇はなかった。ミネラルウォーターを、コップ一杯飲んだだけである。それからおよそ二時間の間、宗介が考えていたのは、午前十時という約束の時間だけであった。

「よろしく」

と雑誌記者の一人が、宗介に名刺を寄越した。神田が連載小説を書いている婦人雑誌の編集部の名刺だった。

「今度、キミに旅行の記事を頼みたいんだそうだ。まあ、協力してあげて下さい」

と神田がわざわざ口添えした。

「いや、こちらこそ、よろしくお願いします」

と宗介は、頭をさげた。

「こちらへお帰りになったころ、一度お宅の方へお電話致します」

と編集者はいった。

「そうですね。遅くとも、四日後には戻っていると思いますから」

と宗介は答えた。もちろん、宗介の頭からはそのとき、すでに飛行機の恐怖は、影も形も消えてなくなっていたのである。四日後には、当然の如く生きて帰ってくるつもりに、なっていたのだった。

「あ、そろそろ、時間です」

と佐野がいって、神田の旅行バッグを持ちあげた。編集者も世慣れた返事をかえした。

「それじゃあ、わたしたちは、ここで失礼致しますから」

「どうぞ、もうお引き取り下さい」

「いや、どうも、わざわざ、ありがとう」

と最後に神田がいった。

神田が窓側の座席に坐り、宗介はその隣りの席に腰をおろした。佐野は、宗介の真うしろの席だった。

ベルトを締めるとき、宗介はシベリア旅行のときの、ロシア人スチュワーデスを思い出した。

四

二週間のシベリア旅行で、宗介は都合四度、ソ連の民間航空機に乗る機会があった。ハバロフスクからイルクーツクまで。イルクーツクからブラーツクまで、往復。イルクーツクからハバロフスクまで、の四度であるが、羽田空港から板付へ向って飛び立った日航機の中で、宗介が思い出したのは、その最後の、イルクーツクからハバロフスクまでの飛行機に乗っていたロシア人スチュワーデスだった。

しかし、特別に、何か思い出のようなものが、彼女に関して残っているわけではない。強いて挙げるなら、彼女のミニスカートの裾に皺が寄っていたことくらいだろうか。その皺が、彼女の円い尻を一そう円く見せ、出っ尻の印象をより強めていたのかも知れない。紺のスーツに紺のスカートだった。背丈は、日本人女性とくらべても、中くらいではないだろうか？　帽子は、確か被っていなかったようだ。

「キミの演題は、何でしたかな？」

と、隣りの席の神田がたずねた。

「《シベリア旅行で考えたこと》、というものです」

「ああ、そうだったね」

「実はいま、そのシベリアでのスチュワーデスのことを思い出していたところなんですけど」

宗介は確か、そのハバロフスクへ向う飛行機の中で、翼のつけ根あたりの座席に腰をおろしていたような気がする。彼が、スチュワーデスのミニスカートの皺に気づいたのは、離陸してから間もなくのことだ。彼女は、宗介のうしろの方から、座席の間の通路を、ちょうど婦人警官のような姿勢で、急ぎ足に歩いてきたかと思うと、最前列のあたりで、くるりと廻れ右をした。そして、ピアノの伴奏もなにも無しで、いきなり独唱をはじめるような調子で、何か喋りはじめたのである。

宗介は、ロシア文学科の出身であるにもかかわらず、露語会話は、まるきりダメである。しかし、そのことを、べつだん恥であるとも、彼は考えていなかった。決して、誇りであるとも思わなかったが、要するに最初から彼は、会話に関しては諦めていたのである。

どうせ、いくらガンバッテみたところで、ロシア人の小学生にさえかなわないのだ。それにもう一つ、外国語会話に関して宗介は、牢固たる固定観念に支配されていたのである。

「会話は、語学力というよりむしろ演技力である」

という固定観念であった。そして「演技」ほど宗介にとって恥かしいものはなかったのである。たぶんこれは、ロシア文学科が英文学科であっても、フランス文学科であっても、またドイツ文学科であっても、同じ結論となったであろう。また、実さい、ソ連を旅行する日本人にとって、露語会話はべつに是が非でも必要というわけではない。団体旅行の場合には、必ず、インツーリスト（交通公社のようなもの）の日本語通訳が、ずっと一緒について歩いてくれるからだ。

「ソ連では、どういう飛行機に乗るんですかね？」

「民間航空では、ジェット機とプロペラ機があるようですね」

「しかしねえキミ、そうだ、これはひとつききたいんだけど、共産圏の場合ね、民間航空っていうのはどういうことなのかね？」

「そうですねえ、まあ一言でいえば、軍用機ではない、という意味に使ってるんだと思いますよ」

「あ、なるほどね」

と神田はうなずいてみせた。

「しかしねキミ、ソ連の操縦士は民間航空の場合でもみんな、戦闘機とか爆撃機の操縦士で、しかもウオトカを飲んで操縦する、という話を、誰かにきいたことがあったよ」

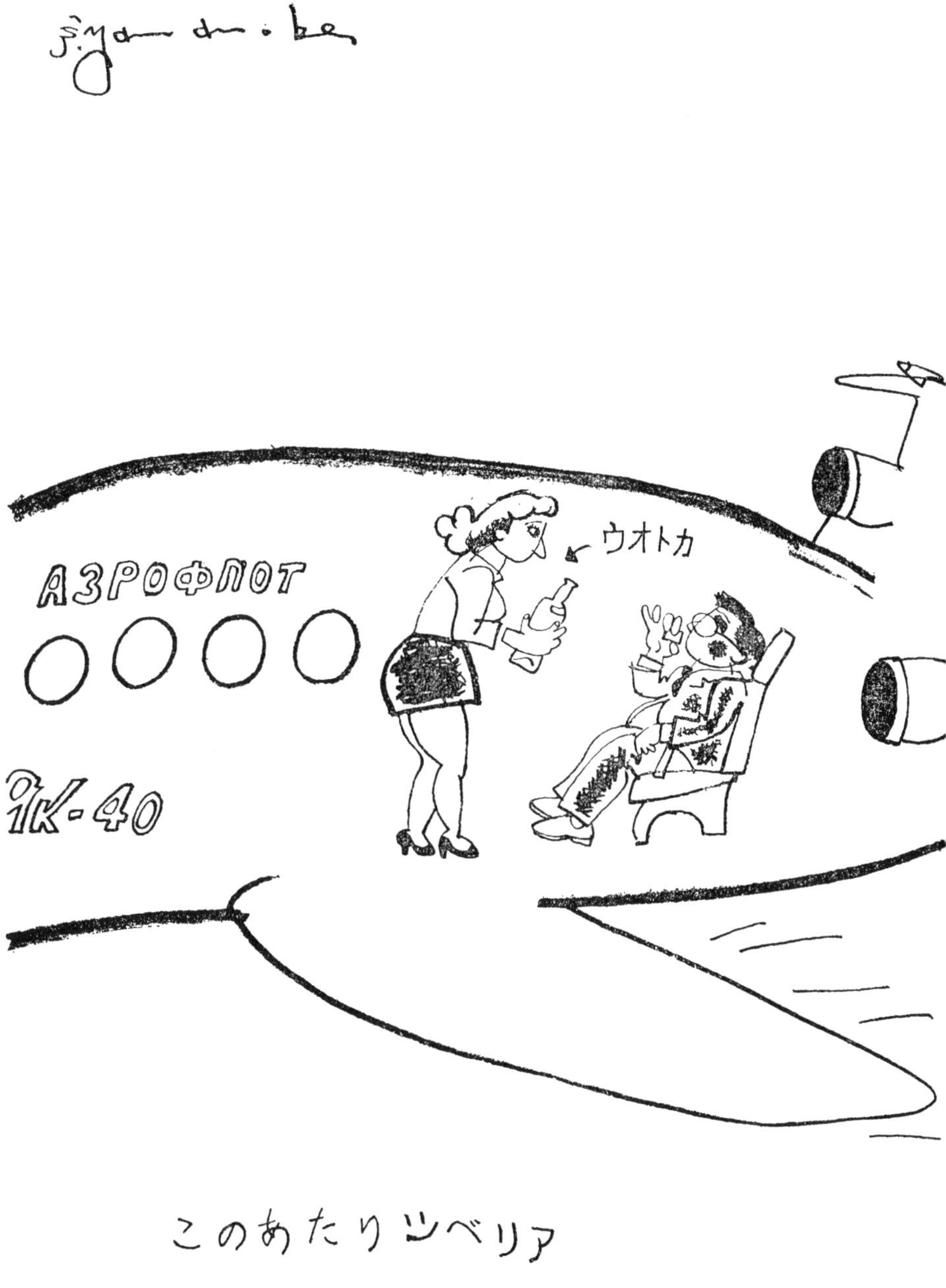
ウオトカ
АЭРОФЛОТ
ЯК-40
このあたりシベリア

「まさか、そんなことはないでしょう！」

「じゃあ、あれはデマですな」

「むしろ、ソ連の飛行機は、安全第一主義ではないかと思いますがね」

と宗介は、あの飛行機の中で飲んだウオトカのことを思い出しながら、いった。実さい、あのウオトカには、さすがの宗介もおどろいたものだ。うしろの座席から差し出された、水筒の栓のようなプラスチックス製の容器に注がれた液体を、ぐいと飲み込んだとたん、文字通り、目から火が出た、感じだったのである。

五

シベリア旅行へ出かけた宗介は、某協会主催の《シベリア・セミナー》の講師という資格だった。三十名ほどの、独身サラリーマンの団体である。宗介の義務は、横浜からナホトカ間の往復の船中で、「ロシア文学にあらわれたシベリア」というテーマで四回ほど話をすることだった。それ以外の時間は、団員の独身サラリーマンたちと、自由に飲んだり雑談をしたりしていればよいわけだった。実さい彼は、シベリア旅行の二週間の間、ずっとウオトカに酔いっ放しの状態だったのである。

したがって、彼は、イルクーツクからハバロフスクへ向かう飛行機の中ではじめてウオトカを飲んだわけではない。にもかかわらず「目から火が出た」のは、そのウオトカが《ストロング》と呼ばれている九十度のものだったからだ。団員の独身サラリーマンの一人が、知らずに買い込んできたものらしかった。ホテルやレストランで、ふつう出されるウオトカは、四十度から五十度のものである。銘柄は《ストレチナヤ》《ストロバヤ》等が一般的だ。


「ソ連の旅客機が安全第一主義だというのは、どういうこと？」

と神田がたずねた。

「天気が悪いときは、まず絶対に飛ばない、ということですね」

「ははあ……」

「それは、まったく徹底していましてね。その代り、半日でも一日でも、平気でダイヤを遅らしちゃうんです」

「欠航、ということですね？」

「そういうことですけど、外国人が参っちゃうのは、まったく説明されないことでしょうね。つまりこれこれしかじかの理由で、何便と何便は欠航。次は、何時何分に何便が出る、といった説明がまったくなされないわけです。いったい、いつ飛行機は飛ぶのか、さっぱりわからない。ですから、何時間も、わからないまま、空港の待合室に放って置かれるわけです。本当に、何にもいいませんね。何でも、半日くらい待たされるのは常識みたいなもんらしいですよ。ホテルに引き返すわけにもゆかず外国人たちは、それで、ネをあげちゃうらしいんですが、ロシア人にとっては、あたり前なんですね」

「なるほど。それで、安全第一主義、ってわけなんですな」

「それから、これは一度だけでしたが、ひどく耳が痛みましたね」

九十度のウオトカを飲み込んで、目から火が出たあと、宗介は暫く眠り込んだようだ。そして、目をさましたとき、両耳の底に、鋭い痛みをおぼえたのだった。

「それが、並大抵の痛さじゃあないんですよ」

実さい、その痛みは、ハバロフスクの空港に降りてからあとも、二、三時間続いていたのである。

「気圧の調節装置が故障してたのかね？」

「さあ、そのへんはよくわかりませんけど」

そのとき宗介は、ナホトカ港で偶然出会った、高校の同級生を思い出した。川口和子だ。何故いままで忘れていたのだろうか？

六

「本間さんじゃないですか？」

と、川口和子から声をかけられたとき、宗介はナホトカ港の待合室で、土産物店をのぞき込んでいた。外国人旅行者を相手に土産物を売る《ベリョースカ》である。

ここでは、日本の「円」の他、ドルやフランでも買い物ができた。できた、というより、むしろ、積極的に、「円」やドルを使わせるのが最近のソ連の国策であるらしい。宗介が旅行に出かけたときは、いわゆるドルショックの直前で、一ドル三百六十円。ソ連の一ルーブルが四百円という換算相場だった。

ところが、二週間の旅行中に、ドルショックが起きて、《ベリョースカ》の土産物の値段が訂正された。旅行中の、どのあたりで、そのショックが起きたのか、宗介にははっきりしない。また、その結果どの程度にドルの値段が下ったのかも、よくわからなかった。

ただ、団員の独身サラリーマンたちの間では、できるだけ「円」を残して、手持ちのドルで買い物をした方が得だ、といった話で持ち切りだったようだ。ドルを残して日本へ帰っても、換算相場が下って損をするというのであるが、宗介にはピンとこない話だった。

もちろん、その程度の理屈は、いかに金銭にうとい宗介といえども、理解することはできた。しかし、宗介はドルの現金をあらかた使い果しており、残っているのは、サインをして使用するパーソナルチェックだけだった。そのため宗介は、何となくドルで買い物をするのが億劫になっていたのである。

まことに幼稚な話であるが、宗介には、そういった間接的な手続きを要する買物が、まことにわずらわしく、考えているうちに、つい面倒臭くなって、手っ取り早い日本円か、ソ連のルーブルの、現金を使ってしまいたくなる。

しかし、そんなことは、本当はどうでもよいことだった。ただ、川口和子からとつぜん声をかけられたのが、たまたま《ベリョースカ》の店先であったため、反射的に柄にもないことまで、思い出してしまっただけの話である。

名前を呼ばれたとき、宗介は、すぐに彼女を思い出すことができなかった。

「は？　わたしは、本間ですが……」

たぶん、それは、ナホトカ港の待合室に日本人が氾濫し過ぎていたためではないかと考えられる。ちょうど夏休みが終り、九月に入ったところだった。そのため、ソ連だけでなく、ヨーロッパ各地を旅行していた若い日本人たちが一斉に帰国の途につき、ナホトカ港へ集結していた。ヨーロッパから帰国する場合も、ソ連へ入り、シベリア経由でナホトカ港へ出て、そこから船で横浜へ帰るのが、最も経済的だからである。

実は、川口和子も、そういった経路で、ヨーロッパの旅から帰国する日本人の一人だったようだ。

「××高校の、同級生ですよ」

「ははあ！　わかりました、わかりました！」

「でも、何年ぶりかしら？」

「確か、東京で、二、三度会いましたね。といっても、もうずいぶん昔の話だけど」

「そうですよ。わたしが、女子大に入ったばかりのころですから」

「それで？」

「あ、こちらの方、ご紹介しましょう」

そのとき宗介が紹介された男性は、高校の国語教師だった。黒縁の眼鏡をかけており、宗介よりも二つか三つ年上に見えた。

「なんだ、ご主人じゃないの？」

と宗介は、笑ってみせた。

「わたし、まだチョンガですよ」

と川口和子も、笑って答えた。

「チョンガ？」

と宗介は、思わずきき返した。

「不思議かしら？」

「うん、まあねえ。なにしろ、こっちは、すでに二人の子持ちなんですからね」

そういって宗介は、川口和子を頭のてっぺんから足の先まで、あらためて見直した。女の髪型について宗介はくわしくない人間であるが、彼女は、パーマネントをかけていない髪を二つに分けて、うしろで無雑作に束ねている。それから、シャツは昔ふうにいえばマドロスが着ていたような、胸のあたりにデザインの入った、ヒッピーシャツだ。ズボンは、ジーンパンツであり、穴に金具のはめ込まれた幅の広い革ベルトをしめている。

「いや、上から見ても、下から見ても、立派な独身女性ですよ」

川口和子は、決して美人というタイプではない。特別に色が白いわけでもなく、鼻も高くはない。ヒッピーシャツの下の胸も、大して膨んではいない。全体に凸凹の少ない体つきである。しかし、その、豊満だったり、美人だったりしないところが、かえって彼女を若く見せているのではないだろうかと宗介には考えられた。

「それで、いまは、こちらの方と同じ高校で教えてるわけ？」

「こちらの方は、県立高校よ。わたしの方は、私立の女子高校」

「すると何か、国語関係の教師の団体旅行みたいなものですか？」

「そうじゃないわよ。だって、わたしは国語じゃないんですもの」

「あ、これは、失礼！　川口さんは何か、むずかしいやつだった」

「女だてらに数学ば、教えとります」

と、彼女は九州弁を使った。彼女が属しているのは、夏休みを利用した教師たち十名ほどの団体らしい。

「女子大出て、すぐ福岡へ帰ったわけか？」

「そう。そうねえ、そういえば、そのあたりから、もうぜんぜん会ってなかったわけね」

実さい、日本に住んでいて会えない者が、シベリアの港町の待合室で、十七、八年ぶりにばったり行き会ったのである。これも、日本人の海外旅行ブームのお蔭というべきだろうか？　宗介には、何とも奇妙な感じだった。

「まあ、昔話は、また船の中でゆっくりするとして、お土産物はもう済んだの？」

「ぼくの方は、だいたい済んだ。ウオトカの大瓶三本と煙草と、それから、琥珀のパイプ、その他、大したものは買わなかったけど」

琥珀がシベリアの特産物であることを宗介は知らなかった。《ベリョースカ》や、船内の売店で、琥珀製の腕輪やネックレスやパイプなどがさかんに売られているのを見て、はじめてわかったのである。

七

「あの、ソ連の香水では、どんなものが有名なんでしょうか？」

と、眼鏡をかけた国語教師が宗介にたずねた。

「さあて……」

と宗介は、《ベリョースカ》のガラスケースの中をのぞきながら考えた。

「お土産ですね？」

「ええ、まあ」

「そうですねえ、わたしはどうも余りくわしくないんですが、確か《石の花》というのが有名だという話はきいたことがあります」

「《石の花》ですか……なるほど」

「本間さん、それを、あるかどうかたずねてあげて下さらない？」

と川口和子が宗介にいった。

「ロシア語はお得意なんでしょう？」

「とんでもない、とんでもない」

しかし、いかに露語会話をニガ手とする宗介といえども、《石の花》があるか無いかを、たずねる程度は、できたのである。

あいにく、ナホトカ港待合室の《ベリョースカ》では、《石の花》は売り切れだった。その代り、《モスクワの思い出》は如何ですか、と赤毛のロシア人女性はいった。

ニンジン色よりも、もう少し濃い赤毛である。額に汗をかいている。忙しいのだ。

「シベリアに来て、《モスクワの思い出》か……」

宗介がいうと、赤毛の女は、首をすくめて、ニヤリと笑った。しかし、宗介のことばが通じたからではない。宗介は日本語で、独り言をいっただけだからだ。赤毛の女が首をすくめて見せたのは、忙しくて参っちゃうわ！　という意味だったのだろう。実さい彼女たちの仕事ぶりは、見ていても気の毒なくらいだった。

まず、陳列されている品物を選んで持って行くと、彼女はそれを伝票に記入する。煙草一箱、ネックレス一個、パイプ一本、すべてである。品目、値段などを、いちいち、古くなった、インクの出のよくないボールペンで記入するのである。

金を払うのはそれからだった。宗介は、ロシアにも算盤があることを、はじめて知った。使い方はもちろんわからないが、針金を半円形に曲げた軸に、木製の玉が通してある、ちょうど子供の計数器のようなものだ。記入された伝票を睨みながら、そいつをかちゃかちゃ動かしているところを見ると、寄せ算をしているのだろう。

宗介は、《ベリョースカ》の、赤毛の女性に好感を抱いた。汗をにじませた広い額、まるくて低い鼻、頬っぺたの片えくぼ。二十四、五歳だろうか？　彼女は、外人旅行客を相手に、外貨獲得の尖兵として奮闘努力しているのである。

それにしても、日本人旅行者の買物の仕方は、少しばかり執(しつ)っこ過ぎはしないだろうか？　と宗介は考えた。品物をいちいち伝票に書きつけるというやり方は、ソ連式であって、それ自体はどうでもよろしい。だから、そのやり方を忠実に実行させられている《ベリョースカ》の女性たちに同情するというのではない。また、日本人が、それに協力しなければならない義務も義理もないわけではあるが、もう少し、品物を一度にまとめて買うことはできないものだろうか？　《ベリョースカ》での買物の手順は、店員の女性がカーボン紙を使用して品物と値段を書き込んだ伝票を二枚作る。その一枚を持って、客はレジへ行き、金を払って伝票にサインをもらってくる。品物は、そのサイン入りの伝票と引き換えに受け取る、というまことに面倒な仕組みであるが、一品分の金を払い終ってサイン入り伝票を持って戻ってきたばかりの人間が、またそこで別の一品を注文して別の伝票に記入させている、といった買い方は、どうも見ていて、余り愉快なものではなかった。一枚の伝票には、確か十品目くらい書き込める欄が作られていたから、一度に品物をまとめれば、買う方も売る方も、また待たされている次の客も、ずい分と気分がよいはずではないか。

この旅行アニマル！　宗介は本気で腹を立てた。しかし、一生にたぶん二度とは訪れることのできないシベリア旅行であってみれば、あるいは、何度も何度も、迷ったり、目移りしたり、諦めたり、思い直してやっぱり買おうと思ったりする方が、正常なのかも知れない。日本人旅行者たちの土産物の買い方に対する宗介の勝手な立腹は、もしかすると、彼自身の買物不精を正当化するための口実であったとも考えられる。彼には、《ベリョースカ》を隅から隅までのぞき歩いて、あれやこれやと細かい買物をする根気と興味が、はじめから無かったのである。

結局、川口和子の連れの国語教師は、《石の花》の代りに《モスクワの思い出》を買い求めた。

「わたしも、それ買おうかな？」

と川口和子がいった。

そのとき宗介は、何となく奇妙な気持になった。眼鏡をかけた国語教師に対する嫉妬だろうか？

八

「《石の花》っていう香水はどれなんですか？」

宗介が振り返ってみると、日本人の女性四、五人が、彼と川口和子と国語教師のまわりに集まっているのだった。宗介を、通訳かガイドとまちがえたらしい。

「《石の花》は、売り切れたそうですよ」

「あら、つまんないわ！」

「それよりも、《モスクワの思い出》というのをお買いなさいよ」

と宗介は、四、五人の女性たちに向っていった。

「これは、なかなかいいものらしいですよ」

「ほんと?」

「ほんとですよ、ね」

と宗介は、川口和子に向って笑いながらいった。

「わたしは、名前が気に入っちゃったのよ」

と川口和子は、答えた。

「そうね、素敵だわ」

と四、五人の女性のうちの誰かがいった。宗介は、自然にニヤニヤしてくる自分をどうすることもできない。彼はすでに、眼鏡をかけた国語教師に対して、嫉妬心に似たものを、抱いていなかった。まわりに集まって来た四、五名の日本人女性全員に、《モスクワの思い出》を買わせてやろう! そう考えついたとき奇妙な、嫉妬に似た気持は雲散霧消していたのである。むしろ彼は愉快でさえあった。シベリア帰りの日本女性たちが、誰も彼も《モスクワの思い出》の匂いをさせているのを、想像することは、何とも愉快なことだったのである。

「さあ、買うのは誰と誰です?」

と宗介は、まるで街頭の叩き売りのような気持になりながら、女たちにいった。

「さあ、いま買う方は、わたしが取り次いで差し上げます!」

「本間さんも、つき合いなさいよ、奥さまへのお土産に」

と川口和子がいった。

「いや、ぼくは、だって、モスクワまで行かなかったんだから」

結局、その場に居合せた女性の全員が《モスクワの思い出》を買い求めた。お蔭で宗介は、至極満足して、ソ連客船バイカル号へ乗り込むことができたのである。

ナホトカから横浜までの船旅は二泊三日だった。船客の約九割は日本人だったようだ。昼間は彼らは、デッキに出て輪投げをしたり、椅子で昼寝をしたり、フォークダンスをしたりしていた。夜になると、一等サロンで、ダンスパーティが開催された。一等サロンというのは、一等船客と同じ階にあるサロンで、宗介たちの団体では、宗介と、主催者側協会の理事である団長と、交通公社の添乗員氏が、一等船客だった。若い団員たちは、その一つ下の階にある「ツーリストクラス」と呼ばれる四人部屋だった。

宗介は、一等船室に一人で入っていた。割り当てとしては、団長と宗介と添乗員氏三人で二部屋であったが、連絡上何かと便利だという理由で、団長と添乗員氏が同室することになったからだ。

一等サロンで開かれるダンスパーティのバンドは、船員たちが早代りで勤めているらしかった。宗介も二、三度のぞきに行ったが、踊っているのは日本人ばかりで、まるで新宿あたりにある、若者相手の踊れる酒場の雰囲気だった。

曲は、ロシア民謡、日本民謡から、ブルース、タンゴ、ゴーゴーまである。宗介は、ダンスはニガ手だった。ニガ手というより、ぜんぜんダメである。したがって、二晩とも、ほとんどの時間を、船尾の方にある船内バーでウオトカを飲みながら過ごした。

九

行きがけのハバロフスク号もそうであったが、帰りのバイカル号も、揺れは同様に激しかった。しかし、宗介が、まったく船酔いを感じなかったのは、あるいはウオトカに酔い続けていたためかも知れない。彼は、二晩とも、午後六時の夕食が終るとすぐに、船内バーへ出かけて行った。ふつうのスタンドバー式の、半円形のカウンターがあり、中に「円」という日本語だけを知っている中年のロシア人女性と、三十歳前後のボーイが立っている。ウオトカは、グラス一杯四十円だ。

もちろん、その船内のバーでウオトカを飲みながら、宗介は十七、八年ぶりに出会った高校時代の同級生、川口和子のことをいろいろ考えてみた。彼女と眼鏡をかけた国語教師との関係は、ただの団体客同士というだけだろうか？

二人は、「ツーリストクラス」の四人部屋の、上下のベッドに寝ているらしい。彼が上で、彼女が下である。そのことを宗介は、船内バーのカウンターで出会った国語教師からきいたのだった。そのとき、川口和子は彼と一緒ではなかった。

「川口女史はどちらですか？」

と宗介がたずねてみると、たぶんダンスホールの方ではないだろうかという返事だった。

国語教師は、どちらかというと無口な男だ。しかし、陰気臭い虚無的な感じではなく、マジメな教師タイプだった。話をしているうちに、彼は宗介の名前を知っていることがわかった。宗介が文芸雑誌に書いた作品の幾つかを、国語教師は読んでいたのである。

「ああ、あの本間さんですか」

と彼はいった。しかし、だからといって、そこで、俄かに宗介に握手を求めてきたりするようなタイプではないらしかった。

「川口女史とは、ずっと前からのお知り合いですか？」

「いや。学校もちがいますし」

宗介は、それ以上のことをたずねなかった。たぶん、国語教師には、妻子があるだろう。川口和子とは、この旅行でたまたま知り合ったのかも知れない。しかし、惚れるとすれば、川口和子の方からではなく、国語教師の方からではないだろうか？

「川口女史を呼んできましょう」

宗介は、彼女を捜しに一等サロンへと出かけて行った。彼女は、ホールの端の方の折り畳椅子に腰をおろしていた。隣りの男が、何かしきりに話しかけているようすだ。

「おい、おい。こげなところで、何ばしよると？」

宗介は九州弁を使って、ニヤリと笑ってみせた。川口和子も、ニヤリと笑って立ちあがった。すると、隣りの男も立ちあがった。結局、宗介たちは三人で船内バーへ戻ってきたわけであるが、そのとき、バーのカウンターから国語教師の姿は消えていたのである。彼は、宗介に対して、気を利かせたつもりだろうか？ それとも、嫉妬していたのは、彼の方だったのだろうか？

一等サロンからついて来た男は、ドイツ留学から帰る途中の、大学助手ということだった。彼女とは、ついさっき、サロンで知り合ったらしい。専攻はドイツ文学史だという。

「ぼくの人生は、ドイツでメチャメチャになってしまいました。ご覧の通りの、アルコール中毒患者になって、ぼくは日本へ帰るんですからねえ！」

このドイツ仕込みの、自称アルコール中毒の大学助手と、宗介がいささか張り合う気持になっていたのは確かだった。

川口和子を、自分の船室に誘うべきか、否か？

十

「もう半分くらい来たかね？」

と隣りの座席の神田が、うしろの佐野を振り返ってたずねた。

「そうですね。あと十七、八分くらいで板付だと思います」

「そうか。ところで、ソ連の女性というのはどうです？」

と神田は、こんどは宗介の方へたずねた。

「わたしの見たのはシベリアだけなんですけど、セックスの方はむしろ開放的なんじゃないかと思いますよ」

「ほう、そうですかね」

「いや、わたしはウオトカばかり飲んでましたから、なんですけれども、とにかく、離婚率はアメリカよりも上回ってるそうですからね」

「そりゃあ初耳だね。でも何故です？」

「いや、くわしいことはわかりません。ただ、少なくとも、財産とか、経済上の問題とか、また、子供の養育の問題などで、別れたくともなかなか別れにくい、というケースは向うではないんじゃないですかね」

「そうか。なるほど。そういう点は、共産社会の方が、かえって自由というわけだな」

宗介はまた、川口和子のことを考えはじめた。シベリア旅行のことを思い出すことは、この際、唐津および福岡でおこなう講演の内容とも直接関係のあることではあったが、宗介は彼女が果して、福岡で開かれる高校の同窓会にあらわれるかどうか、と考えていたのである。

ソ連客船バイカル号の船内バーのカウンターで、彼女を自室に誘うべきか、どうか、あれこれ考え迷った挙句、宗介は結局、彼女を自分の船室に誘ったのだった。

どのくらい彼は迷い続けていただろうか？　時間にすれば、夜の八時ごろから、船内バーが閉店する十一時半までである。その間、宗介はウオトカを何杯飲んだだろうか？　これはどうもはっきりしなかった。川口和子はビールを飲んでいたようであるが、自称アルコール中毒のドイツ文学者はどうなったのだろう？　これも宗介には、はっきりしなかった。一等サロンの方へ、誰かを捜しに出かけたのかも知れない。宗介がはっきりおぼえているのは、船内バーが閉店したあと、偶然のように自室の前を通りかかったことだ。

「あら、本間さんの部屋、ここじゃないの？」

そういって川口和子が立ち止ったのは、確かに、宗介の部屋の前だった。川口和子が指さしたドアには宗介の名前が大きく貼り出されていたからだ。半紙大の用紙に、墨で大きく、主催協会名と宗介の名前が書いてあった。

「へえー、一等船客とは、大したもんだわね」

「ヘンだな」

「何が？」

「いや、部屋を出るときにはこんなものなかったはずだけど」

「ウオトカの飲み過ぎじゃあないんでしょうか？」

「どうだい、一等船室ってやつをちょっとのぞいてみないかね？」

しかし、宗介が彼女を自分の部屋へ誘うために、あれこれ理由を考える必要が果してあっただろうか？場所は、ナホトカ港を出発して、暗い海の上を走り続けるソ連客船の中である。そして二人は、十七、八年ぶりに、偶然、異郷の港の待合室で再会した高校時代の同級生なのだ。しかもその上、彼女は独身だったのである。この上何かもっともらしい理由が、必要だろうか？

もちろん、不必要と考えられる。問題はその結果だ。

十一

ソ連客船バイカル号の一等船室は、シャワー、トイレ付きだ。円い窓に向って小さな机が置かれており、読書をしたり、手紙を書いたりすることもできる。

ベッドの向い側には、大人二人が腰をおろせるくらいのソファーが作り付けてある。鏡の付いた洋だんす

もある。ベッドは上下二段になっているが、宗介の場合は一人であるから、いわば、ホテルのツインベッドの部屋に一人で泊っているようなものだった。

つまり、その船室の中では、宗介と川口和子との間に、ホテルの個室内で起こり得ることは、すべて起こり得る可能性を持っていたわけである。したがって、二人の間に、そのとき、ホテルの個室内でしばしば起こるようなできごとが起こらなかったとすれば、それは、決して場所のせいではなかった。時間のせいでもなく、もっと何か、他の理由によるものだったといわなければならない。

「ふーん、高校出てから二十年か……」

と宗介は、円窓の下の手紙机に載せたガラスコップにウオトカを注ぎながら、いった。

「そうねえ。わたしは、十六年間、女の子たちに数学を教えてきたというわけよ」

と川口和子は、煙草の煙を天井に向って吐き出しながらいった。

「しかし、それで、いまでも、そんな娘みたいな恰好で外国旅行へ出かけられるんだから、確かにいまは、女にとっちゃあ住みいい時代なんだろうな」

「さあ、そうかしら？」

川口和子は、船室のソファーに腰をおろして煙草を喫っていた。宗介は、その向い合せの、二段ベッドの下段に腰をおろし、ウオトカのコップを握っていた。

「わたしの場合は、やはり例外というべきでしょうよ」

「そりゃあまあ、確かに例外ではありましょうがね、しかしまさか、女子大出てから十何年間、ただただ女子高校生に数学を教えていただけじゃないだろう？」

宗介は、「例外」的な独身女性である川口和子に対して、まことに平凡な好奇心をまる出しにした。

しかし、好奇心とはそもそも平凡なものに過ぎないともいえる。「非凡なる好奇心」ということは、すなわち好奇心の抱き方が非凡だという意味だろう。要するに好奇心が、強いか、弱いかなのだ。男女の問題にしても、例外ではあるまい。

　バイカル号の一等船室で向い合って腰をおろしていた宗介と川口和子の場合、果してどちらの好奇心が強かったのだろうか？

「さあ……」

「女の昔話っていうのは、どういうふうにしてはじまるものなんですかね」

「そんなことは小説家の方がくわしいんじゃないんですか？」

「ま、くわしいひとも中にはいるだろうがね。こっちはどうもくわしくないんだ」

「そうねえ、やっぱり誰かの噂話というところからじゃあないかしら？」

「なるほど、そういわれてみりゃあ、そうだろうな。確かにそれはイロハだな」

「ところで川口さんってまだ結婚しないらしいわね、という具合いじゃないのかしら」

「なるほど。あんたの方がオレよりうまいんじゃないか。要するに他人をサカナにはじめればいいわけだ」

「そうそう、小説家で思い出したんだけど、ある小説家がね」

「小説家？」

「あ、そうか。同人雑誌だから、まだ小説家じゃあないわね」

「数学の先生と同人雑誌とは、また妙な取り合せだな」

「でも、なかなか有望らしいわよ」

「誰だ？」

「その同人雑誌に書いている小説家の卵のひとよ」

「おいおい、そんな男とつき合ってるの？」

「まあ、それはどうでもよいことでしょう？」

「どうでもよくはないですよ。ぼくの質問はそういうことだったんだから」

「それじゃあ、わたしも一つ質問したいんだけど、わたしの身の上話なんて小説になるものなんでしょうかね？」

「うーん。まあ、どんな話だって小説にはなるだろうがね」

「書き方次第っていうわけですか？」

「まあ、一口にいえばそうだろうな」

そこで宗介は、ウオトカをコップから一口飲んだ。

「どう、一口？」

「うーん、結構です。これ以上酔うと危険だから」

「危険？」

「いや、本間さんのことじゃないわよ」

「これはどうも。釘をさされた」

「ごめんなさい。つい、つい、外国旅行をしてると用心深くなるんですよ」

「どういたしまして。それをきいて、安心しました。しかし、そのキミをモデルにしたという小説の話は是非ともききたいもんだな」

「小説家として？」

「それもあるけど、同級生としてもききたいし、一人の四十男としても、きいて置きたい話だね」

「シジュウ男？」

「いや正確には、三十九歳とちょっとだ」

「するとあたしは？」

「たぶん、三十八歳だろう」

十二

「その小説の中じゃあ、キミは何歳になってるわけかね？」

と宗介はたずねた。

「うーん……えーとねえ」

「まあ、それはいいだろう。問題は、キミとその小説家の卵さんとの関係だな、むしろ」

「どうして？」

「だってそうじゃないか」

「そういうものかしらね。あたしは単純にあたし自身の身の上話がモデルになってると思ってたんだけど」

「それは、こういう意味なんです。いいですか、例えばいまぼくが、こうしてキミに偶然出会ってキミの身の上話をきいたとするでしょう。実さいには、まだきいちゃあいないんだが、もしそれが波瀾万丈の物語であったとしても、ぼくがキミ自身に関心を抱かなかったら、たぶんそれを小説に書く気にはなれんだろう、ということだよ」

「あたしの話は、ちっとも波瀾万丈じゃあないですよ。だから、そんなものが何故モデルになるのか、不思議に思ってるわけなんだから」

「少なくとも、キミとその小説を書いた男との関係は、直接その小説には書かれていないわけだな」

「そういうことなのよ。だってね、その小説に出てくるのは、どうやらあたしらしい女と、山中さんらしい男と、それから白石さんらしい男ですから」

「山中？」

「そう、あの山中さん。白石さんもね、あの白石さんよ」

「なるほどねえ……そういう話なのか」

そういいながら宗介は、山中と白石の顔を思い出すことができた。二人とも、中学、高校の六年間を通じて、二、三度同じクラスになったことがあった。

「山中とキミとは、同じ村だったかな？」

「そう、小学校の同級生」

「ははあ、それが高校でふたたび同級生になったわけだな」

男女共学になったのは、宗介たちが高校一年生のときだ。川口和子たちが通っていた同じ町の旧制高女と、宗介たちの旧制中学とが合併したのである。山中と川口和子は、そういうわけで、同じバスに乗って通学することになった。宗介はそのとき、十数年ぶりにその顔を思い出した山中に対して、不思議な感情を抱いた。嫉妬だろうか？　嫉妬することを忘れていたことに対する忌々しさかも知れない。いずれにせよ、余り友愛的な感情ではなかった。

「それで、山中とは何故別れちゃったの？」

しかし、川口和子の返答は少しばかり予想を外れていた。

「それはね、その小説によると、こうなっているわけ」

「あ、煙草」

宗介は、ロシア煙草《ノーヴォスチ》の袋を彼女に差し出した。

「これ、おいしい？」

「煙草くさい煙草だね。ソ連製のものじゃあ、ぼくはまあまあだと思うけど」

「あたし、やっぱり、これにするわ」

彼女は、袖を通さずに引っかけていた上着のポケットから、新しい煙草の箱を取り出した。

「なんだ、持ってるのか？」

「フランスで買ったアメリカ煙草」

彼女は一本を抜き取ってくわえたあと、宗介の方へ箱を差し出した。

「その小説によると、あたしらしい女は自分が、山中さんらしい男にとって初恋の女性だったということを、東京の大学に入ってから知るわけよ。あのころのことは、本間さんもおぼえてるでしょう？」

「そうだったな。しかし、おれはどうも田舎の同級生に対しては、さっぱりそういう想像力が働かなかったなあ」

確かに宗介は学生時代に、東京で何度か山中に会った。そのうち二、三度は川口和子も一緒だったような気がする。宗介と山中とは親友という間柄ではない。大学も別々だった。また専攻も別であったため、そのうちだんだん会わなくなってしまったようだが、それでも上京してはじめの一年間くらいは、お互いに不慣れな東京暮しをはじめた同級生として、連絡し合っては新宿の喫茶店などで待ち合せたのである。

「何といったかね、あの名曲喫茶は？」

「コハク」

「だったかな」

宗介が待ち合せの喫茶店へ出かけて行くと、そこに山中と一緒に川口和子がいることがあったのを、宗介は思い出した。川口和子は女子大生だった。しかし、それは、その場の状景をありありと思い出すといった思い出し方ではなかった。例えば、そのときその名曲喫茶では、ベートーヴェンの何が鳴っていたとか、自分たちが店のどのあたりのテーブルに腰をおろしていたとかいうような、思い出し方ではない。どことなく抽象的な記憶だった。

何故だろう？　一つには宗介が、クラシック音楽に余りくわしくない人間であるためであろう。そしてもう一つは、たぶん宗介が二人の関係にほとんど関心を抱かなかったせいだ。

十三

また山中も、川口和子に対する悩みを宗介に打ち明けなかった。つまり二人は、女性に関する悩みを互いに打ち明けるような間柄ではなかった。ただ田舎から東京へ出てきた同級生として、ときどき喫茶店で会う程度の友達に過ぎなかったのである。東京へさえ出てこなければ、二人は卒業後は互いに文通することもない、単なる同窓生に過ぎなかっただろう。したがって、シベリア旅行の帰り途で、たまたま川口和子に出会わなかったならば、宗介は山中のことなど思い出すことさえなかったはずだ。

それにしてもあの当時の宗介が、女子大生であった川口和子に、まったく無関心であったのは、何故だろう？　考えてみれば、不思議なことだった。

「まったくウカツな話だったよ」

と宗介は、ケッケッケ、と笑い声を出した。

「ウカツだった、って？」

「そう。女子大生のキミに対して、もう少し関心を寄せるべきではなかったかとね、いま反省しているところですよ」

「あら、あら！」

宗介は、笑い声を止めた。しかし、笑いの皺だけは顔の表面にはりついたまま残った。

「あたしはまた、本間さんには堂々たる東京の女性がついているものとばかり思ってましたのに」

「そんなもんは、いなかったよ」

「本当かしら？」

「オレは女郎屋通い専門だよ」

「あら、あら！」

この「あら、あら！」が宗介にはニガ手だった。何故だかわからなかったが、自分が不当に傷つけられているような気持になったのである。不当に、というのは、相手に自分を傷つけようという気持がある無しにかかわらず、という意味だった。

それにこの場合、川口和子の「あら、あら！」はもう一つの意味で重要だった。もし彼女の口から、その言葉が出てこなかったら、宗介は二十年前の女郎屋体験を、シベリアからの帰りの船の中で彼女に告白してもよいような気持になっていたからである。宗介はたぶんその告白を、ケッケッケ笑いとともに語ったであろう。ウオトカによる酔いは、そのためにはまことに都合がよいはずであった。

しかしそれは彼女の「あら、あら！」で消えてしまった。そして同時に、宗介はそのとき、川口和子に対する男性としての野心を放棄したといえる。いい換えれば宗介は、彼女に対する迷いを捨てたわけだ。女郎屋体験の告白は、もしかすると彼女を動かすことになったかも知れないからである。ケッケッケ笑いは羞恥の仮面であり、その裏側に宗介の純情な情熱を川口和子が読み取る結果にならなかったとは断言できない。なにしろ、宗介自身に、そのような効果を期待する気持が、まったく無かったとは、断言できなかっただろうからだ。

それにしてもコシャクな女だ！　と宗介は気を取り直しながら考えた。《ノーヴォスチ》をくわえて、火をつける。自分の話を、無名作家の小説のモデルになぞらえて語るとは、なかなか考えたもんだわい。やはり、伊達や酔狂でこの年まで独身を続けてきたわけじゃない、ということだろうか？

十四

「それで、キミと山中はどうなるわけ？」

「その小説によるとね、あたしらしい女は、白石さんらしい男の女にされてしまうのよ」

「なんだ、白石に取られちゃうのか？」

「取られた、というのも当らないわね。あたしらしい女と、山中さんらしい男とは、はじめからなんでもないわけだから」

「でも山中はキミに惚れてたんだろう？」

「そう、小学校のときからずうーっとね。小説ではそういうことになっていて、あたしらしい女は、東京へ出てきてはじめてそのことに気づくんだけど、山中さんらしい男は、手も握ろうとしない」

「で、キミの方はどうなんだね？」

「あたしらしい女はね、そのうち、山中さんらしい男が手も握ろうとしないのは、彼が身分のことをすごく気にしているためだということに気づくわけ。身分というか、まあ昔ふうの家柄よね。小説の中で山中さんらしい男の家は、代々あたしらしい家の小作人だったことになっていて、彼はそれを悩んでいる」

「それがキミにはわかったんだね？」

「そう。これはあたしらしい女が考えることなんだけども、山中さんらしい男は、ただその家柄のちがいに劣等感を持っているだけじゃないわけよ。それだけじゃあ、小説としても、いくらなんでもいまの時代じゃあ現実性がないわけでしょ？」

「いやべつに、そうばかりとはいえんだろう」

「そうですか？」

「どんなことに劣等感を持つ人間がいたって、べつに不思議じゃないさ。いまだって昔だって。ただ、この現代じゃあ、劣等感を持っていたって、べつにだから何にもできないということがないだけだろう。昔とのちがいはそこじゃないかね？　昔はキミ、劣等感もヘチマも、そんなもの持とうが持つまいが、家柄がちがえばそれでおしまいなんだから。無理をすれば、心中、悲恋ということになったわけだ」

「じゃあ本間さんなら、ああいう小説は書かないわね」

「だから、その、ああいう小説というのは、どういう小説なのか、きいてるんじゃないか」

「要するに山中さんらしい男は、あたしらしい女の立場ばかり考えてる人なのね。だから、もともと彼は、あたしらしい女が好きなんだけれども、現実に結婚できるとは考えていない。そして、もし、彼と彼女、つまりあたしらしい女との立場が逆だったら、ということばかり考えているわけよ」

「立場が反対？」

「そう。もし自分の方が家柄が上で、そのために女の方が悩んでいるんだったら、そういう悩みは自分が進んで取り除いてやりたい、とそう考えるわけね。しかし、現実はその反対である。そして、もし彼女の方が、その自分の悩みを進んで解決しよう、そんなものにはぜんぜんこだわっていない、ということを表明しようとしたとしても、自分はすでに諦めている。こういうの、ロマンチックっていうのかしら？」

「さあ……一種のセンチメンタルなヒロイズムでしょうな」

「ただね、山中さんらしい男は、ぜんぜんちっぽけな男に見えますか？」

「山中という男を、それほどよくは知らんからなあ。ただ、いずれにせよ、男ってものは、誰だってニキビ面だったことがあるってことだろう。どんなに分別くさい中年男になってる奴でも、一度はニキビ面をかきむしりながら、世界じゅうで、ただ一人だけの女のことを思いつめ、溜息をついたわけだよ」

「すると、白石さんらしい男は、そうじゃなかったってわけかしらね」

「彼だって例外じゃないだろう」

「その小説によればね、白石さんらしい男が上京してきたのは、あたしらしい女が女子大三年のときなの。それまで白石さんらしい男は、高校出て福岡で会社勤めみたいなことしてたんだけど、それをやめてふらりと上京して、山中さんらしい男の下宿に転がり込む。そして、ある日あたしらしい女と山中さんらしい男が喫茶店で会う約束をしているところへ、山中さんらしい男と一緒にやってくる」

十五

「やっぱり新宿のコハクかね?」

「そこまではっきりは書いてないんだけど、それから一月経つか経たないある日、あたしらしい女は、白石さんらしい男から、ふとんの上へ押しつけられることになるのよ」

「それは、無理矢理?」

「まあ、そうね。白石さんらしい男は、いきなりあたしらしい女を張り倒すわけだから」

「張り倒された? キミが?」

「あたしらしい女が、よ。その日、彼女は学校の帰りに、山中さんらしい男の下宿へ立ち寄る。ところが山中さんらしい男は、アルバイトに行って留守で、居候の白石さんらしい男だけがいたので、喫茶店へ誘うと、じゃあすぐ出るから、あがって待っていてくれ、というわけね。そして、ちょっとズボンをはきかえるからうしろを向いていてくれっていうので、立ったままうしろ向きになったとたん、スカートの中へ手を入れられる」

「ふーん」

と宗介は思わずうなった。

「それから、張り倒されたわけか」

「そして、三畳間の隅に二つ折りにして置かれていた山中さんらしい男のふとんの上に、押さえつけられた……」

「それっきりキミは、山中と会わないわけか？」

「結果はそういうことね。ただその小説の中では、あたしらしい女は、白石さんらしい男に強姦されたあと、山中さんらしい男に手紙を出すわけ。一度会って、どうしても話したいことがある。彼女は山中さんらしい男に会って、白石さんらしい男との出来事を話そうとするわけ。そして、もし山中さんらしい男がそれを赦すならば、自分は山中さんらしい男と結婚しようと考える。しかし、約束の日に喫茶店にあらわれたのは、山中さんらしい男じゃなくて、白石さんらしい男だった」

「山中は、白石からキミとのことをきいてしまったわけかな？」

「ま、そういうわけね。白石さんらしい男は、あたしらしい女に向って、こういうわけよ。オレは英ちゃんの女を横取りしたんじゃない。英ちゃんも惚れとったかも知らんけど、おれもあんたに惚れとった。ただ、英ちゃんがやらんかったことを、オレがやっただけや」

「英ちゃん？」

「それは山中さんらしい男の名前よ」

「ふーん。白石の奴、なかなかうまいことをいうじゃないか。英ちゃんがやらんかったことを、か。なるほど……」

「それから、白石さんらしい男は、しばしばあたしらしい女のアパートへあらわれるようになるんだけど、あたしらしい女は、軽蔑しながら、白石の手を拒むことができない」

「そのあたりは、どういうふうに書いてあるのかな、その小説では？」

「白石さんらしい男のひと?」

「彼とキミとの、男女の関係だよ」

「いかにも、いやらしい男みたいに書いてあるわね。そうだわねえ、もみ手しながらすり寄ってくるような石田を……とかなんとか、そういう言葉だったと思いますよ」

「石田というのが、白石?」

「まあそうらしいわね」

「それで山中は?」

「一人で下宿を出て行くわけ」

「白石を殴らないのか?」

「そう、殴らないわね。このフトンはお前にやるよ、そういって出て行く」

「白石とキミの関係はどうなるんだね? まさか結婚したわけじゃないんだろう?」

「白石さんらしい男は、それから半年くらいあたしらしい女のところへ出入りする。しかし、あたしらしい女が、女子大を卒業する少し前に、船乗りになる、といって行方不明になってしまう」

「そこで小説は終るのかね? そうじゃないだろう?」

「さすがは本間さん、小説家だわね。その通り。小説はね、あたしらしい女が行方不明になるわけよ」

「ははあ、だいたいわかってきたぞ。いわゆるジョーハツというやつだな」

「そう、そう。中学校の絵の教師をしているあたしらしい女が、ある日とつぜん、失踪することになっている」

「小説はそこからはじまって……」

「そうです、そうです。あたしらしい女の一人称で、何というのかしら、回想ふうにかな、そういう形で書かれているわけですよ。どう？　少しは脈がありそうかしら？」

十六

「面白いも面白くないも、何だか無理矢理その小説を読まされちゃったような感じだな、オレとしては」

「本間さんだったら、いまいったような小説は書かないでしょうね？」

「いや、それはわからんよ。もちろんその場合は、その話をきいたオレ自身というものが、そこに一枚加わってこざるを得ないだろうがね」

そういうことだ、と宗介は考えた。とうとうオレは、その三文小説のお蔭で、彼女に手も足も出せなかったわけだからな。完全にきき役にまわされてしまった。バイカル号の一等船室の中には、彼女とオレと二人っきりであったにもかかわらず、である。

「ま、さしずめ、このポンチ絵みたいなオレ自身が主人公ということになるだろうね」

「あら、もう二時半ですよ！」

と川口和子は、腕時計をのぞいていった。

「最後に、一つ質問したいんだがね」

「明日にしたら？」

「いや、ほんの簡単な質問だから。つまり、その行方不明になっている小説の女主人公は、ヨーロッパからシベリアをまわって、バイカル号に乗ってるんじゃないだろうね？」

「ふ、ふ、ふ……」

「いや、オレがいうのはね、小説の中の女主人公じゃなく、現実のキミ自身のことだよ」

「え？」

「つまりね、キミはいま行方不明の最中じゃないか、ということさ」

「だって、いまは夏休みですよ。もっとも、二、三日前に二学期に入りましたが」

「確かにこの船は、明後日のお昼ごろは横浜に到着する。しかしだよ、それから先のキミの行動をオレは知らんからね」

「このあたしが、ジョーハツしているってわけ？」

「そうじゃない、とは断言できないだろう」

「そういえば、そうかもしれないわね」

「いや、お蔭で久しぶりに、昔のことを思い出したよ」

宗介たちの高校の同窓会は、東京でもおこなわれている。東京で大学を出たまま就職しているもの。地方勤めから東京へ転勤になったもの。また、東京へ嫁に来たもの。男女併せて四十名近くいるようだった。開かれるのは毎年一回で、宗介も何度か顔を出したことがあった。しかし、山中と白石には一度も会わなかった。ただ、彼らの消息をあらためて誰にたずねることもしなかったのは、もちろん川口和子の存在を思い出す理由もなかったからだ。

「酔いがさめちゃったんじゃないですか？」

「いや、ウオトカにビールをチャンポンしたような感じだよ」

実さい宗介には、そのとき、川口和子からきかされた無名作家の小説を、思い切り酷評してやりたい気持が働いていた。と同時に、一種の感傷的な気分にもひたっていたのである。彼は、同級生だった山中の悲しみ、といったものを想像していたのだった。それはまさしく「童貞の悲しみ」とでも呼ぶべきものだろう。ああ、われわれは皆、童貞だったのだ！　そして川口和子は、処女だったのだ！　そして、その平凡な事実をまったく忘れ果てて生きている現在の自分を、とつぜん思い出したのだった。

「要するに、そういうことですよ」

「え?」

「いや、べつに……」

「今夜、安眠できなかったら、あたしのせいですわね」

「ま、せいぜい同室の国語教師の安眠を妨害しないようにして下さい」

「本間さんの、皮肉ですか?」

「部屋まで送りましょうか」

「いいわよ。もう皆んな眠り込んでるはずですから」

「いまのは、皮肉じゃなくて、まあ、嫉妬みたいなもんでしょう」

「あら、あら!」

もちろん宗介は、彼女を部屋へ送って行かなかった。

根無し草

一

「どうやら無事に着いたようだね」

と、隣りの座席の神田がいった。

「そうですね」

と佐野が答えた。飛行機が予定通り板付空港へ到着したとき、宗介は自分がバイカル号の中から、ずっと川口和子を追い求めてきたような気持になった。

宗介が板付空港に着いたのは、もちろん文芸講演会のためだ。したがって、そこに川口和子の姿が見えないのは、当り前のことだった。にもかかわらず彼は、彼女が空港まで当然出迎えに来ているはずだ、という錯覚にとらえられていたのである。

しかし、実さいには、あれ以来宗介は彼女に、ハガキ一枚出したわけではなかった。もちろん文芸講演会のことも知らせてはいない。もし仮に新聞の告知板か何かでそれを知ったとしても、板付空港へ宗介が到着する時間までは、わかるはずがなかった。

彼女は彼の講演をききにあらわれるだろうか？　あるいは、講演会にはあらわれなくとも、同窓会には顔を出すだろうか？

宗介は、川口和子の勤めている女子高校の電話番号を、たずねてはいなかった。しかし、電話帳を捜せば、見つけるのは簡単なことだ。どこかで電話をしてみようかと宗介は考えた。それとも彼女は本当に行方不明なのだろうか？

あるいは宗介は、サディスティックな気持になっていたのかも知れない。彼女の身の上話をきいたために、さらに彼女の私生活を、根掘り葉掘り、きき出してみたいと秘かに考えていたのかも知れない。それともそれは、小説家としての助平根性だろうか？

しかし、空港に出迎えにきていた主催者側の人たちや、新聞記者たちと、車で中洲のホテルのロビーへ着き、一服しながらいろいろと質問を受けたり、挨拶をしたりしているうちに、宗介は彼女のことを忘れてしまったのである。

那珂川のそばに建てられた、その新しいホテルを宗介は知らなかった。

「このホテルは？」

「博多東急です」

「そうですか。博多へ二年来ないと、田舎もんになってしまいますねえ」

と宗介は、主催者側の一人に向って、冗談ともお世辞ともつかないいい方をした。しかし、不思議なことに、《田舎者》ということばは、実感なのであった。あるいはそれは、彼が高校の同窓会のことばかり考えてきたせいだったかも知れない。そのため、あたかもその高校のある筑前某町から、二年ぶりに博多へ出てきたような気持になっていたのかも知れなかった。

「明晩は、ここへお部屋を取って置きますから」

と主催者側の一人がいった。

「それとも、どこか、ご予定がおありですか？」

「いえ、べつに特別な予定はないんですが、実は、おふくろが博多にいるもんですからね」

「ああ、そうでしたか、じゃあ、ホテルなんかにお泊りにならんでも……」

「ええ。ただ、そうですねえ、おふくろのところへは、どうせ、あとで、一、二泊することになると思いますから……さあてと……」

「それじゃあ、一応、予約だけ取っておきましょう。それで、唐津の方から明日お帰りになったあとで、決められたらよいでしょ。キャンセルしたっていいですから」

「そうですか。どうもアイマイなご返事で申し訳ありませんが……」

講演会の一行は、博多東急のロビーでおよそ一時間休憩したあと、予定通り車で唐津へ向った。わざわざ唐津から迎えに来てくれた主催者側の二名と、神田と、その秘書の佐野と宗介の五人である。

宗介は、川口和子に電話しようと考えたことは、忘れたままだった。

二

宗介たちの一行五名は、車二台に分乗して唐津へ向った。まず、一台目の車の助手席に主催者側の一名が乗り込み、うしろの席に神田が坐った。すると秘書の佐野が、神田のバッグを持ってその隣りに乗り込んだ。そのため宗介は、二台目の車に、主催者側の一名と、並んで腰をおろすことになったのである。

宗介は唐津へ行くのははじめてだった。いや、唐津に限らず、彼は九州というところを、ほとんど知らなかった。雲仙も知らなければ、阿蘇も知らない。桜島も見たことがなければ、島原地方も知らないのだった。

唐津へ向って走り出した車の中で、主催者側の一人と二人きりになると、宗介は、そのことに何となくウシロメタサをおぼえた。宗介と同乗した主催者側の男は、教育委員会に勤める青年だった。二十四、五歳だろうか？ 地味な背広を着け、きちんとネクタイを結んでいる。

「ずっと唐津で暮しておられるんですか？」

と宗介は、隣の青年にたずねてみた。

「はい」

と青年は返事をした。それは、まったく、疑問の余地のない「はい」であった。また同時に、九州人独得の「はい」であった。「はあーい」と間延びした感じでもなく、かといって、「はいっ！」とかしこまった感じでもない。素朴ではあるが、決してへりくだったいい方でもない。

この青年は、唐津で生まれ、唐津で小学校に通い、中学へ通い、やがて高校を卒業して、唐津の教育委員会へ勤めているのだろう。そして、間もなく、同じように唐津で生まれ育った一人の女性と結婚することになるのであろう。宗介はそういった人生から、まったくかけ離れてしまっている自分を強く意識させられた。

「なにしろぼくなんかは、中学、高校の六年間しかこちらにいなかったものですから、九州の人間でありながら、ぜんぜん九州を知らないんですよ」

「はい」

「それに、ぼくらがこちらにいた時分は、まだ、いまみたいに自由自在に旅行できるような時代でもありませんでしたからね」

実さい、基山から宗介たちが住んでいた町までの間を走っている国鉄の支線では、暫くの間、有蓋貨車が客車として使用されていたのである。荷物を上げおろしする扉を取り払い、そこにロープを渡した貨車に乗って汽車通学生たちは学校へ来ていた。あの貨車が、本物の客車に代ったのは、いつごろだっただろうか？

「本当にぼくは、九州を知らないなあ」

と宗介は、独り言のようにいった。

「まったく、お恥しい次第です。別府も知らないんですからね」

宗介が知っているのは、九重山と青島くらいのものだった。九重には、中学生のとき、同級生数名とキャンプに出かけ、雨に降られて、泥まみれになって逃げ帰ってきた記憶があった。硫黄山のあたりで道に迷い、坂道で何度も尻餅をついた。ずぶ濡れになったテントの重みは、いまでも忘れられないものだ。

そのとき一緒に出かけた同級生の一人は、確か高校を卒業してすぐに、海上自衛隊に入ったはずだった。肩幅の広い、機械体操の選手だった。いまでもまだ、海上自衛隊にいるのだろうか？

そのうち、宗介は車の中で居眠りをはじめた。

考えてみれば宗介は、その日、とてつもなく早起きをしていたのだった。正午前後に起床するのが通常である宗介にとって、午前十時に羽田空港へ集合するための、朝七時起床は、まったく異例のことだったといわなければならぬ。唐津へ向う車の中で居眠りをしはじめたのは、たぶんその早起きのためと、小休止した博多のホテルのロビーで飲んだビールのせいであろう。

うつらうつらしながら、宗介は青島のことを思い出していた。その青島行きが、宗介たち夫婦にとっては、いわば新婚旅行に当るものだった。まず目に浮かんでくるのは、旅館の夕食に出された、カニ料理である。食通でもなく、食道楽でもない宗介が、まず食い物を思い出すというのは、少々不思議なことであるが、宗介が思い出したのは、カニそのものではなくて、そのときの旅館の女中の説明だったのかも知れない。

「このカニは、ふつうのカニではなく、タテに歩くカニですよ」

もちろん女中は、それを宮崎弁でいったのである。そのときの宮崎弁を、宗介はすでに忘れてしまっている。しかし、そういわれたことだけは、はっきりおぼえているのだった。

　青島へ宗介たちが新婚旅行に出かけたのは、十一月の半ばごろである。そのころ、そういうカニが青島付近で獲れるのだろうか？　宗介は、カニの名前は忘れてしまった。ただ、タテに歩くというだけあって、そのカニの甲羅は、確かに亀の甲型をしていた。つまり、横長ではなく、縦長なのだ。肉は厚く、ぎっしりと詰まっていた。味もなかなか良かったように思う。しかし、宗介は、いまなお自分たちはあのとき女中からからかわれたのではなかっただろうかと考えることがあった。

　宗介たちが出かけたころから、青島は新婚旅行地として、一種のブーム的な場所になりはじめた。宗介たちの場合は、一旦福岡市の母親のところへ立ち寄り、それから汽車で出かけたのであったが、東京から直行する新婚組は、われもわれもと、飛行機で青島へ向ったのである。しかし、いまだかつて誰からも、タテに歩くカニを食べたという話をきかない。宗介が、あのとき女中から、からかわれたのではあるまいかと考えるのはそのためだった。

　それとも青島では、やはり、タテに歩くカニが獲れるのだろうか？　しかし、そのことを、唐津の青年にたずねてみるわけにはゆかないだろう。ただ、青島でまっ先に宗介が思い出すものが、熱帯植物でも、また鬼の洗濯板と呼ばれる、あの海岸の奇岩でもなく、旅館の夕食の膳に出された奇妙なカニであることは、確かだった。

「唐津の魚は、おいしいでしょうねえ」

　と宗介は、唐津の青年に話しかけた。

「はい。魚は新鮮ですからね」

「呼子(よぶこ)の魚は、有名ですね」

「はい」

宗介は、唐津の青年に、精一杯サービスをしているつもりなのであった。しかし、どことなく、一夜漬けでパンフレットを暗記してきたような、ギゴチない感じだ。

「呼子には行かれたことがございますか？」

「いや、実さいに行ったことはないんですがね……」

宗介が呼子で思い出すのは、本当は魚ではなくて、やはり一人の同級生だった。高校二年のときの夏休みに、そこへ海水浴に出かけて、とつぜん喀血した同級生だ。彼は高校を卒業せずに、死亡した。

三

呼子へ海水浴に行って、とつぜん喀血した同級生の名前を、宗介はすぐに思い出すことができた。黒木謙一だった。黒木は、最初のうちは宗介にとって、近づき難い存在だった。いわゆる《悪そう仲間》の頭株の一人だったのである。腕力も喧嘩も強そうだった。

しかし、喀血する半年くらい前から、黒木と宗介の間は急に近づいた。それは次のような事情からだ。宗介たちの通っていた旧制中学が、同じ町の旧制高女と合併して、高等学校になったころから、それまでの《悪そう仲間》は大きく二種類に分かれた。簡単にいえば、軟派と硬派である。

それまでは、ただ喧嘩をしたり便所の板戸をひきはがして燃やしたり、窓ガラスを叩きこわしたりしていた《悪そう仲間》が、長髪にポマードを塗りつけ、学生服の詰襟から白いカラーをのぞかせて女生徒のまわりをうろうろする軟派と、そうでない硬派に分かれたわけだ。

硬派組の中にもいろいろあったが、黒木は頭の毛も伸ばさず、とつぜん猛勉強を開始した硬派の一人だった。彼は、二里ほど離れた村から、自転車通学をしていた。一度、宗介は、その彼の自転車のうしろに乗って、彼の家へ遊びに行き、どじょう汁をごちそうになったことがある。

そんな、小さなことまで宗介が思い出したのは、おそらく彼がもう二十年近く前に死んでしまったためであろう。黒木の喀血は、肺結核のためだった。結局、彼は宗介たちと一緒に卒業できなかったばかりでなく、ついに休学したまま、昭和二十九年に死んだ。

いったいどのくらいの同級生がすでに死亡しているのだろうか？

福岡から唐津へ向う車の中で、宗介はそんなことを考えていたのだった。呼子という地名が黒木を思い出させたせいであるが、隣りに腰をおろしていた主催者側の青年としては、おそらく宗介から、虹の松原とか、唐津焼きの話などについてたずねられるのではないかと考えていたのかも知れない。宗介もそのことに、まったく気づかぬわけではなかった。しかし死んだ黒木のことを思い出したあと、彼はふたたびうとうとと居眠りをし続け、目をさましたとき、すでに車は唐津に入っていたのである。

宿舎は、古い木造の旅館であった。最近、唐津にも鉄筋コンクリート造りの近代ホテルができたらしいが、古い旅館が選ばれた理由は、そこの若主人が宗介たちと同じ大学の卒業生であったためらしい。

「これは、何ですかね？」

と宗介は、格子戸のはまった広い玄関で、神田にたずねた。

「あ、これはね、車引きとか、玄関の下足番たちのために作られた囲炉裏じゃないかな」

と神田は答えた。さすがは歴史小説家だ、と宗介は感心した。

「きみ、唐津ははじめて？」

「ええ、そうなんです」

「唐津城見物は、明日だったね」

「そうですか？」

「そうだったね？」

「そうです」

と秘書の佐野が答えた。福岡へ車で帰る前に、唐津の名所旧蹟を見物する予定になっていたらしい。しかし、宗介は結局、唐津城を見物しなかった。ひどい二日酔いのために起きあがることができなかったからだ。

四

「唐津ってところは、朝まで飲ませる店があるんですか?」

と福岡へ向う車の中で、佐野が宗介にたずねた。

「じゃあ、ぼくが戻ってきたのを知ってたのかい?」

「いいえ、ずっと起きてたわけじゃないんですがね。そう、三時ごろまで本を読んでいたんですが、どうもまだ戻っておられないようすでしたから」

来がけとは反対に、こんどは神田が主催者側の一人と前の車に乗り宗介と佐野が、うしろの車に乗っていたのだった。来がけに宗介と一緒だった教育委員会の青年は、戻りにはついて来なかった。したがって、車には宗介と佐野と二人だけだ。

「で、きみたちの方は、どうだったの?」

と宗介は、講演会のあとの、懇親会の模様をたずねた。

「神田さんは飲まないから、きみが代りに飲まされたんじゃない?」

「いいえ、そうでもなかったです。本間先生のお友達が迎えに来られたでしょう、あれから間もなくお開きになりましたから」

「じゃあ、だいたい、予定通りだったわけだね」

キャバレ
花
BAR

宗介がはじめに予想していた通り、神田は、主催者側との懇親会を宗介にまかせて、自分は旅館で原稿を書くつもりだったようだ。しかし、宗介は、十時半からは武田と飲む約束をしてしまっていた。九時に講演会が終り、懇親会は九時半からである。宗介がそのことを神田に話すと、

「じゃあ、きみの友達が迎えに来たとき、ぼくも引揚げることにしよう」

ということになったのである。

「どうも申し訳ありません」

と宗介は神田に頭をさげた。

「なに、地元の彼らだって、われわれの講演会をダシにして久しぶりに同窓会をやってるようなもんだろうからね。アイコだよ」

と神田は、先輩らしく宗介を安心させた。

「心配はいらんよ。明日はぼくが朝からずっと、彼らにつき合うから」

宗介は、武田と一緒にまずキャバレーへ出かけた。唐津まで来てキャバレーというのは、何とも奇妙な感じであったが、武田はその店へ取り引き先の連中とときどき出かけて行くらしい。その店の女たちから武田は、「副社長さん」と呼ばれていた。つまり、旧帝国海軍の少将だった父親が社長で、彼は副社長というわけであるが、かつて《ハイキュウマイ》と呼ばれたものが、いま「副社長さん」と呼ばれて不思議な理由は、もちろんどこにもないはずである。

宗介にとって不思議だったのはむしろ、そのいかにも形通りの田舎キャバレーが閉店したあと武田から案内された、座敷だった。座敷といっても、料亭とか待合の類ではない。いや、たぶん、そうではなかったであろう。

「とにかく、酔っ払ってたんで、はっきりしたことはわからないんだがね。実さい、そこが飲み屋の座敷な

のか、それとも、友達の知り合いの家なのかさえはっきりしないんだけど、五十くらいの小母さんが一人いてね。そこへあがり込んで、朝まで二人で飲んでたわけですよ」

「ぼくも一緒について行きたかったなあ」

と佐野はいった。

「べつだん面白おかしいところじゃないよ」

実さい宗介は車の中で、吐きそうになっていたのである。旧帝国海軍少将の息子である《ハイキュウマイ》仲間との一夜を、ゆっくり思い返す余裕などなかったわけだ。宗介と武田がその奇妙な家を出たのは、もう朝の五時くらいだったろうか？

五

「唐津城は、どうでしたか？」

と宗介は、吐き気をこらえながら無理をして佐野にたずねた。本当は、「梅干か仁丹はありませんかね？」といいたいところだ。

「ええ、とにかくぼくは写真撮影担当ですから、はじめから終りまで、いろいろと撮りまくるばかりで……」

「そうか。神田さんは、歴史専門だからな。唐津城見物も、まあ、いわば仕事の一部なわけだな」

「しかし、あの虹の松原でしたかね、あの松林の眺めだけは、大した美観ですねえ！」

と佐野は、感想をのべた。

「ま、月並みな表現ですが、真白い砂浜の上に、ちょうど緑色の絨毯を敷きつめたような感じ……」

それから佐野は、その虹の松原を眺めおろした公園の、「袖振り松」の話もした。何でも万葉時代に由来するもので、海の向うの朝鮮へ帰って行く恋人を、そこに立って見送りながら袖を振った女が、別離の悲しみの余り、松になってしまったのだという。

「袖振り松ねえ……」

ここで宗介の吐き気は、ついに限界に達したように見えた。彼は、喉元までせり上ってきている液体を必死で嚥み下した。ちょっと車を止めて下さい、という余裕もない。胃液の味のする唾液を咬みくだくように、彼は口をあけずに前歯を喰いしばった。

佐野はそれに気がつかなかったようだ。しかし宗介が、もうダメだと思われた嘔吐を結局なんとか持ちこたえることができたのは、あるいは却ってそのためだったかも知れない。

「先生は、ああいったものには、ほとんど興味を持たれないわけですか?」

「センセイって、ぼくのことかね?」

それから宗介は、顎を突き出すようにして、前歯を喰いしばった。

「ええそうです」

「うーん」

宗介は、また前歯を喰いしばる。佐野はそれを、宗介が返事を考え込んでいるものと受け取ったようだ。

「そうだね、ぼくの場合は……」

「いや、わたしの質問がまずかったかも知れませんけど、つまり」

「いや、そんなことないですよ」

なるほど! と宗介は、そのとき思った。喉元にせり上ってきて氾濫しそうになっていた液体が、とつぜんすうーっと引いたような感じだった。やはり、何とか耐え抜けるものだ! この体験は宗介にとってはじめてのものではなかった。何故だかはわからなかったが、とにかくそれまでにも何度か、もうダメだ! と思われた嘔吐が、不意にすうーっと引いてしまった体験をしていたのである。しかし、苦しみに必死で耐えている最中には、不思議なことにそれを忘れているのだった。こうして前歯を喰いしばっていれば、そのうちきっと嘔吐は引いてゆく、という信念を持って歯を喰いしばっているのではない。本当にもうダメだ！とその瞬間は思っているのである。ところが、とつぜん、喉元が楽になる。まるで、いままでの苦痛は嘘のようだ。そしてそのときになって、ああやっぱり！と思い出すのである。オレはもう何度も同じような体験をしているのだった、という記憶が甦ってくるわけだ。

「ふーん」

「いや本当に、無理に答えていただかなくともいいんですけど」

「そうだね、ぼくの場合、興味を持たないというわけじゃないんですがね。そうだな、強いていえば、地歴音痴とでもいうのかな、ぼくみたいな人間は、ね」

これも引揚者のせいだろうか？　あるいはそうかも知れない。と宗介は考えた。するとそのとき、まことにうまい具合に、『夏象冬記』という奇妙な小説のことが思い浮かんだ。エッセイとも紀行文とも名づけにくい、ドストエフスキーの風変りな小説である。これは思いがけない、もうけものだった。

この小説は、ドストエフスキーが、ヨーロッパ旅行へ出かけたときの見聞録的なものであるが、それによれば、彼は、パリへ出かけながらノートルダム寺院を見物していないことになっている。また、ロンドンへ行きながら、セント・ポール寺院を見物しなかったことになっている。では、いったい何が書いてあるかといえば、パリの裏街のホテルの模様とか、公園を散歩するフランス人夫婦の悪口などがくどくどとのべたてられているのだった。

もちろん、相手がドストエフスキーのことであるから、宗介もそこで彼がのべていることのすべてを頭から全部、信用しているわけではない。本当はドストエフスキーは、ロシアからの「お上りさん」よろしく、観光客に混ってノートルダム寺院も、セント・ポール寺院も、ちゃんと見物したのかも知れないのである。

それを、「見なかった」と書いた理由は、たぶん、何かに対するアテコスリなのだ。おそらく当時のロシアでは、「あれも見ました、これも知っています」式のヨーロッパ紀行文が、大流行していたのだろう。

ところが一方ドストエフスキーは、十年間のシベリア流刑を体験した身の上だった。とても素直に名所案内的なヨーロッパ紀行文など書く気になれないのは、当然の話というべきであろう。『夏象冬記』は、「あれも見ました、これも知ってます」式ヨーロッパ帰りに対するドストエフスキーの、挑戦であり、アテコスリだったのである。

「あ、そうだ、これを博多の講演で話してやろう」

「え？」

「いや、きみがいま話してくれた袖振り松のお蔭で、いい話をひとつ思いついたんですよ」

「それは光栄です。そのお返しにゴマをするわけじゃないんですが、あの色紙の文句、よかったですね」

六

「いやあ、あの色紙というやつはおそろしいもんだよ」

「おそろしい、というのは、むずかしいということですか？」

「いや、もちろん、ぼくなんか字そのものも、まるっきりダメだけどね。おそろしいというのは、いわば、その人間の生き方そのものがあらわれてしまう、というような意味だね」

「というと、人生観とか、人生哲学といったものですか？」

「うん、まあ、そうもいえんことはないだろうけど。ぼくがいいたいのは、人生観とか人生哲学というものをいい表わしている、昔の偉い学者とか哲学者とか文学者のことばのどれかを選んで、その中で最も自分が愛好しているものを色紙に書きつける、ということともちょっとちがうんだね」

「他人のことばを使っちゃあいけない、ということですか？」

「いや、必ずしもそうじゃあないですよ」

「あ、そうか。先生のは、《パンのみに非ず》……あれは聖書の文句でしたからね」

唐津における講演会のあと開かれた主催者側との懇親会の席上で、宗介は色紙を書かされたが、それは宗介にとって、生まれてはじめての体験というわけではなかった。確か、四度目くらいではなかっただろうか？　いずれも地方での講演会の折であったが、そのたびに宗介は、とっさに何を書けばよいか、迷ったものだ。そして考え迷った挙句、その都度いつもちがう文句を書いてきたのだった。

宗介が佐野に向かって説明しようとしたのも、そのことである。

「その人間の生き方そのもの、というのはね、要するに、一枚の紙を他人から目の前に差し出されて、そこに何かの言葉を書きつけよ、といわれたときにだな、迷うか、迷わないか、ということですよ」

「なるほど！」

と佐野は、とつぜん大きな声を出した。

「いや、実にはっきり、おっしゃる意味がわかりました」

「そうですかね、何だか二日酔いで、まだ頭がボケてますから、うまく説明できないようですけど」

「そんなことないですよ。神田先生の講演旅行には、ぼくは大体ついて行ってますが、神田先生はぜったいに迷いませんね。どこへ行っても《歴史と私》です」

「いや、あれはいい文句ですよ」

「もちろん、迷う、迷わない、というのが、どちらがよくてどちらが悪い、といった意味でないこともぼくにはわかったつもりです。神田先生の場合は、迷わず、《歴史と私》。そして、それは色紙の文句であると同時に、先生の演題でもあるわけですよ。もうここ二年くらいずっと、演題も《歴史と私》ですからね」

「そうだな、博多ではひとつ、《不惑》とでも書いてみるかな」

「フワク？」

「四十にして惑わず。ぼくは、ちょうど四十ですからね」

「いや、やっぱり、《パンのみに非ず》、の方がいいですよ、それは」

もちろん宗介も本気でいったわけではなかった。

「ま、いまの四十歳は不惑に非ずというところだからね」

「福岡へは、何年ぶりの帰郷ですか？」

「帰郷？」

オレの福岡行きは本当に帰郷なのだろうか？　と宗介は考えた。

七

「果して福岡は自分の故郷だろうか？」

この疑問を宗介が抱いたのは、いったい、いつごろからだろうか？　宗介にも、すぐには思い出せなかった。

「郷里はどちらですか？」

という質問を受けた場合、宗介は迷わず、

「福岡です」

と答えている。彼の本籍地は、佐賀でもなければ長崎でもなく、福岡県某郡某村だからだ。現在その村は、町村合併で某町となっているそうであるが、宗介はいまでもそこから戸籍抄本を取り寄せている。東京に住みついた地方出身者たちの中には、本籍を東京へ移し変えているものが大分いるらしい。現実的な便利さからいえば、その方が理に叶っているからである。しかし、宗介はそのままにしていた。何故だろうか？　第一の理由としては、本籍地そのものではないにしても、福岡市内に母親や兄弟たちが住んでいるためだろう。

　宗介が福岡を愛していることは確かだ。彼の母親は福岡市で育った人間だった。昔の師範学校の付属小学校を出て、旧制の福岡高女を卒業した人間である。いわば福岡は、宗介にとって母親が育ったところであり、現在も住んでいるところだった。その福岡を、何で愛さずにいられようか。

「博多はいい街ですね」

　と東京でいわれれば、宗介は素直に愉快な気分になったし、反対に、

「福岡の人間は人は良いが単純過ぎる」

　などといわれれば、

「何をこの関東の田舎者奴が！」

　といい返したい気持だった。

　それに宗介は、高校野球は何といっても福岡びいきである。宗介たちの時代は、ちょうど、全国中等学校野球大会から、全国高校野球大会への、変り目だった。そして小倉中学の全盛時代だった。福島投手を擁する小倉中学は、全国中等野球の最後の大会と、全国高校野球の最初の大会に、二年連続優勝したのである。

　南部地区で強かったのは、修猷館だった。小倉中学が甲子園大会で優勝すると、春日原球場で優勝祝賀の歓迎試合がおこなわれたものだ。小倉中学対修猷館である。宗介はその試合を見物に出かけた。修猷館の投手は、のちに西鉄ライオンズに入った河野である。

　確かその試合は、一対〇で修猷館が勝った。何故スコアまで宗介が記憶しているのかといえば、彼もまた小倉中学を頂点とした時代の、中等野球界の末端につながる野球部員の一人だったからである。

宗介がその話をすると、

「まさか！」

といって、大ていの友人は笑った。しかし、実さいに彼は、福岡県南部地区予選に二度出場していたのである。対戦校は、現在の筑紫丘高校である筑紫中学と、明善中学だった。もっとも、宗介は補欠選手であり、試合は二度とも負け戦だった。明善中学との試合で宗介は代打に起用されたが、三塁ゴロに倒れた。

いまでも宗介は、全国高校野球の記事は、地方予選のときから欠かさず見ている。しかし、彼の出身校は、相変らず弱いようだ。何年か前、一度だけ二回戦まで進んだようであるが、甲子園には程遠い。

高校野球大会がはじまると、宗介は昼間はほとんど仕事が手につかなかった。たまたま、前の晩に徹夜をしたりして、午前中の試合をテレビで見損ったりすると、一日じゅう不愉快な気分だった。

それに最近では、福岡県代表が弱いことも、宗介にとって大きな不満だった。

「いったいコクラは何をしてるのだろうか？　シュウユウカンは野球を忘れてしまったのか？　そんなに皆んなトーダイに入りたいのだろうか？」

テレビの前で宗介は、そんな不平を鳴らすことが多かったのである。

もちろん宗介が好きなのは、野球そのものだった。しかし、野球と宗介との関係は単なる野球部員だったころの思い出以上のものであったといわれなければならない。宗介にとって野球は、いわば福岡そのものだった。彼と野球との関係は、彼と福岡というものとの関係を象徴しているように宗介には思われてならないからである。福岡といわれれば、すなわち野球を思い出さずにいられないのは、そのためにちがいない。

宗介は中学高校を通じて、同じ学校に六年間通った。そして、その前半を彼は野球部で過ごし、後半分は、野球を離れて過ごした。そしてそれは、そのまま、宗介と福岡との結びつきと離反を意味するものだった。

野球と結びついていた三年間、宗介は決して、「いったい自分の故郷はどこなのだろう？」などとは考え

タイ
バッテン
バイ
ゲナ

てもみなかった。自分は、祖国日本に引揚げてきた日本人であり、一日も早く、この福岡県筑前某町の一員として土着に同化すべきであることを信じて疑わなかったのである。

宗介は自分の中学を愛した。愛したばかりでなく、誇りに思っていた。彼の父親もその中学の出身者だったからだ。単純といえば、まことに単純であるが、それ以外に、取り立てて自慢できるようなものも無い学校だからである。自慢できる学校であれば、愛する必要もなかったのだろう。

現在は鉄筋コンクリート三階建てに改築されたそうであるが、当時は木造平屋のボロ校舎だった。野球も弱かった。勉強の方面においても、トーダイに一人か二人、入ったり入らなかったりという成績であった。しかし、そんなことはどうでもよいことだった。朝鮮から引揚げて来た宗介にとっては、それがまぎれもない《祖国》の、しかも父親の卒業した中学であることだけで、じゅうぶんだった。

《ハイキュウマイ》という蔑称も大して苦にはならなかった。彼は木製の滑りの悪い車輪のついた、乳母車のようなものを押して配給所へ出かけて行き、所定の量の大豆カスの塊を積んで帰って来た。

そして、まずそいつを金槌で適当な大きさに砕いたあと、食台の端に取り付けられた製粉機に投げ込み、ハンドルをまわして粉にひきながら「バッテン」「タイ」「バイ」「ゲナ」などの筑前ことばをあたかも英単語でも暗記するような調子で、一生懸命、習得したのである。

「落ちた」は「落てた」であり、「買った」は「買うた」となる。

それは宗介にとって、ちょうど習い覚えはじめた英語動詞の変化のようなものであったが、大豆カスの《ハイキュウマイ》を粉にひきながらそれらを習得することは、決して苦痛ではなかった。ただただ一日も早く、土着に同化したい一心であった。野球の場合も、また然りである。

最近の宗介は、土着に憧れ、土着との同化をめざしてただただ励んだ中学時代の三年間を、《福岡との蜜月時代》と呼ぶことにしていた。「自分の故郷はいったいどこなのだろう?」と彼が疑いはじめたのは、そのハネムーンが終ってからだ。

八

宗介が本籍を東京へ移し変えない第二の理由は、要するに結論が出ないからだった。

「いったい自分の故郷はどこなのだろう?」

という自問に対する、結論である。

高校一年のとき、宗介はとつぜん野球部をやめた。現在から思い出して考えてみれば、まったく嘘のような話であるが、当時の宗介にとっては、それはずいぶん勇気の要る決意だった。少なくとも上級生の鉄拳一発くらいは、覚悟しなければならなかったからだ。

宗介はヤマちゃんから、体育館の裏に呼び出された。ヤマちゃんは予科練帰りだ。野球部のキャプテンで、ポジションはファーストだった。背丈はそれほどではないが、いかにもファーストらしく、体全体のバランスから見て、腕が長かった。しかし彼は、色白の面長で、どちらかというと、ヤサ男型に属していたといえるだろう。

宗介が高校一年になったころはさすがに、予科練帰りも黒の半長靴ははいていなかった。陸軍幼年学校、士官学校、海軍兵学校などの制服も、ほとんど姿を消し、学園内の服装は黒の制服制帽に戻りつつあったようだ。下駄ばきの生徒も減ってきた。わざわざ、旧制高校生の真似をして太い白緒の高下駄をはくものや、女ものの赤い緒の下駄を突っかけた軟派組は別として、運動靴や黒の革靴をはくものが多くなっていたようである。男女共学になったせいかも知れない。女生徒の間にもモンペ姿もだんだん見られなくなった。自転車通学をする女生徒も、スカートであった。通学鞄をうしろの荷台に、紐でくくりつけて来るのである。

しかし、学校内の暴力がまったく無くなったわけではなかった。ただ以前のように、大っぴらに運動場の真中で、集団的に殴られるようなことがなくなっただけだ。たぶん、女子学生の眼がうるさかったためだろう。

「やめる理由ばいうてみい?」

とヤマちゃんは、体育館の裏で宗介にたずねた。宗介は、黙って下を向いていた。

「ガリ勉か?」

「……」

「軟派まわしか?」

「……」

「答えられんとかい?」

まったくヤマちゃんのいう通りだった。宗介には、答えることができなかったのである。「ガリ勉」のためでもなく、「軟派まわし」のためでもなかった。しかし、まさか、自分が野球部をやめるのは、この町全体がイヤになったからだ、とは答えられない。答えても、ヤマちゃんに対しては、答えにならなかっただろう。

「お前、何か考えよるとなら、いうてんしゃい」

とヤマちゃんは、とつぜん博多弁を使った。予期に反して、やさしいことばだった。宗介は、必死で涙をこらえた。不思議なことに、ヤマちゃんのやさしい博多弁が涙を誘ったのである。あるいは、話せばわかってもらえるのだろうか? しかし、と宗介は、ようやく涙をこらえながら、考えた。オレの気持を、いったい何弁でヤマちゃんに話せばよいだろうか?

努力の甲斐あって、宗介は筑前ことばを、ほぼ完全にマスターしていた。日常会話はもちろん、口喧嘩も「バッテン」「タイ」「ゲナ」式でできるようになっていたのだ。しかし、「この町全体がイヤになってしまっ

た」という文句を、その習いおぼえた筑前ことばで、

「こん町がイヤになってしもうたとです」

といえるだろうか？

どういうわけか、宗介はヤマちゃんの鉄拳を喰わなかった。

宗介の返答は、次のようなものだった。

「もう、何もしたくなくなったとです。どうもすみません」

筑前ことばと植民地標準語のチャンポンである。宗介は、それを意識的にやったのではない。ヤマちゃんの鉄拳を覚悟していた緊張が、予想外のやさしいことばによって弛緩したとき、不思議にも不覚の涙があふれそうになり、その涙を必死でこらえている宗介の口から、自然に出てきたことばだった。つまり宗介の筑前ことばは、所詮ホンモノではなかったわけだ。


しかし宗介は、母親と話をしはじめると、きわめて自然に、筑前ことばを喋っているのだった。宗介の母親は、博多育ちである。博多で小学校、女学校へ通い、海を渡って朝鮮へ嫁に行き、そこで宗介たち七人の子供を生んで、戦争が終ったあと、ふたたび海を渡って帰ってきた。

当然のことであるが、朝鮮にいた間は、宗介の母親も植民地標準語を話していた。現在の彼女は、博多弁である。それは彼女にとって、きわめて当然の変化だった。もともと博多弁を使って育った人間が、また、もとへ戻っただけの話だからだ。

ところで宗介の場合はどうだろうか？　彼は、一日も早く筑前の土着に同化したいと憧れ、一生懸命に筑前ことばの習得に励んだ。その結果、彼はほぼ完全に「バッテン」「タイ」ことばをマスターすることはできた。しかし、宗介がマスターした筑前ことばには、土着の烙印ともいうべき「チクジェン訛り」がなかったのである。「センセイ」を「シェンシェイ」「ゼッタイ」を「ジェッタイ」と訛る筑前訛りが欠けていた。

実さい、体育館の裏でヤマちゃんに何故野球部をやめるのか、と質問されたときにも、宗介は、

「スミマッシェン」

とは、どうしてもいえなかったのである。もちろん、口真似なら、できないことはない。しかし、不覚の涙を必死でこらえようとする宗介に、そのような演技の余裕はあるはずもなかった。したがって、そのとき吐かれた宗介のことばは、本音だったといわなければならない。

「野球部には、変りもんの秀才が揃うとったんやけどな。まあ、よか、成績ば下げんごとしとけや」

「はあ。どうも、すみません」

と宗介はもう一度ヤマちゃんに頭をさげた。それで野球部は、終りだった。しかしヤマちゃんの、せっかくの忠告にもかかわらず、宗介の学業成績は、野球部をやめてから下がりはじめた。

野球に取って代ったものは、芥川龍之介だ。ヤマちゃんとの約束通り、野球部をやめたあとの宗介は、「ガリ勉」もしなかったし、「軟派まわし」もしなかった。芥川龍之介全集を読み終ったあとは、毎日二冊ずつ、小説本を学校へ持参し、授業中ずっと読み続けた。
五、六時間授業の場合は、帰るまでに、だいたい二冊を読み終えたものだ。そして、帰宅すると、さらにもう一冊を読む。合計、一日に三冊だった。実さい、それは、四十歳までの宗介の人生の中で、最も小説本を多読した時期だったといえるだろう。
一日平均三冊の小説本を濫読しながら、彼は毎日、筑前某町から脱出することばかりを考えて暮した。かつて、あれほどまでに同化したいと憧れ、努力した筑前某町が、まったくやり切れない、退屈な町になっていたのである。

九

宗介たちの高校では、男女共学になってから、アドルムとヒロポンが流行していた。宗介が、二年生のころだったろうか？

アドルムは催眠剤であり、ヒロポンは覚醒剤である。「アドルム自殺」「ヒロポン中毒」ということばが、新聞紙上を賑わせていたようだった。

宗介たちの高校でも、アドルム自殺事件が何度か発生した。不思議なことに、自殺者はいずれも、かつての《悪そう仲間》から軟派に転向したものたちだった。事件は、相次いで起きた。しかし、いずれも未遂であり、死亡したものは一人もなかった。

これもまた不思議なことに、自殺者たちはいずれも、いつか宗介がヤマちゃんに呼び出された体育館の裏で服毒するのだった。時間は、放課後らしい。そして、発見するのは、いつも体育館を使用しているバスケットボール部の選手たちだったようだ。

体育館の裏は、確かに学校では最も目につきにくい場所の一つだった。しかし、あるいはアドルム自殺者たちは、バスケットボール部の選手たちから発見されることを、あらかじめ計算に入れて、その場所を選んでいたのかも知れない。

確かにバスケットボール部の女子選手には、美人が揃っていた。肉体的にも、最も成熟していたようだ。それに、問題はユニフォームだった。水泳部女子選手の水着姿よりも、バスケットボール女子選手のブルーマー姿の方が、遙かに肉感的であったのは、確かだ。しかし、ブラジャーはどうだったのだろう？　彼女たちは、あのユニフォームの下にブラジャーをつけていたのだろうか？　もしつけていたのだとすれば、水着よりも肉感的に思えたのはそのせいだろうか？

中でも、三名は際立っていた。同級生の二名と、一年上級生の一人だった。三人とも、申し合せたように、髪の毛を腰のあたりまで垂らしていた。アドルム自殺者たちは、その彼女たちの、白い太股に目がくらんだのだろうか？

実さいそれは、無理もない話だったかも知れない。いまの宗介は彼らに同情したい気持だった。中学時代には、ナイフを振りまわして喧嘩をしたり、下駄ばきで廊下の床板を踏み抜いたりしていた《悪そう仲間》たちが、男女共学になったとたん、頭にポマードを塗りたくり、その挙句、バスケットボール部の女子選手の太股に参って、体育館裏でアドルム自殺の真似事をやらかしたのである。

滑稽といえば滑稽この上ない話であるが、不憫といえばこれほど不憫な話もあるまい。教師たちは、いったい何をしていたのだろうか？　たぶん、民主主義教育というものを、勉強し直すのに必死だったのだろう。

当時の宗介は、アドルムにも、アドルム自殺未遂をやらかした同級生たちにも、また、そのような事件に手を焼いていたであろう教師たちにも、ほとんど無関心だった。少なくとも無関心を装っていた。筑前某町で起こるできごとの一切が、すべてバカバカしいことに思えてならなかったのである。

「オレには何のかかわりあいもないことなのだ。なぜなら、オレはチクゼンの人間になりきれなかった。オレのチクゼンことばには、肝心かなめな、チクジェン訛りが無いからだ」

しかし宗介とても、結局は一人の、田舎の高校生に過ぎないのだった。ただ彼は、自分の青春というものを嫌悪する意識を少しばかり持ち過ぎた、一人の文学少年になりつつあっただけの話だ。

彼は世界じゅうの現象の一切を、自在明快に認識することのできる哲学者のような存在になりたいものだと希っていた。しかし実さいは、小説本を読んでは「一人で堕落」していただけだった。

「一人で堕落する」ということばは、宗介が二葉亭四迷の小説『平凡』の中で見つけ出したものだ。二葉亭はそのことばを、次のように使用している。

「――露骨に言つて了へば、誠に愛想の尽きた話だが、此猛烈な性慾の満足を求むるのは、其時分の私の生

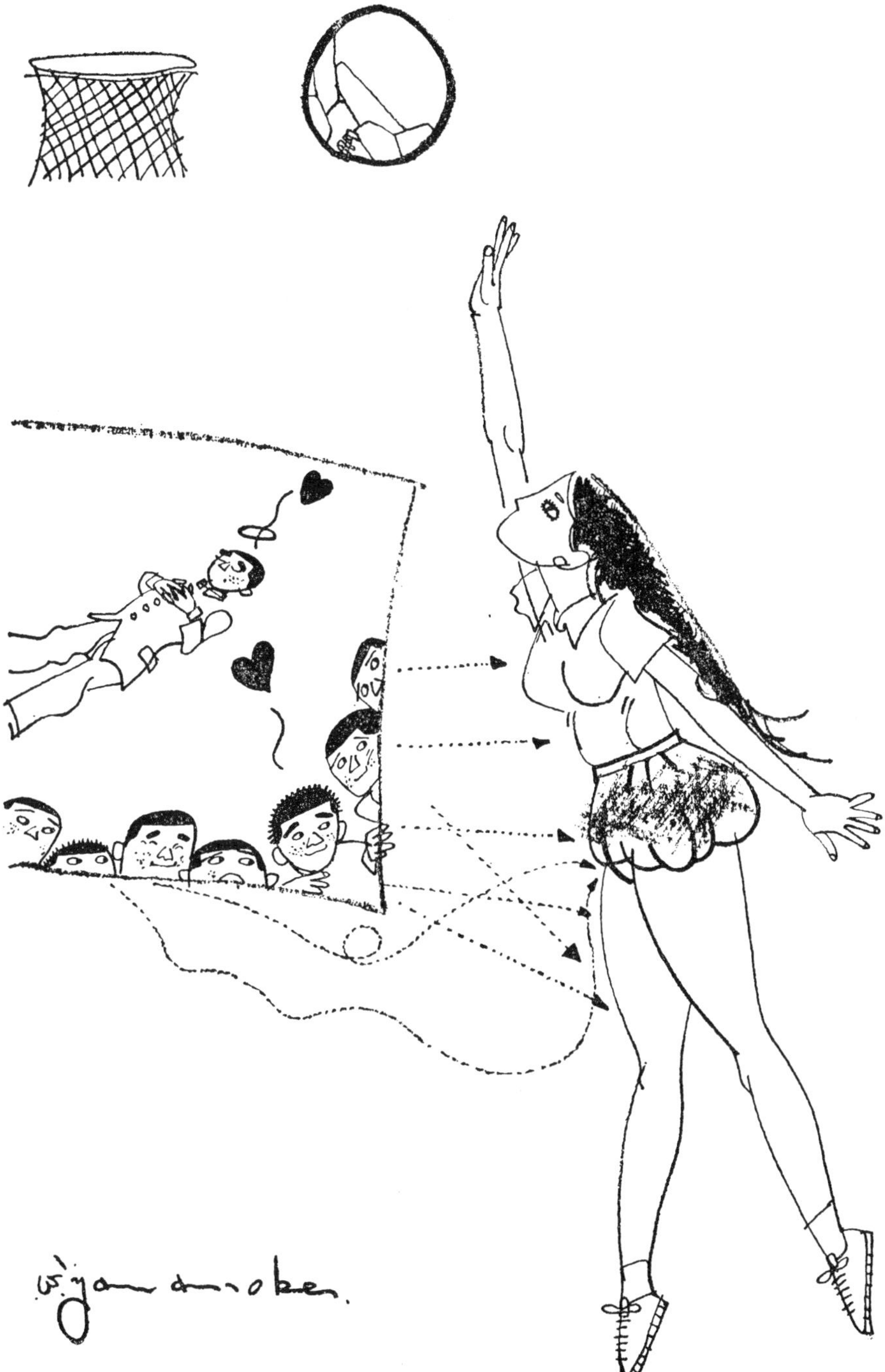

存の目的の――全部とはいはぬが、過半であつた」

「――が、こつそり一人で堕落するのは余り没趣味で、どうも夫では趣味性が満足せぬ。どうも矢張異性の相手が欲しい。が、其相手は一寸得られぬので、止むを得ず当分文学で其不足を補つてゐた。文学なら人聴も好い。これなら左程銭も入らぬ。私は、文学を女の代りにして、文学を以て堕落を潤色してゐたのだ。」

これは、『平凡』の主人公兼語り手である「私」が、田舎から東京へ出てきて、下宿先である親戚の家の「雪江さん」という娘に秘かな恋心を抱く前後の記述であるが、読んでいて宗介は、まさしくあの当時の自分そのものの姿をいい当てられているような気がした。少なくとも、現在四十歳の眼から当時の自分を眺めてみれば、客観的には、つまりそういうことだったという他はあるまい。

「一人で堕落する」

なかなかいいことばではないか。しかし、もちろんそう考えるのは、いまになっての話である。小説本を濫読していた当時の宗介は、必ずしも二葉亭のことば使いに満足したわけではなかった。「文学を以て堕落を潤色」するという表現が、どうしても自分自身のこととは、思えなかった。思いたくなかった。

しかし考えてみれば、宗介の不満は当然かも知れない。その「猛烈な性慾」との格闘なしには、一日たりとも生きてゆくことのできない毎日を送っていたものが、自分の性欲を客観的に眺めることなど、できようはずはないからである。

十

「ところで先生、今夜は博多東急にお泊りになるんですか?」

と、隣りの席に坐っている佐野がたずねた。宗介はまだ、唐津から博多へ向う車の中にいたのであった。

「あ、そうか。それを決めなきゃあならなかったな」

と宗介は答えたが、決っていないのはホテルだけではなく、故郷論の方も、結論は出ないままだった。しかし、おそらく結論などは出ないだろう、と宗介は思った。実さい、《故郷》という問題に話が及ぶと、宗介の考えは、まったく際限もなく広がってしまうのだった。それはとりとめがなく、宗介自身、どうにも収拾がつかなくなってしまう。ちょうど、自分で拡げた風呂敷を、自分で包み切れなくなってしまう形になるのであったが、だからといって宗介は、ありもしないことを並べ立てているつもりはなかった。

ただ、考えはじめたら最後、それまでは、まったく関係を持たないように見えていたありとあらゆる記憶が、《故郷》の二文字をめがけて、一斉に、われもわれもと押し寄せてくる。そして、確かにそれらの色々な記憶は、すべて故郷の問題と無関係ではないように思われてくるわけだった。

「きみの郷里は、どちらです？」

と宗介は、隣りに坐っている佐野にたずねてみた。

「ぼくの田舎は、栃木ですけど、郷里なんてもんじゃありません」

「そこで生れ育っているわけでしょう？」

「ええ。高校まで、いました」

「いまでも、家の方はそちらにいるわけでしょう？」

「そうです。ぼくは、一人だけ東京で大学に入ったわけです」

「郷里とか、故郷ということばをきいたとき、ピンと何か思い出すことがありますか？」

「そうですねえ……」

「いや、何か、一本の木とかね、繰り返し繰り返し眺めてきた一つのある、風景とか、山とか川とか。そうそう、自然ということ」

「なにしろ関東平野というのは、ご存知の通り殺風景なところですからねえ」

「利根川があるでしょう」

「あれは、群馬ですね」

「あ、そうか！」

「いや、まあ関東なんて、本当にどこも似たようなものなんですがね。まあぼくの場合、おやじが豆腐屋だったものですから、ガキの時分から、朝、自転車に豆腐、油揚げを積んで、あの、笛ですね。そいつをプープー鳴らしながら、田舎道を通ったものです。ぐるりと自転車で、朝早くと夕方二度町をまわるわけですから、町じゅうの小さな道まで、暗記していますよ。そこで出会う犬の顔までおぼえています。しかし、そうですねえ、いま故郷の自然、風景といわれても、何だかピンとこない感じですね、われわれには」

「われわれ、というと、われわれ若いもんには、という意味ですかね？」

「まあ、そうなんでしょうかね」

　確かにそうだろう、と宗介は思った。佐野はいま、二十四か五くらいだろう。まだ、どこの、どのような女性と結婚するかも、決定していないにちがいない。もし仮に決まっていたとしても、彼が故郷の問題を考えるようになるのは、赤の他人であった妻との間に、まぎれもない肉親として子供というものが生まれてからのちのことであろう。

　実さい早い話、宗介の子供たちは、いったいどうなるのだろう？　彼らにとって福岡とは、いったい何だろうか？　そこは「おばあちゃん」たちが住んでいる土地であり、彼らの父親である宗介が、中学、高校の六年間を過した土地である。それはまったく、悩ましい六年間であった。

　また福岡は、確かに宗介の子供たちの本籍地でもある。しかし、彼らは、かつて朝鮮で少年時代を送っていた宗介が、父親の生まれ故郷として夢み、尊敬の念さえ抱きながら憧れたように、福岡に憧れているのだろうか？　憧れているとは、考えられない。

十一

福岡での講演会は、無事に終った。変更といえば、順序として神田の前座を勤めるはずだった宗介が、神田のあとで話をしたくらいのものだ。

神田が仕事の都合で、講演が終り次第、飛行機で東京へ帰らなければならなくなったための変更であったが、講演会でも落語でも、真打ちが最後に出ることになっているのは、最後まで観客をとどめておくというためでもあるだろう。

相撲でも、横綱は結びの一番を取ることになっているし、大晦日のＮＨＫの紅白歌合戦では、男女両軍の誰がシンガリを歌うかで、大いにもめるという話である。また、剣道や柔道の試合でも、先鋒、中堅が戦ったあと、大将は最後に出番となっている。

「まあ、ぼくとしては、神田さんのご都合なら、やむを得ないと思いますが、しかし、お客さんが帰ってしまいませんかね？」

と宗介は、主催者側の係にたずねた。

「いやいや。唐津でのお話が大へん好評だったというニュースも入ってますし、大丈夫ですよ」

「ぼくの方は、構いませんけど、余り帰られたんじゃあ、何だかそちらに対して申し訳ないですから」

「まあ、他の講師の方なら、わたしどもとしても神田先生に何とかご無理お願いするんですが、本間先生の場合は、博多は地元ですもん。ま、ここだけの話ですが、先輩を前座にするつもりで、ひとつ大いに熱弁をお願いいします。案外、神田先生も、郷土出身のあなたに花を持たせようというお心遣いかも知れませんですから」

「それは、どうも」

「それからですね、講演会のあとわたしどもと、ちょっとした懇親会を予定していますが、そちらの方はもう、本間先生は二人分、じゅうぶんにおつき合い願えるはずだと、神田先生もおっしゃってましたから、ひとつお願いします」

懇親会は、ホテルのグリルでおこなわれ、唐津でのように色紙を差し出されることはなかった。そのことは、宗介にとって特に愉快でも、不愉快でもなかった。

唐津からの車の中で、若い佐野と色紙の文句について話をしたことを、すでに宗介は忘れてしまっていた。ただ、いかに宗介が神田の分まで酒をつき合うとしても、たった一人で十名ほどの主催者側とテーブルを囲んで坐っているのは、決して居心地の良いものとはいえない。しかも相手は同窓の先輩たちと「地元」の教育委員会の人々だった。

「いやあ、熱心にメモを取っとる女子学生がおりましたからな」

と誰かがいった。

「そうですか。最前列に若い女の子が三名坐っていましたが、真中の一人は居眠りをしてましたよ」

と宗介は答えた。

「いやあ、そんくらい観客を冷静に眺められれば、大したもんですばい」

やはり川口和子に電話をしておくべきであった、と宗介は後悔していた。彼女が講演会場へあらわれなかったのは、たぶん知らなかったからだろう。しかし同時に、彼女が姿を見せなかったのは、やはり本当に行方不明になっているからだ、と考えても見たかったのである。矛盾も甚だしいが、実さいにそうだったのである。

そのどことなくチグハグな感じは、宗介が「地元」出身者として扱われていることに対する奇妙な居心地の悪さと無関係ではなかったようだ。それはおそらく、宗介がいかにも「地元」出身者らしく振舞わずにはいられないことから、生じるものにちがいなかった。またそれは、一種のウシロメタサでもあるようだった。

十二

宗介は結局、主催者側の手配通り、その晩は博多東急ホテルに泊ることにした。博多はもちろん、福岡県内で旅館に泊るのは、宗介にとって生まれてはじめての経験だった。

ホテルのグリルでの懇親会が終ったのは、十時少し前だ。予定よりも三十分以上早く終ったのは、神田が講演を四十分くらいで切り上げたからだった。

宗介は主催者側の人たちと一緒に一旦エレベーターで一階のロビーまで降り、挨拶を交して、一人で四階の部屋へ戻ってきた。

部屋はツインだった。彼は上着を脱ぎ捨てると、ベッドの上に仰向けに長くなった。しかし、何とも奇妙な気分だ。第一、時間が中途半端だった。こんなことなら、講演会場に訪ねてくれた同級生とどこかで落ち合う約束をしておけばよかった。

会場には、三名の同級生が訪ねてきてくれた。銀行員と産婦人科医と大学のフランス語講師だ。講演をきいたのは、そのうち、フランス語講師だけだったがあいにくと彼だけが酒を飲まない。他の二人は、宗介の講演が神田のあとに変更されたことをきくと、どこかへ行ってしまった。宗介も、大して未練気もなく彼らと別れた。しかしそれは、二日後に開かれる同窓会で、ゆっくり一緒に飲めると思ったからだ。

その他にも、何名かの同級生の顔を宗介は思い浮かべた。新聞社の文化部に勤めている同級生に電話してみようか？　とも考えた。しかし、彼は電話しなかった。何も博多は今晩だけではないのだ。しかし、ホテルに泊るのは今晩だけである。だとすれば、何か、それに最もふさわしい一晩の過ごし方を考えるべきではなかろうか？

宗介はベッドに仰向けになったまま、そう考えた。自分がもし、メロドラマの作者であったら、今夜主人公に、いったいどのような行動を取らせるであろうか？

まず考えられることは、とつぜん起こる、さまざまな偶然である。

例えば川口和子から電話がかかってくる。

「あ、もしもし、去年は船の中で大変お世話になりました。実は、講演会を拝聴にあがろうかと考えたんですけどね、ちょっと時間の都合がつかなくて、すみません。シベリアのお話だというんで、是非ききたかったんですよ。それでね、いま用事が済んですぐ近くまで来てるんです。エレベーターでロビーまで降りてきて下さる？　もしお酒飲みたいんでしたら、二、三軒なら知ってるお店ありますですよ」

あるいは、先刻、宗介の講演をきいていた女子学生の三名グループが、来年は是非ともシベリア旅行をしたいから、もう少し話をして欲しい、といって宗介の部屋へウイスキー持参で押しかけてくるという場合も、考えられた。とにかく「偶然」なのであるから、何が起っても不思議ではないわけである。それとも「偶然」にしては、それらは余りにもミミッチ過ぎるだろうか？　メロドラマ作者としては、空想力が貧困過ぎるだろうか？　確かに、その程度の「偶然」しか考え出せないようでは、メロドラマ作者は失格だろう。

とにかく、主人公そのものに行動をさせなければならぬ。ただホテルのベッドに仰向けに長くなったままで、「偶然」を待っているだけでは誰も喜ばないのである。

「そうだ！」

と宗介は、とつぜんベッドからはね起きた。

「ひとつマッサージにかかってやろう！」

するとそのとき、枕元の電話が鳴りはじめた。

十三

「あ、もしもし、本間シェンシェイですかね？」

と電話口の声はいった。

「はあ、そうですが」

と、宗介は少しばかり不愉快な声で答えた。男の声でかかってくる電話を、彼は「偶然」の勘定の中に入れていなかったからかも知れない。

電話をかけてきたのは、校友会の坂田だった。講演会の主催者側の中で、事務上の責任者的な立場にいた人物である。大学では神田と同年の卒業らしい。宗介よりは十年くらい先輩にあたるわけだ。電話の内容は、自分たちが飲んでいるバーにいまから出てこい、というものだった。校友会関係の三名ほどで飲んでいるらしい。宗介は、余り気乗りしなかった。確かに懇親会の酒は中途半端であったが、いまはマッサージの方に魅力をおぼえていた。

宗介は受話器を耳に当てたまま首を左へ捻ってみた。すると、ボキ、ボキッと、骨が鳴った。宗介は三十代の半ばごろから肩をこらし続けていた。胃をこわしたせいだろうか？　会社をやめて、家で坐業に従事するようになってからは、ますます肩こりはひどくなったようだ。

「万年筆が動かなくなると、首が動く！」

これは、宗介が坐業に専念するようになってから間もなく発見した、一つの真実だった。つまり、肩こりが嵩じてくると、頭がぼんやりしてきて、何にも考えることができなくなってしまう。原稿用紙の上で、万年筆は停止して、動かない。そのような状態に陥ったとき、まるでロクロ首のように、前後左右に首を動かしているわれとわが身を、宗介は発見したのだった。

さらにひどくなると、目がチカチカしてくる。そして、歯が浮いてくる。すると無意識のうちに前歯を喰いしばるから、顎がだるくなってくる。そうなるともうダメだった。夜、眠れなくなってしまうのである。《眠り男》を自称する宗介が、眠れなくなってしまうのである！

「お父さん、背中踏んでやろうか？」

と子供がいう。長男の場合は一回十円、長女は一回五円の踏み賃だった。しかし、宗介は子供に踏ませるだけでは不充分だった。

「これじゃあまるでサロンパスのコマーシャルねえ」

と妻が笑うくらい、背中一面に貼りつけなければ気がすまない。

「遠山の金さんの、ホリモノみたい、というべきじゃないかね？」

いずれにせよ、生まれてはじめて過ごす博多のホテルには、マッサージが最もふさわしいという結論に宗介は到達していたわけだ。

そういえば、博多でマッサージにかかるのも、生まれてはじめての経験だった。宗介は、博多弁を話す女マッサージ師との会話を想像してみた。女はやはり、年寄りではない方がよい。しかし、余り若過ぎる女もよくない。陰気なのが最も悪い。しかし、余りお喋りな女はマッサージが下手である。

宗介はまず、女マッサージ師に二時間分の前金を渡す。まず一時間は規定通りにもんでもらい、あとは、もまれながらそのまま眠り込む。完全に眠り込んだら、黙って帰ってよろしい。

「はあ、実はいまマッサージを頼んだものですから……」

と宗介はいった。すると、坂田の口調がとつぜん乱暴になった。

「何を年寄りくさいことばいいよるかい！　あんたに、どうしても会いたかていいよるオナゴが、この店におるとぞ！」

十四

　宗介にどうしても会いたい、といったらしい女は、同級生の和田幸子だった。髪の毛を腰のあたりまで垂らしていた、あのバスケットボール部の、美人三人組の一人である。

　坂田からの電話が切れて間もなく、ホテルのロビーにバーテンらしい若い男が宗介を迎えにあらわれた。

「いったい誰がぼくを待っているのかね？」

　と歩きながら宗介はたずねた。

　しかしバーテンは、それははっきりわからない、という返事をした。ボーイはチップを待っていたのかも知れない、と宗介は思った。しかし、チップを渡してまでたずねる気にはなれなかった。まだ幾分か、マッサージに未練を残していたためだったのかも知れない。

　坂田たちの飲んでいた中洲のバーは、ホテルから歩いて四、五分だった。和田幸子はそのバーのマダムだったのである。彼女は黒っぽい和服を着ていた。

「何年ぶりになりますかいね？」

「ふーん！」

「ちっとも変っとんしゃれんですね、本間さんは」

「ふーん、いや、あんたこそ、相変らずの美人やなあ」

「こっちの方から、講演会の話が出たとですよ。それで、本間さんの名前が出ましたもんですからね、本当に同級生の本間さんやったら、今夜は全部あたしの奢りにしてあげます、いうて電話してもろうたとですよ」

　店にはピアノが置かれていた。客が自由に歌えるよう、マイクもある。宗介の両脇には女性が腰をおろしていた。バーというよりは高級クラブの部類だろう。このようなクラブのマダムに、どうして和田幸子がなっているのか、もちろん宗介にはわからなかった。ただ、彼女は、アドルム自殺をはかった同級生たちには目もくれず、高校を卒業するとほとんど同時に外国機械商社のセールスマンと結婚したらしい。ところが、結婚して僅か二年で、夫が事故死したこと、等がわかっただけだ。

　しかし、宗介にとって何とも不思議であったのは、博多で勤めている同級生たちが、この彼女のクラブへときどき客としてあらわれる、ということだった。同級生だった男女が、そのような形で結びつく日常的な現実というものが、宗介には実感として感じられなかったのである。

「ぼくが思い出すのは、あのバスケット部のユニフォームだけだからなあ」

「あら、あたしなんか、もう大年増ですよ」

　宗介は、感傷的になっているのともちがっていた。何ともいえない奇妙な気持だ。体育館の裏でアドルム自殺をはかった同級生たちは、和田幸子を具体的な性欲の対象として憧れたのだろうか？　たぶん、そうにちがいない。村の青年団員が村の女子青年団員の誰かを、具体的な性欲の対象として憧れるように、彼らは彼女に憧れたのだろう。

　それにひきかえ、宗介の性欲は何と観念的だったことだろうか。二葉亭流にいえば、それは、「文学を以て潤色」された「一人で堕落する」行為に過ぎなかったのである。何故、宗介は彼女を具体的な性欲の対象として考えなかったのだろう？　彼女に限らず、同級生の誰かを、性欲の対象として一度も考えようとしなかったのは何故だろうか？

　それは結局、宗介が一生懸命に習得した筑前ことばには、「チクジェン訛り」が欠けていたせいだろうか？　宗介は、首をひねった。するとボキ、ボキッと骨が鳴った。

前厄祓い

一

福岡での講演会が終ったあと、宗介は一人だけ汽車で帰ってきた。

「二日あとでも、三日あとでも、飛行機の切符は取りますよ」

と主催者側はいってくれた。

「はあ、ですけど、同窓会だけならいいんですが、おふくろや兄弟たちと会っていますと、予定がはっきりと立ちませんから」

「そうですか。しかし、汽車じゃあ大切な時間がもったいないなかでしょうが」

宗介はそのとき、自分がいかにも忙しい人間であることを強調する方が、主催者側の人々へのサービスになるのかも知れない、と考えてみないわけではなかった。確かに、講演会の講師というものは多忙であるところに、その価値の大部分があるのではないか、とも考えられないことはあるまい。

活字になったものを通して以外には、とても直接に会うことのできないような多忙な「先生」の顔を見たり、声をきいたりできるところにこそ、講演会のアリガタ味はあるのだろう。暇でどこにも行くところの無いような「先生」では、アリガタ味は半減する。二日も三日も、ゆっくり滞在している「先生」では、つまらないわけである。

神田は、その点さすが先輩だな、と宗介は感心した。彼は、地元福岡出身である宗介に対して、講演会の前座を敢えてつとめるというサービスをしたばかりでなく、主催者側に対しても、ちゃんとサービスをしたことになるからだ。

神田はそのようなサービス精神を、長年の体験で身につけたのだろうか？

講演会のあとで、主催者側の人たちと何時間も酒の席をつき合ったり、頼まれるままに何時間も色紙を書いたりするのも、確かにサービスにはちがいあるまい。しかし神田のサービスは、

「あんなに忙しい先生が、よくもここまで来て下さった」

と主催者側に思い込ませる点で、さらに高等なサービスといえるだろう。高等というのは、サービスのために要する無駄な時間が省かれている、という意味だった。しかも効果は充分に上っている。

「やっぱり、まだまだオレなんか技が足りんな」

と宗介は、久しぶりにわが家のダイニングキッチンのテーブルでビールを飲みながら、妻に向っていってみた。

「もう少し、プロ意識に徹しなきゃあ、いかん」

「それは大へん結構な考えだと思いますけど、主催者の人たちとお酒を飲んだのは、サービス精神なんですかね？」

「もちろん、そうさ。何しろ神田さんと秘書は先に帰ってしまうし、オレ一人きりなんだからね」

「そりゃあ、一人で三人分のおつき合いはごくろうさまだと思いますけど、それはサービスというより、楽しみじゃないんですか?」

「もちろんオレは、後悔したり、何かを怨んだりしていってるわけじゃないよ。ただ、今回の旅行の一つの新しい体験として、いっているわけだ」

ダイニングキッチンの食卓の上には、天ぷらを盛りあげた大皿が置かれていた。夕食のとき、宗介はほとんど天ぷらに手をつけなかったのである。妻のことばに含まれている皮肉の刺が、たぶんそのためのものであることは、宗介にもわかっていた。イカ、ゴボウの天ぷら、かき揚げなどは、宗介の好物に属していた。妻はそれらのものを、もちろん帰宅した宗介のために、こしらえたのだった。

にもかかわらず、宗介の胃袋は、それらのものを受け付ける状態ではなかったのである。九州旅行中ずっと飲み続けたためだ。

二

宗介が福岡に滞在したのは、四泊五日だった。講演会の夜ホテルに一泊、母親のところに二泊、弟夫婦のところに一泊であるが、彼は何となく、長い旅から戻ったような気持になっていた。たぶんそれは、その四泊五日の間に、宗介が集中的に「過去」や「記憶」や「思い出」とつき合ってきたためであろう。

宗介の母親は、福岡市の西寄りの、黒門川近くに借家住いをしていた。兄夫婦と二人の子供と、母親が五人で暮すには、広過ぎも狭過ぎもしない、一戸建ての家だった。しかし、宗介の兄が勤めているのは、大阪に本社のある製薬会社の福岡支社であるから、いつかは大阪か、あるいは東京の方へ転勤にならないとはいえなかった。実さい、今年あたりそうなるのではないか、というのが兄の予想だった。

「そうなったら、お母さんは、大阪へ行くつもりかいね?」

と宗介は、母親にではなく、兄にたずねてみた。

「うん」

「まあ、あっさり一緒に行ってくれれば問題はなかろうけどね」

「うん、しかし、ちょっと無理やろうな」

「やっぱり、福岡から動く気はなかとやろう？」

「福岡の中でも、まあ、このへんだよ。どこでもいいというわけじゃないけんね」

宗介の兄がいう「このへん」とは、西公園の周辺という意味だった。つまり宗介の母親が、師範学校の付属小学校へ通い、また、県立高女へ通いながら暮したあたりだ。

いま宗介の母親は六十七歳である。日本人女性の平均寿命である七十四歳までには、あと七年だった。宗介の見た感じでは、たぶん母親は平均寿命までは大丈夫だろうと思われたが、ただそれには、残りの七年間を、自分の育った土地である福岡で暮すという条件が必要であるのかも知れない。

「結局、お母さんの好きなようにさせる他ないだろうな」

と宗介はいった。福岡に住んでいない彼にしてみれば、どっちにしたところで、直接かかわり合いはない立場であっただけに、何となく申し訳ないような気持も動いていたのである。

「まあ、結果的にはそうなるだろうね。まだ転勤の正式発表があったわけじゃないが、オレとしても、無理に大阪へ連れて行こうという気はないよ」

福岡に住んでいる弟たちのうち地元の会社に勤めている二人は、自分の家を手に入れていた。しかし、もし兄が大阪へ転勤になったとしても、母親は、その二人の弟のところへはおそらく同居しないだろう、というのが、福岡で暮している兄弟たちの予想だった。

「大丈夫かね、一人で？」

その場合の母親の一人暮しについて、一番心配したのは、宗介だった。彼は、他の兄弟や妹までがそのことをさほど心配していないことを不思議に思った。しかし、それもどうやら、彼がずっと東京で、母親と離れて暮してきたためらしい。

いい換えれば、彼が兄弟たちのうちで、最も母親を知らなかったのである。

「お母さんはね、一度ゆっくり一人だけで気儘に暮してみたいわけよ。ただし、小さくても花を作れる庭がないとだめだけどね」

という妹のことばを、それは母親の強がりではあるまいかと考えてみたのも、そのためだった。しかし、福岡で母親や兄弟たちと過ごした三、四日の間に、宗介の考えは変ったようだ。やはり兄弟たちのいう通りなのかも知れない、と思うようになった。

三

宗介は福岡からお守り袋を持って帰って来た。西公園の光雲（てるも）神社の厄除けのお守りである。母親や兄弟夫婦たちと一緒に、西公園の花見に出かけたとき、買い求めたものだ。

花見の一行は、総勢十一名だった。夫婦と子供二人の全員揃ったのが一組。これは、私立高校の教師をしている五男坊の一家である。それに二人の子供を連れた兄嫁。生まれて三カ月くらいの赤ん坊を背負った妹。これで九名。それに母親と宗介の十一名だった。

残りの兄弟たちは、それぞれ仕事で参加できなかったが、宗介の母親は至極、満足そうであった。弁当も十一人分を、前の晩に兄嫁と二人でこしらえたらしい。

「相変らずだなあ、お母さんのニギリメシは」

と宗介は、塩コンブの入ったニギリメシを頬張りながらいった。

「そうなんですよ。お母さんは、オカカのおにぎりは作らっしゃれんもんね」

と兄嫁が笑いながら答えた。

西公園の桜は、まだ六分咲きぐらいだった。しかし、新聞紙を敷いた斜面には風が当らず、体じゅう汗ばむような暑さだった。

「お母さんの孫は、全部で何人になったとかいね？」

「十一人たい」

「子供七人の割りには、ちょいと少ないようだな」

「いまのひとは、そんくらいがよかとこやろう」

「あ、もうその話はせん方がよかよ」

と妹が赤ん坊に哺乳壜を与えながらいって、宗介の方へ眼で合図を送った。

「お母さんの持論は、この哺乳壜がそもそもの原因、ということなんですからね」

宗介の母親にとっては、十一人の孫のうち、母乳で育てられたものが一人もいないということが、甚だ不満であるらしかった。考えてみれば、確かにそれは不思議なことだ。息子たちの嫁も、最近赤ん坊を生んだばかりの母親自身の娘も、すべて母乳で育てられた人間だったからである。

宗介の母親の説によれば、それは病院でお産をするせいにちがいないのだ、という。そもそも母乳というものは、生まれてきた赤ん坊が泣きながら乳を求めてくるときに、その口へ押しつけるようにしてくわえさせているうちに、自然と出るようになるものである。然るに病院では、母親と赤ん坊とは別々の部屋へ寝かされてしまう。そして、ガラス張りの部屋に入れられた新生児たちは、一定の時間に、看護婦から哺乳壜のミルクをあてがわされる。そのようにして一週間なり十日なり経ったとき、産婦の乳は、すでに出なくなっているというわけである。

「わかりました。よーくわかりました」

と、哺乳壜を手で支えている妹が笑いながら母親にいっている。

「なるほどねえ」

と宗介は、缶ビールを飲みながら感心したような声を出した。

「これは案外、医学界の盲点を突く説かも知れんよ」

「やめとき、お兄さん。年寄りをからかうもんじゃあありません」

「いや、これは、いつか機会があったら誰か専門家にたずねてみよう」

もちろん宗介は、本気でいったわけではない。しかし、まるっきり冗談というわけでもなかった。

もしかすると、そこに重大な、時代による変化というものがあるのかも知れないと、考えないわけにはゆかなかったからだ。いったい何が、どう変るのだろうか？

四

「あそこのうちは、乳が足りないから」

という話を、何度か宗介は子供のころにきいたおぼえがあった。

それは、どういう事情であったのか、具体的なことはもちろんおぼえていない。ただ、そのことばの響きは、あたかも、

「あそこのうちは母乳が出ないから可哀そうだ」

という程度には、子供心にも同情すべき事柄として印象づけられていたのである。

「あの子はミルクで育ったのだ」

ということは、とりもなおさず幸薄い子供ということだった。それがもし意図的におこなわれたものであ

るとすれば、そこで思い描かれる母親の像は、いわゆる「ママ子イジメ」的な母親以外の何ものでもなかったのである。宗介も子供心に薄暗い想像力をかきたてられたものだった。

宗介には、母乳についての医学的な知識はもちろん無い。また、七人の子供を生み、その全部を母乳だけで育ててきた母親のような体験もなかった。彼が知っているのは、彼自身の子供たち二人の、母親の乳房に対する受け取り方だけである。

宗介の二人の子供たちは、宗介の妻の乳房を見て、

「お母さん、エッチ！」

といっているのだった。風呂に入ったときなど、そういって騒いでいる。

宗介は、その「エッチ」ということばが、どうにも嫌いだった。実さい、何度も宗介は、風呂場に向って怒鳴りつけたい気持になったものだ。しかし、まだ一度も怒鳴りつけたことはなかった。怒鳴りつけるからには、それに代ることばを、子供たちにたずねられた場合、即答できなければならないだろう。それをまだ宗介は考えついていなかったからだ。

宗介の子供たちも、現代の多くの子供たちと同様、哺乳壜育ちだった。母親、つまり宗介の妻の乳房を吸って育ったのではない。とすると彼らにとって、宗介の妻つまり彼らの母親の乳房とは、いったい何だろう？

彼らの肉体にはなくて、彼女の肉体についているその乳房は、いったい何ものに見えるだろうか？

以前は、乳離れの悪い子供は、母親の乳首に唐辛子とか、何か辛かったり苦かったりするものを塗りつけられたものだった。年子で弟が生まれた宗介の場合は、そのような体験はする暇もなく済んだが、それでも、母親の乳房というものは他ならぬ自分がしゃぶりつくために存在するのだ、と考えた記憶は残っている。

乳離れをするときまでに、はっきりとそう認識しなかったとしても、その後、弟たちや妹が、母親の乳を

吸っているのを見ながら、そう考えるようになったのであろう。いずれにせよ、母親の乳房というものは、まず自分自身の食欲を満たすために存在した。そしてその後、それによって食欲を満たす必要がなくなってしまえば、まったく自分とは無関係な存在となってしまうものだったのである。

そういう意味において、母親の乳房は、はっきりと他の女性の乳房と区別された。物心のついてからあとの、他人である女性の乳房と、母親の乳房とは、まったく意識の中では別物だったわけだ。

その区別が、宗介の子供たちの時代においては、もはや失われてしまったのではないだろうか？

「お母さん、エッチ！」

と風呂の中で騒いでいる子供たちを、怒鳴りつけたいと思いながら宗介が、つい怒鳴りつけずにいるのは、そう考えるためでもあった。

しかし、それでは、いったい何のために、女の乳房はあれほどまでに大きく膨れあがらなければならないのだろうか？

五

宗介は、哺乳壜で育てられた彼の子供が、自分と同じくらいの年齢になった状態を想像してみた。いま十歳である長男が四十歳になったとき、宗介はすでに七十歳である。

「男の平均寿命はいくつだったかね？」

と宗介は、花見の席で誰にともなくたずねてみた。

「確か六十九歳じゃなかったかと思うよ」

と妹が答えた。

「女よりも大分低いな」

宗介はちょっと目をつぶってみた。しかし、もちろんそんなことで、七十歳になっている自分の姿がたちまち目に浮かぶはずはなかった。ただそうなった場合、果して、親子で花見に出かけるといったようなことが、あり得るのかどうか。それを考えてみたわけだった。

彼はまた、自分を妻の場合に置き換えて想像してみた。四十歳になった哺乳壜育ちの息子と、その母親である宗介の妻が、一緒に花見に出かけるということは、果してあるだろうか？

もちろん花見だけが問題なのではない。実さい、宗介にしたところで、六十七歳の母親と一緒に花見に出かけたことを、それだけで親孝行だとは、考えてはいなかった。確かに西公園は、母親のお気に入りの場所だ。そこへ出かけることは、宗介にも不愉快なことではなかった。しかし、どちらかといえばこの花見は、宗介の方が母親から連れて行かれた、という感じだったのである。母親にとって馴染み深い土地を、案内されている、といった形だった。

ただ、そのとき宗介がうらやましいと思ったのは、母親の自信のようなものであった。

「お母さんは、自分だけで気儘な生活をしてみたいとよ」

といった妹のことばを、はじめは母親の強がりではあるまいかと考えた宗介が、やはりそうではなさそうだと考え直したのも、そのためだった。つまり、もし兄が大阪へ転勤した場合、「一人で暮す」ということは、そうしていても、息子や娘たちは自然と自分のところへ集まってこずにはいられないはずだ、という自信あってのことだろう、と考えたからである。

それは、「母乳」の強みというものではないだろうか？　哺乳壜の母親では、とてもそのような自信は持ち得ないだろう。

「お兄さんところは、お稽古事はどげんさっしゃっていますか？」

と高校教師をしている弟の嫁が宗介にたずねた。

「子供たちのですか？」

「はい」

「いまのところ、息子の方は剣道だけですよ」

「剣道？」

と弟の細君がきき返した。

「もう大分強うなっとろう？」

と、これは弟の質問である。

「こないだ三級になったらしいな」

「小学校四年で三級やったら、ええ方やろ？」

「なんの、なんの。まだまだこっちは片手でも相手にならんさ」

と宗介は鷹揚に答えた。しかし、内心は不思議な興奮をおぼえているのだった。何故だろうか？　たぶん死んだ父親のせいだ。

「やっぱりお兄さんとこは、変っとらっしゃるよね。剣道とかね」

と弟の細君が宗介にサービスをした。実さい何よりのサービスなのだ。

「いや、これは親のノスタルジアみたいなもんですよ。自分たちが子供の時代と、いまの息子たちとの間に、共通なものはほとんどないですからね。ま、その点、剣道はね」

この先、宗介が喋りはじめたらキリがないだろう。なにしろ彼は、死んだ父親と朝鮮時代に剣道仲間だったという七十四歳の老人をはるばる広島まで訪ねて行く話を、中篇小説に書いたほどだったからである。確かに剣道は宗介にとってノスタルジアだった。しかし、それは決して直線的に現在の彼と結びつくようなわけのものではなかった。剣道の記憶もまた、彼の他の記憶と同様、玄海灘を挾んで真二つに分裂していたのである。昭和二十年八月十五日を境にして、といってもよかった。

宗介の父親は、中学の剣道部員だった。その父親に宗介は、小学校三年生のときから竹刀の素振りをさせられた。三、四、五、六、そして中学一年まで彼の剣道は続いた。しかし、彼が引揚げてきて父親の卒業した中学に転入したとき、もちろん剣道部は廃止されていた。柔道部が復活したのは、宗介たちが高校二年のときだったろうか。しかし、剣道部は彼が卒業するまでは、まだ復活しなかった。つまり、宗介の剣道の思い出は、福岡にはないのである。それは、まだ父親が生きていた時代の朝鮮にあり、それから二十数年をへだてて現在は、小学校四年生である息子の中にあるわけだ。ノスタルジアだ、と宗介が考えるのはそういう意味だった。息子の竹刀に、宗介は自分が小学校四年生のとき握った竹刀を重ねているのだろう。

ただ、胴だけはちがっていた。宗介たちが着けた少年用の胴は、竹で編んだ竹胴だった。いま息子が着けているのは、ぴかぴか光る、プラスチック張りの黒胴である。

六

宗介の長男が通っているのは、電車で一駅先の警察の道場だった。宗介は、はじめのうち何度か、長男の稽古を見物に出かけた。しかし、そのうち見物に出かけなくなった。剣道を見物に出かけた晩は、眠れなくなることに気づいたからだ。一晩じゅう剣道の夢ばかり見続けた。というより、どうしても剣道ができない夢だ。長男が通っている道場の会長は、五十代で六段だった。先生は他に五、六人いたが、そのうち二人は会長の息子で、いずれも四段だった。二人ともまだ二十代で、弟の方は大学生らしい。父親に似て小柄で、いかにもきびきびした青年剣士だった。

夢の中で、その親子が竹刀で撃ち合っている。宗介は道場の板の間に坐って見物しているうちに、体じゅうが火照ってきて、じっとしていられなくなる。立ちあがって道場の真中へ歩いて行き、会長父子に試合を申し込みたいと思う。彼は、夢の中で自分が防具を着け、面をかぶり、竹刀を持って立ちあがる場面を空想する。よし！　いまだ！　さあ立ちあがれ！　しかし、どうしても彼は道場の床から立ちあがることができない。

足の爪先から、ずんずんするものが這いあがってきて、手の指先の方へと走り抜けてゆくような、熱い感覚。しかし、足がしびれているのではない。いわば興奮の武者振いなのだ。にもかかわらず、彼はどうしても立ちあがることができない。一晩じゅうそんな夢のために眠れないのである。

宗介は考えてみた。いったい自分にとって剣道とは何なのだろうか？　確かにそれはノスタルジアにちがいない。ということは、すなわち失われた現実だった。夢の中における会長父子の対戦は、一つの象徴といえるのではないだろうか？

五十代で六段の父親。彼は第二次大戦からの復員者であるはずだった。またその息子である四段は、戦後生まれの二十代だった。たぶん彼は、宗介たちが高校を卒業したあとで復活した剣道部で腕を磨いたのであろう。つまり宗介は、ちょうどその会長親子の中間に挟まれた人間だったのである。

夢の中で宗介は、その二人の間に入って行けない。しかし、入って行けないのは単に夢の中だけでなく、現実においても、まったく同様だった。宗介は要するに、現実と同じ夢を見て、そのために眠れなかったわけだ。彼にとって剣道とは、死んだ父親の記憶と、いま小学校四年生である長男の中にしかなかった。つまり、過去と未来の中にしか存在しなかったのである。

「剣道以外に、学科の方は何か習わっしゃってますか？」

と弟の細君が質問した。

「まだ、うちあたりは考えることはなか、ていいよろうが」

と弟が半分独り言のような調子でいった。

「ですけど、ただ参考までにたずねたとよ。東京の方は、どんなやろうか、思うて」

「あ、そういえば、お宅も団地やったね」

「そう。博多も団地ばっかり増えて、うらめしかよ、ほんとに」

と母親が口を挾んだ。

「まあ、そう、いいんしゃんな、お母さん」

と宗介がいうと、妹が声を出して笑いはじめた。

「何がおかしかとや？」

「お兄さんの九州弁ですよ」

「どこがおかしい？」

「どこが、てわけやないけど、博多の教育ママたちはね、いま子供たちに東京弁ば教えよるとよ。あたしのうちのすぐそばにも一人おらっしゃるけど、だからお兄さんの九州弁きいてると、何だかおかしくなるわけよ」

そういって妹は笑い続けた。

「そりゃあ、テレビタレントにでもするつもりじゃないのかね？」

「まあ、失礼な！　むこうはもっと真剣なんですよ」

「だってお前、算数なんてものは東京弁だろうが、九州弁だろうが同じじゃないかね？」

「それがそうは、いかんとでしょうよ」

「男かね？　それとも女かね？」

「小学校三年生の男の子なの」

「なるほどねえ。しかし、これもさっきの、哺乳壜と深い関係を持つものかも知れんぞ」

「だけどね、博多にいるのに東京弁を子供に教えているのは、やっぱり滑稽じゃない？」

「じゃあお前、おっかさんが牛乳配達とかパートタイマーとかの内職をやりながら、子供にピアノやバレエなんかのお稽古事を習わせているのは、滑稽じゃないといえるかね？」

「お兄さんの話は、何か、作り話みたい」

「作り話じゃないさ。オレの住んでる団地じゃあ、軒並みそういう教育ママでいっぱいだよ」

もちろん、働くことがよくないとは宗介も思わなかった。しかし母親が新聞配達や牛乳配達をしてまで、子供のピアノやバレエや英語学習のための月謝を稼ぎ出すという風潮が、宗介には何かグロテスクなものに思われたのである。それは、他人事であるにもかかわらず恥かしい、という気持だった。

ピアノの普及に、宗介はべつだん反対ではない。日本じゅうの小中学生が、ショパンやモーツァルトの曲をピアノで演奏できるという日がやってくるかも知れないと考えることは、決して不愉快なことではなかろう。実さい、宗介の住んでいる団地におけるピアノの普及率は、ほぼカラーテレビのそれと同じくらいにまで成長しているはずだ。普及の功労者は、牛乳配達で汗を流した団地の主婦たちだった。ピアノ会社は、すべからく彼女たちに感謝すべきである。団地内の遊園地に、銅像の一つも建ててよいのではなかろうか。もちろん、宗介はそのような団地の教育ママたちを非難しようなどとは思わない。ただ、そのような親子関係も、あるいは哺乳壜のせいではなかろうか、と考えてみたわけだ。

七

哺乳壜が良い悪いの問題ではなかった。また、教育ママが良い悪いの問題でもない。

哺乳壜の問題も、教育ママの問題も、宗介一人がどう逆立ちしてみたところで、何かが変るわけのものではなかった。何かうまい解決策や妙案が、たちどころに浮かんでくるといった性質のものではないのである。

ただ、宗介は、その二つの問題を互いにかかわり合いを持つ関係として、考えてみただけだった。

要するに、教育ママとは、母乳で子供を育てることのできなかった哺乳壜ママの、不安の結果として生まれ出たものだろう。哺乳壜ママには、自信がない。放って置いても、結びつきは子供の方から求めてくるものだ、という自信がないのである。哺乳壜があるうちは、まだよかった。しかしやがて、それは不要になる。何か哺乳壜に代るものはないだろうか？　あった。ピアノである。ピアノこそ哺乳壜に代る、親子の新しい結びつきだった。ピアノのあとは、《教育》である。

そのためならば、牛乳配達でも、新聞配達でも、何でもやります、という気持は、まことに涙ぐましいといわなければなるまい。しかし、宗介は次のようにいいたい気持だった。

「奥さん、あなたの気持はよくわかりますが、もしわたしが奥さんの立場だったら、牛乳配達の代りに昼寝をします。もし、昼寝がどうしてもできない、というのであれば、小説の一冊も読んでみます。それも性に合わないというのであれば、子供に童話の一つも読んできかせます。またもし、それも余りピンとこない、とおっしゃるのであれば、子供と一緒にクレヨンか絵具を持って散歩に出かけ、下手でも何でも写生をしてみるのはいかがでしょう。え？　そんなことを子供が好むわけがない、とおっしゃるんですか？　だったらはじめから、子供の好きなように表で自由に暴れまわらせて置けばよいじゃありませんか！」

宗介は決して、この問題を単なる他人事として、からかい半分に考えているのではなかった。宗介のところにおいても、五歳になる長女が、昨年からとうとうピアノを習いはじめていたからだ。

「お父さんは、子供のときどうしてピアノ習わなかったの？」

と長女は宗介に何度かたずねたものだった。

「そうだな、男の子だったからだな、お父さんは」

「だってさ、四階のススムくん、男の子だけどピアノ習ってるよ」

「お父さんが子供のときはね、男の子はピアノを習わなくてもよかったんだよ」

「あ、お外で遊んでばかりいたんでしょ、お父さんは？」

「そんなことはないさ。ちゃんと勉強もやりましたよ」

「じゃあどうしてお母さんはトモコのピアノのお稽古のとき、ちゃんと教えてくれるのに、お父さんは教えてくれないの？」

「ピアノの勉強はしなくてもよかったんだ」

「じゃあやっぱり学校から帰ってきて、すぐ遊んだんじゃないの」

「お父さんはね、トモコみたいに哺乳壜飲まなかったから、さ」

「お父さん哺乳壜のミルク飲まなかったの？」

「ああ」

「ホント？」

「ほんとだよ」

「じゃあ、赤ん坊のとき何飲んだのよ？」

「そりゃあ、おっぱいだろう」

「おっぱい、だって！」

「おっぱい飲んだひとは、ピアノ習わなくてもいいんだ」

「お父さん、誰のおっぱい飲んだの？」

「そりゃあお母さんのだよ」

「お父さんの、お母さんでしょ？」

「そうさ」

「へえー、お父さん、おばあちゃんのおっぱい飲んだの！」

宗介とても、習いはじめた以上は長女のピアノが本物になって欲しい、と願わないわけでは、決してなかった。十年後の宗介の耳を長女の弾くピアノの音が、慰めてくれる場面を、ぼんやりと想像してみることが、ないわけではなかった。しかし、もし宗介の妻が、長女のピアノの月謝のために何か内職をしたいといい出したら、いさぎよく宗介は、その十年後の夢を断念する覚悟である。覚悟？　それとも哺乳壜に対する、母乳の意地だろうか？

八

宗介は西公園の斜面で、六分咲きくらいの桜の花を眺めながら、缶ビール二本を飲んだ。それからニギリメシ三個を食べたあと、母親たちと一緒に、展望台の方へ登って行った。

展望台で彼は、二つ備えつけられている望遠鏡をのぞいて見ようと思った。しかし、ズボンのポケットへ手を突込んで十円硬貨をつまみ出そうとしているうちに、横からあらわれた小学生に先を越されてしまった。春休みのせいで、子供連れの客が目立っている。望遠鏡は、間もなく空いた。しかし、宗介はそのままぼんやりと、変り果てた海の景色を眺め続けていた。

右手には、石油会社のマークをつけた球形の石油タンクが幾つも並んでいる。それらは銀色に光っていた。貨物船が見える。狭い溝のような水路を、のろのろと出て行くところらしい。人工的に作られたのは、埋め立てられたコンクリートの地面ではなく、むしろ海の方ではあるまいかと思えるくらいだ。

「博多湾も変り果てたもんだね」

そういおうとして宗介が隣りを見ると、母親たちの姿は見当らなかった。たぶん彼らは、新しい博多湾の眺めなど見倦きたのだろう。宗介も、博多湾に出現した石油コンビナートを眺めるのは、はじめてではなかった。二年前に訪れたとき、すでにそうなっていたような気がする。またそのとき、彼は実さいに、西公園の下の埋め立てられたコンクリートの地面を、歩いてもみていた。

したがってそのとき宗介が、なお暫く展望台に立ってぼんやりと海の方を眺めていたのは、その変貌ぶりの余りの激しさに、おどろいていたためではない。その変化自体にはじめて衝撃を受けたからでもなかった。ただ宗介はその場所に立つたびに、何ともいえない気持になるのだった。

旅愁、というのでもない。感傷、というのともちがっている。不思議なことだが、宗介はその場所に立つたびに、何故か、小学校のとき誰もいない夏休みの運動場に、ぽつんと一人で立っているような気持になってしまうようだ。皆んなはどこへ行ってしまったのだろう？　真夏の、午さがりの、小学校の運動場には、とうもろこしの太い葉がくろぐろと伸び放題に伸びているだけであった。教室にも運動場にも、誰一人姿をあらわさないのは、もちろん夏休みだからだ。しかし、自分だけが何故そんな運動場へ一人で立っているのだろうか？　友達はいったい、どこで何をしているのだろうか？

宗介は実さいそのような小学生時代の夏休みの体験を、記憶していた。とつぜん世界じゅうの人間から嫌われてしまった感じ。閉め出され、笑われた感じ。しかし、それが何故、この西公園の展望台で甦ってくるのか宗介にはわからない。わからないために、宗介は不思議な気持になるのだった。西公園は宗介の故郷ではなかった。その西公園の展望台から、埋め立てられて石油コンビナートになった博多湾を見下しながら、宗介は北朝鮮の小学校の、夏休みの校庭を思い出していた。そして、それは何故だろうかと考えていたのである。それは失われたものだからであろうか？　それとも、どうしても失うことのできぬものだからだろうか？

間もなく宗介は、母親たちと一緒に光雲神社の境内へ入っていった。光雲神社は、はじめてである。

「お賽銭を入れてごらん、お兄さん。鶴が鳴きますよ」

と妹がいった。

「ほう」

宗介は十円硬貨を一枚投げ、柏手は省略して、頭だけをさげた。確かに、鶴の鳴き声がきこえたようだ。

九

宗介が光雲神社の厄除けお守りを買い求めたのは、いってみれば偶然に近かった。わざわざお守りを求めに、参拝したわけではない。賽銭箱に十円硬貨を投げ入れておじぎをしたあと、たまたま、紫色の袴を着けたお守り売りの若い女性が目に入ったからだった。

しかしそのとき、宗介の頭にすぐさま《前厄》が閃めいたのは確かだ。つまり四十歳の誕生日を迎えた直後に、宗介がその実行を企てた《前厄祓い》の行事は、このような偶然によって現実となった。そのことに宗介は、少しばかり不満をおぼえた。しかしその不満は、予想しない形で目の前にあらわれてきた偶然を、わざわざ見捨てようとするほど大きなものにはならなかった。花見の帰りに、光雲神社の境内へ入り込んだというのも、不精者の運命というべきかも知れない。

彼は紫色の袴を着けたお守り売りの女性のところへ歩いて行った。白布をかけたテーブルに三方が二つ並んでおり、一方が交通安全お守り、もう一方は、ただのお守りだった。

「厄除けのお守りはありませんか？」

「こちらでございます」

と紫色の袴を着けた女性は、迷わずに右側の三方を手で示した。指先でさすのではなく、掌を手刀のように立てて示している。年は二十二、三だろうか？

「この、ただのお守りの方でいいんですか？　実は四十の前厄除けなんですけどね」

「はい。こちらで充分でございます」

「そうですか。じゃあこちらを二つ下さい」

紫色の袴を着けたお守り売りの女性は、三方の中から、紫色の袋に入った金文字入りのお守りをつまみあげ、一個ずつ小さな紙袋に入れて宗介の手に渡した。

「えーと……これは二つで……」

「三百円でございます」

しかし、何のために二つ買い求めたのだろう？　それは宗介にもはっきりしなかった。もちろん一つを、誰にあげようというはっきりした当てがあるわけではなかった。まあ、博多土産ということにしておこう、と宗介は考えた。光雲神社というところがよいではないか。東京の人間で、これをテルモ神社とすんなり読める人間は、まずいないだろう。宗介は自分を棚に上げて、そう思った。なにしろ、母親に教えられるまでは彼自身、テルモ神社とは読めなかったからである。やがて宗介は、そのことに気づくだろう。しかしそのときは、気づかずにいた方が、有難味は大きかったはずだ。

神殿の前の石段を降りて行くと、四人の甥姪たちが、境内の鳩に餌を投げて遊んでいるのが見えた。

「何のお守り買うたと？」

と赤ん坊を抱いた妹がたずねた。

「お前、見ていたのか？」

「珍しいことするもんやね、と思うて」

「前厄除けたい」

と宗介は、博多弁で答えた。

「前厄て何のことかいね？」

「厄年の前ということだよ」

「そういえば、そんなものがあったようね」

「お前は、いま幾つだ?」

「えーと」

「あ、そうか。わかった」

宗介の妹は、ちょうど彼よりも一まわり年下である。

「お母さん、女の厄年は幾つでしたかな?」

と宗介は母親にたずねた。彼女は、孫たちが境内の鳩に餌を投げ与えているところを、大して面白くもなさそうに眺めていた。

「お母さん……」

とこんどは妹が声をかけ、宗介の方を向いて目と口で笑った。

「だいぶ遠くなっとんしゃるからね」

そういって妹は、自分の耳を指さして見せた。

「そういう感じだな」

「お兄さんは、今年、いくつになったとかいね?」

「四、五日前、四十になったところだ」

「じゃあ男の厄年は、四十一歳ってわけ?」

「えーと、厄は数え年だから、四十二歳ということじゃないかな」

しかし宗介は、いったい誰から厄年のことをきいたのだろう? 四十二歳は男の大厄だという。したがって、前厄、本厄、後厄と三年連続の厄祓いをする習わしになっている。

もちろん宗介は、そういった陰陽学の定める習慣にしたがって生きている人間ではない。気学とか易学にも、まったく無縁の人間である、なにしろ彼の住んでいる団地には、仏壇も神棚も無い。というよりも、仏壇や神棚の無いことをまったく意識もせずに暮しているのである。

そのような人間にとって、厄年とはいったい何であろうか？　宗介も特別に深く考えてみたわけではなかった。ただ、どこかへハイキングなり旅行に出かけて、たまたま出くわした神社で、面白半分にオミクジを引いてみる、というのとは、少しばかりちがうような気がした。

宗介にとって、厄除けのお守りを買い求めるということは、オミクジよりはもう少々、深刻なものであったといえるだろう。少なくとも四十二歳の大厄は、直接、肉体的な恐怖や不安をともなうものとして、宗介をおびやかした。特に、一年前に血を吐いた宗介の胃袋を、おびやかした。日本が戦争に敗けた年、数えの四十七歳で血を吐いて死んだ父親の年齢が、わが身の現実として近づいたということも、あるかも知れない。しかし、本当のところは宗介にもよくわからなかった。実さいには、何かのマネゴトに過ぎないのではないか？　確かに陰陽学を信じて生きているのではない人間が、《厄》をおそれるというのはおかしな話だ。

しかし、もし宗介の四十歳の厄祓いが、何かのマネゴトであるとすれば、いったい何のマネゴトだろう？誤魔化しだとすれば、いったい何を誤魔化したのだろうか。厄祓いが、陰陽学の《厄》をおそれているためのものではないとすれば、宗介が真におそれているものは、いったい何だろうか？

吐血の前科を持つ胃袋だろうか？　癌だろうか？　それとも、反対に、胃袋は正常であるにもかかわらず、その胃袋をいかにして満たしてゆくかという不安だろうか？　その不安のために気が狂うのであるまいか、というおそれだろうか？　己れの才能に対する不安だろうか？

疑問符は増えるばかりだった。何故だろうか？　しかし考えてみればそれは当然の話だった。宗介は陰陽学を信じてはいなかったからである。にもかかわらず厄祓いを考える以上、矛盾は当然だった。《厄》もないのに厄祓いか。それとも、《役》もないのに厄祓いだろうか？　確かにそれは滑稽な話だ。矛盾している。しかし、だからといって、何かを宗介がおそれているのも確かだった。生きるおそれ？　宗介はそのとき、胃袋が疑問符の形をしていることに気づいた。

「厄もないのに、厄祓い、か……」

「はあ？」

「いや」

「お守りばかり買うたって、何にもならんよ」

西公園の石段を降りながら、母親はいった。

「あんたも、ほんとに気をつけにゃいかんばい」

「兄さんの場合はどうだったのかね？」

「盲腸をやった。ずーっと慢性でときどき痛みよったらしいけど。ぜんぜんやせこけて、顔色も一番悪かったね、あのころが」

「兄さんの場合は、肩はこらんようだね」

「とにかく、あんたの場合は、お酒です。お酒を注意せんと」

宗介はそのとき、講演会の晩ホテルでマッサージにかかりそこなったことを思い出した。

「ほんとに気をつけんと」

と母親はまた繰り返した。

「四十でやりそこなったら、男は一生ダメだからね」

十

「しかしまあ、結果的には、あの花見は前厄祓いの花見ってことになったようなもんだな」

宗介は福岡から帰ってきた晩、ダイニングキッチンでビールを飲みながら、妻にそう話しかけた。

「前から、仲人をやる前に、是非とも厄祓いをやっておこうと思ってたんだからな」

しかし、宗介のことばには、どことなくいい訳めいた響きがあった。やはり、夕食の天ぷらを食べられなかったためのようだ。

「何をいってんですか。毎晩毎晩厄落としで酔っ払い続けてくりゃあ、世話はありませんよ」

「そりゃまた、話はべつさ。オレは何も厄落としを口実に福岡や唐津で酒を飲んできたわけじゃないよ。講演会のあとの懇親会、それから同窓会。これはもう行く前から飲むことに決っていたんだからな。要するにオレがいうのは、あのときの花見が、たまたま厄落としのような結果になった、といってるわけだよ」

「でも結局は、唐津、福岡では飲み続けだったことに、変りはないでしょ?」

そういえば、飲まなかったのは花見の前日だけだった。つまり同窓会の翌日であるが、その日は一日じゅう、母親の家で寝て過ごした。二日酔いのためだ。同窓会のときの模様を、花見のときも、また帰宅してからあとも、宗介がほとんど思い出さなかったのは、あるいはその二日酔いのせいだったのかも知れない。毎度のこととはいえ、まったくウンザリするような二日酔いだったのである。

同窓会そのものは、べつに決してつまらないものではなかった。新天町界隈の大きな中華料理店の二階の座敷には、三十五、六名くらい集まっただろうか?

そのうち七、八名が女子の同窓生だった。子供を連れてあらわれたものが二人ほどあったが、いずれにせよ彼女たちは、福岡市内で何不自由なく結婚生活を送っているものにちがいなかった。不幸な境遇にあるものは、決して同窓会などには姿を見せないだろうからだ。

宗介は彼女たちの旧姓や、高校生だったころの顔つきを、すぐには思い出すことができなかった。しかし、むしろその方が卒業二十年後の同窓会らしいともいえないことはあるまい。

川口和子は出席しなかったが、誰からも彼女の噂は出なかった。宗介もわざわざ自分からは話さなかった。何故だろうか？　シベリア旅行の話をしながら、彼女に偶然出会った話をしなかったのは、不思議といえば不思議だ。あのときいた身の上話のせいだろうか？

いや、あの身の上話くらい同窓会の席の話題としてふさわしいものはあるまい。しかし結局最後まで彼女は話題にのぼらなかった。彼女は本当に行方不明なのではないだろうか？　彼女がナホトカから横浜へ着いたのは確かだ。しかし、横浜から福岡へ戻ったか、どうか。宗介には彼女が、もう何年も前から、そうやって世界じゅうを旅行し続けているのではないか、という気がした。彼女が話題にならないのは、行方不明がもうこの福岡では当り前のことになってしまったせいかも知れない。そこまで考えて、宗介は考えるのをやめてしまった。それ以上、何にも考えたくなくなったからだ。

久方ぶりの同窓会で何も頭を使うことはあるまい。それとも、講演会の晩、中洲のバーでマダムになっている和田幸子に出会ったせいだろうか？　実さい宗介は、あの一晩で、女子同窓生会員の運命とでもいったものを、一まとめにしてすべて考え尽してしまったような気持になっていたのである。もちろん、酔いのせいだ。

十一

同窓会の席上では、男友達の間にも、これといった特別な話題はなかった。面白いと思ったのは、県警の機動隊の幹部になっている男がいる、という話くらいだ。陸上競技部員だったが、一度も試合には出たことのない男だった。放課後、毎日一人で首を振りながらトラックをまわっていた。

また、宗介がちょっぴりうらやましいと思ったのは、母校の教師になっているという男の話だった。うらやましい、というのは少しばかり大袈裟であるとしても、かつて自分たちを教壇から教えていた教師たちと机を並べた教員室で、煙草をふかしている自分の姿を、宗介は想像してみたのだった。

その他、もちろん思い出話というものには際限がなかったが、取り立てていうほどのことは無かったようだ。あったかも知れないのであるが、忘れても差しつかえのないものだった。

集まってきた同級生たちは、いずれも福岡市内で、一人前の大人として生活している人間だった。しかし彼らは、宗介とは現実的なつながりを何一つ持たぬ人間であった。要するに宗介は、気楽な立場である。その気楽さをじゅうぶんに楽しみさえすればよかった。同窓会であるにもかかわらず、宗介は旅人のようなものだったのである。

彼らもまた、宗介だけは、一人の同級生であると同時に、遠来の客として扱ってくれたようだ。わざわざそうしたわけではなかったであろうが、自然とそういう形になったのであろう。そのことに宗介は不満でも満足でもなかった。すべて成り行きにまかせて置こうという心境だった。

和田幸子のいる例のバーへ行ったのも、成り行きだった。

「実はこないだ会ったばかりだ」

講演会の晩のことを宗介が話すと、それでは、というわけで、五、六名で二次会に出かけて行ったのである。宗介を除いて、彼らはいずれも、そのバーの常客らしかった。そのため宗介は、またまた彼らから奢られた結果になった。

「博多に来たときゃあ、まかしときない」

というわけである。

宗介は同級生たちから、銀座のバーの模様をたずねられた。

「そうねえ、博多の方がずっと派手ばい」

と宗介は九州弁で答えた。

「第一ねえ、こんなに客席がゆったりしとらんよ、銀座のバーとかクラブは」

最近では宗介は、めったに銀座のバーへ出かけることはない。せいぜい年に一度か二度、知り合いの同業者の出版記念会とか出版社主催の何かのパーティのあと、束になって流れて行く程度だ。店にとって顧客とはいえない。したがって銀座のバーについて語る資格は、宗介にはなかった。しかし、銀座なんてくだらんよ、というつもりも宗介にはなかった。なにしろ中洲は、博多の銀座だからである。むしろ、そこで彼らが宗介に銀座のバーの模様をたずねるということは、宗介に対する同窓生たちのサービスと受け取るべきであろう。だとすれば宗介も、そのサービスに応えなければなるまい。

「ゆったりしていないだけじゃなくて、室内装飾なんか、博多の方がずっと豪華なもんだね」

「ほう」

「あっちの方が土地代がずっと高いからじゃないですか」

と和田幸子がいった。彼女は、前のときと同じような、黒っぽい和服姿だった。しかし、講演会の晩に宗介が出会ったときの彼女とは、まるで別人のようだ。

変ったのは、もちろん彼女ではなかった。宗介の眼が、あの晩のおどろきを、もはや失っていたに過ぎない。つまり宗介にとって彼女は、もはや、一人の中洲の高級バーのマダムとして、存在していたわけだ。

十二

宗介は帰宅してから、和田幸子のことを妻に話した。もちろん宗介の妻が、彼女を知っているはずはない。

かくかく、しかじかの女に、中洲のバーで偶然出会ったと宗介は話したのである。

「アドルムやヒロポンが流行っていたころの、いわば女王的な存在でね。彼女に恋いこがれて、アドルム自殺未遂をおこなった軟派連中がずいぶんいたもんだよ」

宗介は二本目のビールにさしかかって、舌がまわりはじめていた。しかし、妻の反応は、ほとんど無関心に近いものだった。

「そりゃあ、ああいった職業の女性には、皆それぞれに、いろんな事情があるでしょうよ」

「もちろん、オレだって、飲み屋の女の何人かくらいは知っているさ」

「そりゃあそうでしょう。ずいぶん月謝を納めてますからね」

「しかしねえ、やっぱり同級生だった女ということになると、何とも奇妙な感じを受けるもんだよ」

宗介は何とか、あの晩の奇妙な感じを、ことばにしてみたいと努力してみた。しかし、自分では相当以上に奇妙だと感じているものが、いざ妻に向ってことばにしてみると、実感からは程遠い、何とも陳腐なものにしかならない、もどかしさをおぼえずにはいられなかった。

どうも奇妙だ。不満である。

「まあいいだろう」

「え？」

「あ、そうか」

と宗介は、手にしていたコップから、ビールを半分ほど飲み込んだ。

「どうも、あのときの不思議な感じがうまく伝わらんのは、残念だが」

「あたしも実に残念だわ」

「何が？」

「ことばが通じるとか、通じないとか、そんな大袈裟なことじゃありませんけど」

「じゃあ何だい？」

「もしあたしが、小説家だったらなあ、ということだわ」

「小説家?!」

宗介は手にしていたビールのコップを、ダイニングキッチンのテーブルにおろした。すると妻は、それを待っていたように、声を出して笑いはじめた。

妻の笑いの原因をただちに問いただすべきか？　それとも、自分も一緒になって笑い出すべきか？

宗介はちょっと迷ったが、ひとまず、テーブルの上のコップにビールを注ぎ足した。それから、コップを口元へ運び、一口だけ飲み込んだあと、口を開いた。

「さっきのマダムになった同級生の女の話かね？」

「そうじゃないわよ」

「じゃあ何だね？」

「まったく残念だなあ」

そういって妻はまた笑いはじめた。

「オレには、彼女を小説のモデルにしようなどという興味はないよ」

「そうねえ。モデルとしては、ちょっと平凡過ぎるかも知れないわね」

「平凡過ぎるかどうかは、わからん」

「だって、よくある話じゃない」

「しかし、くわしくきけば、波瀾万丈の物語があるかも知れんさ」

「ま、それはそうかも知れないけど、あたしがもし小説家だったら是非ともモデルにしたいと思うのは、いまそこでビールを飲んでいるひとですよ」

「何？」

と宗介は、そこで半分、笑いかけた。

「それこそ、滑稽小説の大傑作ができると思いますけどねえ」

「なるほど」

と宗介は、ここで本当に笑いはじめた。

「ヘッ、ヘッ、ヘッ！」

「自分で笑っていりゃあ、世話はありませんよ」

「ヘッ、ヘッ、ヘッ！」

「実さい、このテーブルの上を見て下さいよ」

「エビオスに、ファイナに、ウルソ……か」

「それに、このお守り！」

そういって妻は、紫色の袋に金文字の入った、光雲神社の厄除けお守りを、指でつまみあげた。

「まったく『吾輩は猫である』じゃないけど、〝大飯を喰ふ、そしてヂヤスターゼを飲む……〟だわ」

「人間の愚行、というわけか」

「まったく、愚行の繰り返しよ」

「いっそ、そこへミネラルウォーターの壜とサロンパスの箱も並べてみたらどうかね？」

「何いってんのよ！」

「大酒を飲む、そして胃腸薬を飲む。また大酒を飲む、そして二日酔いの薬を飲む。またまた大酒を飲む、
そしてサロンパスを貼る。またまた大酒を飲む、そしてミネラルウォーターを飲む。またまた大酒を飲む、

そして厄除けのお守りを買う」

「キチガイ！」

「ま、今夜のところは、カミさんが小説家でなかったことに感謝して、ビールを飲む、というところかも知れんな」

「ほんとに、冗談じゃないわよ」

「一生ダメ、か」

「え？」

「四十でやりそこなったら、男は一生ダメになると、おふくろにいわれた」

「もう、若いときとはちがうんですからね」

「若いとき、か」

「本当に、もう無茶は利かないんですからね」

そのとき宗介の頭に浮かんできたのは、おかしなことに、電気冷蔵庫とテレビだった。両方とも、宗介たちが結婚したとき、買ったものだ。それが、一昨年、ほとんど同時にダメになった。テレビは音だけで映像が写らなくなり、冷蔵庫の方は、ドアが開かなくなったのである。宗介たちが結婚してから、ちょうど十年目だった。

「厄年とはねえ。昔の人は大したもんだよ。物にはすべて、ダメになる時期があるわけだ」

十三

宗介は、妻が自分を滑稽小説のモデルとして考えたことを、面白いと思った。同時に、何をコシャクナ！という気持もあった。

伊達や酔狂で酒を飲んでいるのではないぞ、という気持である。四十歳の二日酔いは確かに苦しい。

宗介が、地下鉄に乗って都心部へ出かけて行くのは、平均して月に四、五回だった。一週に一回強の割合である。用件は、雑誌編集者との打合せ、座談会、同業者の出版記念会、等々であったが、そのときついでに、約束の原稿を持参して届ける場合もある。

酒を飲むのは、だいたい、そうした用件が終ってからだった。場合によっては、飲むこと自体が用件であることもあったが、何年か前までは、宗介の家の玄関にはふとんが敷いてある、という噂が立っていたらしい。たぶん、同業者の中の誰かか、編集者の誰かが酒の肴に考え出したものであろうが、宗介たちが行きつけの飲み屋の女たちの中には、その噂を本当だと思い込んでいるものもあったようだ。その噂が立っていたころ、宗介はよく飲み屋で眠り込むことがあったからである。

眠る場処は、カウンターでも、小さな座敷でも、ソファーでも、どこでもよかった。というより、宗介は、場処を撰択する必要もなく、飲んでいてとつぜん、いつの間にか眠り込んでいたらしいのである。

「ウイスキーのコップを握ったまま眠り込んでるのには、おどろいたよ。いくら話しかけても返事がないんで、おかしいと思ったら眠っちゃってるんだもんな」

嘘かまことか、宗介は、あるとき同業者の一人から、そんなことをいわれたこともあった。またそのころは、ズボンに煙草の焼けこげを、さかんに作ったものだった。

宗介の家の玄関にはふとんが敷いてあるそうだ、という噂は、たぶん、そんなことから生まれたものだろう。ドアをあけて入るや否や、靴をはいたまま玄関で眠り込んでしまう宗介の姿を想像した男が、いたのかも知れない。

しかし一旦飲みながら眠り込んだ宗介は、目をさますと元気を取り戻してふたたび飲みはじめ、とうとう朝まで飲んでしまうことになるのだった。

114
115

「どうしてそんな店があるんだろうね？」

と宗介の妻は、不思議がるのであるが、それは宗介にもよくわからない。そういう朝まで酒を飲ませるスナックとか、おにぎり屋とかがあるから、宗介のような人間があらわれるのか、それとも宗介のような人間がいるから、そういう種類の店が存在するのか。

いずれにせよ、朝まで飲んだ宗介は、新宿からタクシーで帰ってくるのだった。何とも奇妙な感じになるのは、天気の良い日だ。太陽がすでに昇った団地の中を、早くも出勤するサラリーマンたちとすれちがいに朝帰りするのは、確かに奇妙なものだった。何ともまぶしい、朝の太陽だった。

しかし、不安は、帰宅した直後にはまだ訪れてこない。玄関にふとんは敷かれていなかったが、たいていの場合、宗介は洋服を着たまま、ふとんへもぐり込んでしまうからだ。

何ともいえない不安が宗介を襲ってくるのは、その日の夕刻、二日酔いの呪縛からようやく解放されはじめるころだった。

十四

二日酔いからさめかけの不安というものは、実さい、何ともいえないものだった。ことばを扱うことを商売にしている宗介が、「何ともいえない」などというのは、いささかだらしのない話であるが、要するに、何故だかわからないが、世界じゅうの一切のものから自分一人が忘れ去られてしまうのではないか、といった不安なのである。生きながら、土中に葬られるような、恐怖なのである。叫んでも、訴えても、誰一人振りむこうとはしない。前夜の記憶を、ほとんど失っているためだろうか？

一緒に過ごした相手だけは思い出せるのであるが、彼らと、いつごろ、どこで別れたのか、まるで思い出せない。アルコール性記憶喪失症とでもいうべきものだろうか？　最も顕著なる症状は、電話恐怖である。

電話の呼び鈴がこわくてたまらない。もちろん、受話器を取りあげるまで相手の正体が不明だからである。にもかかわらず、受話器を取りあげたとたん、とりかえしのつかない昨夜の愚行を暴く声が耳にとびこんでくるにちがいない、という矛盾した恐怖である。

どうにもじっとしてはいられない気持だ。家の中にいたくない。できることなら電話がかかってこなくなる時間まで、どこかへ逃げ出していたい感じだ。しかし、そのような不安や恐怖を、妻に向って素直に打ち明ける勇気は宗介にはなかった。

オレが逃げ込める場所は、とにかくこの家の中にしかないのだ。然るに、一家の主である自分が不安や恐怖を打ち明けることによって、この家の中にもし混乱が生じるならば、最早どうにも救いはなくなるのではないか。オレはとにかくこの一家の主なのだ！

結局のところ、宗介が逃げ込む場所は、風呂の中だった。実さい宗介は、雷嫌いの男が押入れの中へ隠れ込むように、風呂場へ入りこみ、ドアを閉ざしたのである。確かに風呂の中は、安全地帯だ。もし電話が鳴ったとしても、いま入浴中です、と答えてもらえばよいわけだった。

湯をぬる目にして、できるだけ長く湯ぶねにつかるようにする。それからあがって、水道の蛇口につけたゴムホースを用いて、徐々に体じゅうを水で冷やす。そのあと、洗い台に腰をおろして、ロダンの「考える人」の姿勢になる。

宗介はそれを、三度か四度、繰り返した。繰り返しているうちにだんだん、少しずつ不安は薄らいで行くようであった。

彼が風呂からあがると、家族のものたちは、ダイニングキッチンで夕食のテーブルについていることが多かった。つまり、その時間になって、ようやく宗介の二日酔いの不安は、解けはじめるというわけだった。

彼は、できるだけ陽気な表情を浮かべ、パンツ一枚の姿でダイニングキッチンへ入って行く。なにしろオレは、この一家の主なのだ！

「あ、お父さん、お臍まる出しだあ」

と長女が叫ぶ。

「お父さんは、帰ってきた酔っ払い、なんだよ」

と長男がいう。

「さあて」

と声を出して、宗介は自分の椅子に腰をおろす。

「どうなんです？」

と妻がたずねる。

「ふつうのお食事でよろしいんですか？　それとも、二日酔い用のお粥ですか？」

十五

最近の宗介は、ウイスキーのコップを握りしめたまま、飲み屋で居眠りをするようなことは、しなくなった。いつごろからか、はっきりしたことはわからないが、途中で眠り込まなくなったのである。

朝帰りの回数も、年とともに減っていった。しかし、朝日の輝く団地へタクシーで帰ってきて、まぶしい思いをすることが、まったくなくなったわけではない。

あるとき宗介は、朝まで飲んだ帰りにタクシーではなく、山手線の電車に新宿から乗ってみたことがあった。最後のオニギリ屋までつき合っていた編集者の一人が、電車で帰るといい出したからだ。

駅前には三、四台のタクシーが停っていた。

「眠ってる運ちゃんを起こして乗るのは危険ですからね」

とその編集者はいった。その一言で、何となく宗介も電車で帰ることになったのである。いつかの乗車拒否に復讐するような気持だったのかも知れない。

始発からまだ間もない朝の山手線に乗り込んだとき、宗介は、なるほど電車にしてよかった、と思った。健康な朝帰り！

しかし、結果は必ずしも、そうではなかったようだ。その日、彼がわが家へたどり着いたのは、何と正午間近かになってからだった。山手線の中で眠り込んでしまい、四時間余りも、環状線をぐるぐるまわり続けていたからである。

地下鉄乗り換え駅は、山手線の上野だった。その手前の駅まで宗介は、確かに目をさましていた。ところがアッ、という間に眠り込んでしまったらしい。目をさましてみると四つか五つ、上野を通り過ぎているのだった。

いったい、山手線を何周したことになるのだろうか？　何周目かに宗介が目をさますと、おどろいたことに、いつの間にか車内は通勤者たちで満員だった。朝のラッシュ時刻になっていたわけだ。それからまた眠り、次に目をさましたときには、すでにラッシュアワーは過ぎ去り、車内はがら空きの状態だった。

その失敗以来、宗介は「健康な朝帰り」を諦めたのである。

確かに宗介がタクシーで朝帰宅する回数は、年とともに減少していた。半分くらいになっただろうか？しかし、二日酔いの症状は、年とともに重くなったようだ。どうかすると、ようやく二日酔いの呪縛から解放された彼が風呂からあがってくると、子供たちはすでに寝ていることさえあったのである。

「やっぱり、冷蔵庫やテレビ並みの寿命なのかな、オレの体も」

「冷蔵庫やテレビは、買い換えがききますからね」

「だから、滑稽だと自分でも考えているわけだよ」

「まったく滑稽小説の主人公ですよ」

「しかし、お前にはオレをモデルにした小説は書けんよ」

と宗介は、とつぜんムキになったいい方をした。

「他人の愚行を笑うのは簡単なことだ。しかし、それだけじゃあ、小説にならんからな」

「笑ってすまされる問題じゃあないわよ」

「そこが小説のむずかしいところさ」

と宗介は、あたかも、ダイニングキッチンのテーブルを挾んで向い合っている妻が、彼の小説をどうしても認めようとしない批評家ででもあるかのような、いい方をした。

「例えば、さっき話に出てきた漱石の猫にしてもだ、あれはただ大飯を食って、ジアスターゼを飲む、という愚かしい人間もいる、ということじゃないよ。世の中には、そういったバカな人間もいるんだ、といって、手前は笑ってるだけなら、誰にだってできるさ。べつに漱石先生じゃあなくともね。そうじゃなくて、あの猫の話が小説になっているというのは、大飯を食う、そしてジアスターゼを飲む。それが人間そのものなのだといっているからだよ。そもそも人間というものが、そのような、矛盾だらけの、愚行を繰り返しながら生きているもんだ、といっているところに値打ちがあるわけなんだ。猫に人間を笑わせるだけじゃあ、小説にならんよ」

しかし、重要なことは、宗介自身がさまざまな愚行を繰り返したあとで、ようやくそのことに気づいたことかも知れない。少なくとも二十代だったころの宗介は、小説の中で滑稽な存在として取り扱われている人物が、他ならぬ自分であるなどとは、考えても見なかったからだ。

「未成年は、自分だけは滑稽な存在ではない、と考えたがるもんだ」

「あら、それ皮肉ですか?」

「皮肉？」

「だって、あたしはもう未成年ではありませんからね」

「なんだ、まだきいていたのか」

「あんまり面白い話じゃありませんけどね」

「そうかな？」

「あら、もう十二時だわ」

しかし宗介は、なおも妻を捻じ伏せようとした。

「とにかく、猫に人間を笑わせるだけじゃあ、小説にはならんよ」

そのときベランダの方で猫が鳴いた。いったいどこの猫だろう？

「寒猫かな？」

「寒猫はもう季節はずれですよ」

「じゃあ季節はずれの寒猫になるか」

「何いってんのよ」

「何が？」

「猫じゃなくて、大トラだわ」

捨て犬

一

生まれてはじめて引き受けた宗介の仲人役は、一応、無事に終了した。一応、というのは、必ずしも大成功だったとはいえないからだった。

宗介はその結婚式が近づくにしたがって、これまで自分が出席したことのある、他人の結婚式の模様を、あれこれと思い浮かべてみた。そして、生まれてはじめての仲人として自分が取るべき態度を検討してみた。その結果、彼はまず自分を《若輩》である、と規定することにしたのだった。

この古くさい、型通りのことばに宗介は満足した。もちろん彼には、軍服を着た経験はない。しかしそのとき宗介がおぼえた一種の落ち着きは、伍長なら伍長、上等兵なら上等兵の階級章の付いた軍服を着込んだようなものだったかも知れない。要するに、《若輩》は一つのユニフォームなのだ。その枠の中へ、本間宗介という男を押し込んでしまえばよいのである。そこからはみ出す余分なものは、全部断ち落としてしまえばよいわけだ。

例えば、舞台へ登場するときの役者のようなものだろう、と宗介は考えた。舞台の真中へ歩いて行くときの、役者の顔であり、姿勢だ。その顔、その姿勢が安定したものであるために何より重要なものは、自分の《役》に対する認識であろう。

「本間宗介は《若輩》であります！」

この認識である。この認識にさえ徹しておれば、表情、歩き方、ことば使い、その他のこまかい挙動に至るまで、すべては自然に生まれ出てくるはずではないか。

「本間宗介は《若輩》であります！」

この認識に徹すればよいわけだ。

「思い切って平凡に、型通りにやってやろうじゃないか」

と宗介は、その考えを妻に伝えた。

「どうぞ、あなたのお好きなようにやって下さい。あたしは、そばにじっと付いていればいいわけなんですから」

「ま、そういうことだが」

要するに、仲人夫婦というものは「結婚こそは人生最大の幸福である」といった顔をしておればよいのではあるまいか。その最大の幸福の実例が、このわたしたち夫婦なのだ。あなたたち、つまり本日ただ今をもって夫婦となった新郎新婦も、十二年後にはたぶんこのわたしたち仲人夫婦のような、落ち着いた夫婦者になるであろう。いや、それ以上に、幸せな夫婦になられることを希望すると同時に、そうなることを信じて疑わない。いやいや、だからといって、何もそう固くなることはないのです。気楽に、気楽に。そうそう、自信を持つことです。とにかく、わたしたち夫婦が仲人をお引き受けした以上は、もはやあなた方の結婚の幸福の度合いは、悪くとも、このわたしたち夫婦のそれ以下になるということはないはずですから。

「と、まあ、そんなふうな顔をして新婦のかたわらに付添っておればいいわけだよ」

「やっぱり、大役だわね」

「もちろん、大役です」

「幸福な夫婦のお手本を、演じなければならないんですからね」

「ま、ありのまま、自然に振舞えばいいんじゃないかね？」

「ふーん。そういうことに、なりましょうかね？」

「べつに、幸福そうな演技をする必要はないわけだよ」

「でも、幸福な夫婦のお手本を見せなけりゃ、いけないんでしょ？」

「だから、出席者たちが、自然にそう思うような自然な態度が必要なんだ」

「むずかしいわね」

「だから、平凡に徹するべきだといっているわけじゃないか。へんに個性なんか出さずに、最も平凡な型に、自分をはめ込めばいいんだ」

宗介は焦ら焦らを、少しばかり表面に出しはじめた。

「あら、あたしはじめから、へんな個性なんか出すとは、いっていないわよ」

「おれはね、はじめから、演技のことなんかいっちゃいない。そもそも、演じる、という考え方がまちがいなんでね。おれは小学校のときから学芸会だけはたまらなかった人間だから。そうじゃないんだよ、要するに演じるんじゃなくて、型にはめ込む。貸衣裳のモーニングならモーニング、羽織袴なら羽織袴、なんでもいいから、その中へ自分をはめ込んじゃえばいいんだよ。オレたちは、もはや本間夫妻でも何でもなくなって、ただ、モーニングと、何とかいうものを着用している仲人夫妻でいいんだ。モーニングが歩いている、モーニングが喋っている、という感じの方がいいわけさ。平凡、型通り、といっているのは、そういう意味だよ」

しかし、この種の議論は、ほとんどの場合、宗介の一人相撲に終り勝ちだった。宗介の妻は、どちらかというと、抽象的な議論には余り熱心な方ではない。そのことは、宗介もすでに充分承知していた。しかし、ついつい、彼はそのような議論を妻に吹きかけてしまい勝ちだ。もっとも、結果は一人相撲の形になるのであるから、それは正確な意味での議論とはいえないかも知れない。

「ま、いいだろう」

と宗介は、一人相撲的な議論に自分で適当に結論を与えた。これもだいたい、いつもの成り行き通りである。

「要するに、オレがいっているのは、ハタの目には、どんなに滑稽でブキッチョな恰好に見えてもよろしい。いやむしろ、滑稽でブキッチョに見える方がいいかも知れない。がとにかく、何が何でも、平凡に、型通りに、この仲人という役をやりとげているんだ、というこちらの態度だな。グロテスクに見えようとも、型通りに振舞わなければいけないのだ、という態度。これが、とりも直さず、幸福なる夫婦の見本になるということではないだろうか、とそう考えてるわけだよ」

二

あるいはこのような宗介の議論は、北向きの四畳半の机の前に坐り込んで仕事をしなければならない彼の、一種の息抜きであるともいえないことはなかった。まるで団地の不寝番でもあるかのように、彼は夜通し机にへばりついていることがあった。もちろん誰に頼まれた不寝番でもない。自分勝手にそうしているわけだ。しかし、年がら年じゅう働きづめというわけではない。ただ、うとうと居眠りをするのも、また宗介の場合はその北向きの四畳半の机の前においてなのだ、ということだった。

実さい、この場合の仲人論にしても、宗介の妻が仕事部屋へお茶を運んできたときに、はじめられたものだ。要するに、お茶を運んできた妻に、宗介が議論を吹きかけたわけである。もちろん、吹きかけるといっても、誰か通りすがりの他人をつかまえて、迷惑をかけているわけではない。相手は、宗介自身の妻であった。


しかし、仕事机の脇に中途半端な恰好で膝をついている妻の姿に気づくと、宗介は何とはなしに、自分はこの女性に相応しくない亭主ではないのだろうか、と考えてみる気持になった。この場合に限らず、一人相撲的な議論が一段落ついたとき、彼はそういう気持になることがあった。

オレはこの女に相応しい亭主だろうか？

この女にはオレみたいな男ではない亭主の方が相応しかったのではないだろうか？

これは、相手本位の考え方である。この場合、宗介は、それでは自分には果してどういう女がより相応しいのか、というふうには考えていない。不思議といえば不思議であるが、いつも決ってそうであることは、確かだ。一方的に勝手な議論を吹っかけた反動のような作用だろうか？　そうかも知れない。そうではない理由も、あるかも知れない。しかし、いずれにせよ、一人相撲的な議論のあとで宗介は、そんな気持の状態を体験するのだった。

ただそれを、彼はまだ口に出していったことはなかった。妻が腹を立てるだろう、と考えたからではない。そうではなく、自分のいっていることばが、そうそう一から十まで、完全に通じるだろうとは考えていなかったからだ。次から次へと、一方的にことばにことばを補わずにはいられないのは、結局、一言でぴたりと自分自身を表現できていない不安が、宗介自身にあるからに他ならない。つまり一方的に繰り出されることばは、宗介の心の中のもどかしさであり、焦ら立ちである、ともいえたわけだ。一種の、手探りである。

あいまいなものを、あいまいなことばのまま相手に吹っかけておいて、何とか少しずつそのあいまいさの中から、できることなら彼自身、あっこれだ！　と核心に触れることばを発見したいための、暗中模索ともいえよう。

したがって相手にしてみれば、いちいち受け応えはできない方が、当然かも知れない。そして、宗介の妻の場合は、途中からほとんど黙ってしまう。そこで一人相撲的な形となってゆくわけであるが、この場合宗介の相手として相応しいのは、いったいどのような女性といえるだろうか？

彼の暗中模索的なことばに先まわりして、

「あなたがおっしゃりたいのは、つまり、こういうことなのね！」

などという女性だろうか？

「うーん、そういうわけとも、ちょっとちがうんだが」

「じゃあ、こういうことでしょう？」

「いや……」

しかし、宗介は少なくともそういう女性をきき役として欲してはいなかった。然らばいったい、どういう女性か？　結局、わからなかったのである。彼が、その妻を相手にしばしばおこなうところの、一人相撲的議論のあとで体験する気持の状態が、不思議にも妻の立場本位であった理由は、おそらくそのためであろう、と考えられる。

要するにあれは、一種の独り言なのだ。暗中問答式の独り言の類である。独り言の相手に相応しい女性などというものが、果して存在するものだろうか？　結局のところ宗介は、そう結論せざるを得なかった。

すべては、めぐり合せというものだろう。オレと妻との間の議論の形にしても、やはりめぐり合せによる組合せとしてできあがったものにちがいない。この妻である女性との組合せによって、十二年間の間に作りあげられた結果というべきだろう。したがって、このオレのいまの一人相撲式議論の受け手が、もし他の女であったらどうであろうか、と考えること自体が、空想なのである。この形が、結局オレと妻との対話の形式なのだ。独り言が、対話なのである。

「もう一ぱい、お茶もらおうか」

宗介と妻との間に、ことばのやりとりが再開されたのは、二杯目のお茶が入ったあと、子供の問題に移ってからだった。結婚式の当日、子供をどうするか、という問題である。

結果として、結婚式当日には、幼稚園を休ませて、長女を連れて行くことになった。夕方まで留守になるからだった。長男には玄関の鍵を持たせて置けばよい。

はじめのうち宗介の妻は、この案に必ずしも賛成ではなかったようだ。式や披露宴の邪魔になるのではないか、ということと、もう一つは、子供に気を取られて生まれてはじめての仲人役が、うまくつとまらないのではないか、という心配からだった。

しかし、宗介は、長女を連れて行く意見を主張した。

「問題は、人生肯定の思想だよ。結婚を肯定し、夫婦生活を肯定し、人間の生命を肯定する。この思想の実践者としての、最大の証拠は、健康に育っている子供だろうじゃないか」

「そりゃそうですけど……」

「確かに仲人役というものは、遊びではない。一つの任務だ。しかしね、同時に、単なるお手伝いとか、請負い仕事でもないだろう。何時から何時まで、きちんとまちがいなく、正確に自分のノルマを完遂すればそれだけでよい、といったものとは、ちょっと性質の異るものだと思うがね」

「そりゃあその通りです。ただ、実さい問題として、どうかしら」

「もちろんそれは、子供のことだから、その場でどんなことをしでかすかは、わからんよ。しかし、子供を連れて行くことで、逆に心のユトリを持つわけだ」

心のユトリを持ちたかったのは、宗介自身だったのかも知れない。

三

仲人役の宗介夫婦が、もう一つ決めなければならなかったのは、式当日の服装だった。

その件について、新郎となるS青年から電話がかかってきたのは、挙式のほぼ一月くらい前だった。

「それで、キミたちの方はどうするのかね？」

「実は、まだ意見がまとまらないんです」

「しかし……」

と宗介は、ちょっと考えざるを得なかった。問題は、モーニングか、それとも羽織袴か、ということであるが、いずれにしても宗介は、そのような儀礼的な衣類を持ち合わせていなかったからだ。

宗介は、ある同業者が書いていた小説を思い出した。いわゆる「私小説」と呼ばれる種類の短篇小説であるが、その小説の中で、作者であり同時に主人公であるその同業者は、自分の師匠格に当る先輩から、息子の結婚の仲人役を依頼される。

もちろん断わり切れるような話ではない。また同時にそれは、光栄この上ない話でもある。しかし、彼は、モーニングも羽織袴も持ってない。いったいどうしたものだろうか？　迷った挙句、彼は決心して、その事実を師匠格の先輩に打ち明ける。

ところが先輩の返事は、まことに簡単なものだった。

「この際、ちょうどよいから、羽織袴を新調し給え」

というのである。先輩は、それから、羽織袴が何万円、帯が何万円、それから扇子が幾ら幾ら。また細君の方の分は、何と何とで幾ら幾ら、と、いかにも先輩らしく、まあこのあたりが妥当だろうと値段の指示まで与えてから、帰って行く。締めて、総額五十何万円かの物入りである。あるいは、もっと、百何十万円という金額だったかも知れない。そのあたり宗介の記憶は、甚だあいまいであったが、いずれにしても、その、小説の主人公は、その金額のために頭を悩ませるのである。

そこへ何日か経ったあと、ふたたび先輩があらわれて、衣裳類の注文はもう頼んだかという。そこで仕方なく、またまた本心を白状すると、先輩は答えて曰く、

「仲人の紋付袴は、元手だよ」

つまり一着、一揃い夫婦でこしらえておけば、このあと一生、何十組もの仲人を引き受けることができるではないか、というわけだった。もちろんいまどき、貸衣裳屋へ行けば何でも間に合う。しかし、だからこそ、仕立おろしの自前の紋付袴姿は値打ものなのだ。当然、披露宴に出席した客たちの目にもとまる。仲人が若ければ若いほど、わざわざ仕立てた和服の礼装は価値が高まるのである。そうなればこれから先、その一着の礼装で、何十組もの仲人役がつとまり、アッという間に元手どころか、お釣りが来るというものではないか。

このあたり、いささか落語的要素を含んだ論法ではある。しかしこの場合は、後輩に対する先輩の親心そのものが、そもそも落語的なものだと解釈すべきだろう。

「バカヤロー、オレたちのときにゃあ、食うもの食わなくとも、紋付袴だけは揃えといたもんだぞ！」

と怒鳴る代りに、先輩はそこを「元手」といったのである。いずれにせよ、その心は同じ、人情話といえるだろう。その小説の主人公も、もちろん先輩の親心を知る。そして血涙をしぼって、仲人の衣裳を新調するのである。

宗介はその人情話が嫌いではなかった。先輩の予言通り、その主人公に次々と仲人の口がかかってくれば

よい、とも思った。しかし宗介は、結局、自分の方ははじめの考え通り貸衣裳でつとめることにした。

四

宗介が貸衣裳で仲人役をつとめようと考えたのは、新郎新婦も貸衣裳だときいたからではない。確かに宗介は、あの人情話は嫌いではなかった。宗介のみならず、あの短篇小説は、多くの読者たちに好まれたであろう。借金までして仲人衣裳を買い揃えるということは、ある意味で滑稽である。これも一つの愚行と、呼んで呼べないことはあるまい。しかし、その滑稽さがひとを打つのは、自己の虚栄のためではなく、いわば、義理のための行為だからである。

あり余った金で、ぜいたくな物を買い求めるのではない。何ものかを犠牲にして、義理と人情の方を選ぶのである。その非合理のところが、ひとの心を熱くするわけだ。

それはひとびとの憧れでもあるだろう。読者は、たぶん、その行為の当事者となっている自分を想像しながら、その人情話を読むはずである。ちょうど、あの赤城の山における板割りの浅太郎の話を読んだり、新国劇の芝居を観るときのようにである。

宗介も、板割りの浅太郎の話は何度か映画やテレビで観たことがあった。辰巳柳太郎の国定忠治、島田正吾の浅太郎という、「極付(きわめつき)・国定忠治」の、舞台中継というのもテレビで観た。

もちろん、板割りの浅太郎と、血涙をしぼって仲人衣裳を新調するあの話の主人公とは、同じではない。しかし、おそらくあの主人公は、板割りの浅太郎をよく知っているにちがいない。知っているばかりか、たぶん、憧れているはずである。浅太郎の生きてきたあの時代に、自分が生まれ合せなかったことが、何とも残念であるにちがいない。そして、この現代において、せめて万分の一でもよいから浅太郎的な生き方を自分に課したいものだ、と願わずにはいられない人間に相違ないのである。

「しかしオレは、浅太郎にはとてもなれんからなあ」

と宗介は、S青年からの電話のあとで、妻にいった。

「第一、団地に住んでいる板割りの浅太郎というのも、妙なもんだよね」

「花婿さんたちの方は、結局どうだったんですか？」

「連中の方も貸衣裳らしいよ」

「それはまた、現代的だわね」

「それで、和服にするか、洋服にするかで、もめているらしい」

「じゃあ、あたしたちは新郎新婦の意見がまとまったところでそれに合わせればよいわけ？」

「そういうことだな。S君は、しきりにこちらで決めて欲しいといっていたけど、この際は花嫁さんの思い出のために、彼女の意見を尊重してやった方がいいだろうといってやったよ」

「でも、ムリに合わせなくたっていいわけよね」

「それは、こちらが自前の衣裳を持っていれば、だろう」

そこで宗介は、例の血涙篇の仲人話を妻にきかせてやった。すると妻は、おかしそうに笑いはじめた。

「それ、本当の話かしら？」

「もちろんそうだろう。でなきゃあ、別に面白くもないからね」

この宗介の意見には、小説を書く同業者としての批評が加わっていた。しかし、妻は、また別の考え方だった。

「でも、本当の話だとすれば、少しイヤミじゃない？」

無理をしてでも、そのために出費をするというのは、確かに美談ではあるだろうが、そういうことは黙って一人でやるべきではあるまいかというわけだった。

「だから彼は、正直にはじめ先輩に白状しているじゃないか。持っていないものを持っているようなふりして、仲人を引き受けたんじゃないだろう。ただ、先輩に説得されて無理するところが、泣かせるというわけだよ」

　今度は宗介は同業者の弁護にまわったようだ。

五

「そうムキになるほどの問題じゃあ、ないでしょうよ」

「べつにオレは、ムキになんかなる気はないさ」

「もちろん、ああいうものは、一着持っていれば、便利は便利だわよね。ただ、保管がちょっとやっかいだけど」

　宗介は仲人用の衣裳を持っていない自分を、べつだん恥だとは思わなかった。こういう場合に備えて、常々から備えを心懸けてこなかったことを、後悔したわけでもない。と同時に、そのような日常生活には不必要な、形式ばったものを、常識的に無視したり、否定しようと考えていたわけでもなかった。

「こういう時代になっていた、ということなんだよ、つまり」

　昔は、そういった儀礼的、形式的なものは、一家に是非とも必要なものとして、自然といつの間にか備わっていたのではあるまいか。特に、いつ、どこで必要だからこしらえるというのではなく、例えば座敷に床の間があるごとく、それらの衣裳は、当然あるべきものとして一家に備えられていたのだろう。いや、たとえ床の間は無い長屋暮しの身の上であっても、紋付袴だけは、備えていたのではないだろうか。

「仲人を頼まれて、はじめて思い出すといった性質のものじゃあ、もともとないわけなんだよ」

　宗介はそこで、厄年の《厄》は同時に《役》の意味でもある、ということを、また思い出した。すなわち男の数え年四十二歳の大厄は、村とか部落とかの、大役に付く資格を得る年齢でもある、というのである。

くわしいことは宗介も知らない。しかし何でも確か《若衆》《壮年》の上が《役年》で、その上が《年寄》ではなかっただろうか。相撲でいえば《三役》というところかも知れない。つまり《年寄》は隠居だとすれば、現役では《役年》が最高位ということだろう。

もっとも当時は、人生五十年である。数え年四十二歳の《厄》が同時に《役》であることも、そう考えればべつに不思議でもなんでもなくなる。また、《不惑》の二字も、当然過ぎるくらい当然ということになるだろう。《不惑》になって、ようやく《役》を与えられたというわけか。

「要するに、いまの四十歳というのは、まだ役力士になれないってわけだな。不惑に至らない、十両か平幕力士に過ぎないわけだ。なにしろ人生七十年だからな」

確かに、宗介が紋付袴か、あるいはモーニングを持っていないばかりでなく、持っていないことさえすっかり忘れていた理由は、そういうことかも知れなかった。少なくとも、宗介が四十歳の男として生きているこの時代は、そういう時代だということはいえるだろう。

いつもの癖で、宗介は、仲人役用の貸衣裳のことから、あれやこれやと考えたわけだった。何事も少々大袈裟に考えてみなければ気がすまないのが、宗介の癖だった。すぐに結論だけを出してしまったのでは、考えたような気持になれないのである。

「要するにいまの四十歳は、謙遜ではなく、実さいに《若輩》なのだ」

と宗介は考えた。ヤクは《厄》でも、《役》ではない。板割の浅太郎のような、スッキリした行動も取れない。それは恥ずべきことであろうか？

宗介は半日も潰して考えた挙句、「いや恥ではないだろう」という結論に達した。

浅太郎はあの時代の運命に忠実に生きたわけだ。したがってオレも、この時代の運命に忠実である他はあるまい。

六

宗介たち夫婦の仲人用の服装は結局、宗介がモーニング、妻の方は、留袖(とめそで)と決まった。新郎新婦に合わせたのである。

「いっそ全員和服に統一すればよかったのにね。最近は、こういう和洋折衷がはやってるらしいけどさ」

と宗介の妻はいった。しかし、それ以上の混乱は生じなかった。

宗介は何度か、モーニングを着た自分の姿を想像してみた。そして、二年前の妹の結婚式のときに見た兄のモーニング姿を思い出し、結局は、あんなものだろう、と考えた。宗介が、そんなふうなことを考えるのは、例えば、仕事机の前である場合もあった。またダイニングキッチンで、妻とテーブルに向い合わせになっているときであったりもした。あるいは、子供と一緒に風呂に入っている場合もあり、一人で馬蹄型の水洗便器に腰をおろしているときでもあったのである。つまり、あらためてそのことを考えるというのではなく、何かのはずみに、ひょっこり、自分のモーニング姿を考えることがあったわけだ。

仲人役のスピーチというものについては、宗介はそれほどむつかしくは考えなかった。自信があるなどとは毛頭思わなかったが、とにかく平凡なる《若輩》に徹すること、と決めてからあとは、生まれてはじめてであるにもかかわらず気は楽だった。

これまでに宗介が出席した結婚式の中で、記憶に残っている仲人のスピーチが一つあった。仕事の上で関係のある某雑誌社の社長の話であるが、要約すると次のようなものだ。

「自分は結婚してすでに二十数年になり、いまでは孫もありますが、実に情けないと思うのは、いまだに自分のツレアイのことを、何と呼ぶべきか、はっきりしない。仕方なく、《お母ちゃんや》と呼んでいるが、これにはわれながら芸がないと情けなくなります。そこでこの席においてわたしが、自分のニガイ体験から提案したいことは、新婚旅行の汽車、いや、飛行機なら飛行機の中で、まず何よりも今日から二人はお互いを何と呼び合うか、と、その問題をまず第一に話し合ってもらいたい、ということです」

このスピーチには、宗介も感心した。それをきいたときの彼は、すでに結婚していたが、それは宗介自身が妻に対して、何ともあいまいな呼び方をしていることに、ときどき気づくことのある人間の一人だったからだ。

だいたい、宗介は妻を呼ぶ場合、「おい」と呼んでいる。酔ったときなどは、それが「おーい！」に変化するようであるが、決して名前を呼ぼうとはしない。何故だろうか？

宗介もそのことを考えてみないわけではなかった。しかし、それは、名前を呼ぶことが必ずしもよいこととは限らないだろう、という程度の結論にしか至らなかったようだ。

最近では宗介は、子供の前では、妻のことを「お母さん」と呼ぶようになっている。子供たちにそう呼ばせているからであるが、果してその呼び方が最良のものであるかどうか、その点については宗介も自信があるわけではない。

宗介には結局、妻をどう呼ぶかというようなことは、大した問題ではあるまい、と思われた。記憶をたどってみると、宗介の父親は、確か、「おい」と母親の名前とを併用していたようだ。つまり母親が自分の目の前にいるときや、宗介たちと一緒のときには「おい」であり、母親の姿が目の前に見えないときは、大きな声で母親の名前を呼んでいた。何度もたて続けに呼ぶことがあった。

それに対して、母親の方は、父親に向って「あなた」と呼んでいるようだった。その「あなた」が、少し博多訛りになって、宗介たちの耳には「ああた」というふうにきこえた。

妻の方は、やはり自分を夫から名前で呼ばれたい、と考えているのかも知れない、と宗介も考えてみたこ

とがあった。事実、結婚してから間もなくのころ、
「わたしは、おい、という名前じゃないんですからね」
と宗介は妻からいわれたことがあった。もちろん本気ではなかったのだろう。その証拠に、宗介の呼び方は、いまだにあらたまっていないが、妻を名前で呼ぶからには夫の方も名前で呼ばれなければ、片手落ちというものではないだろうか?

お互いに名前で呼び合っている夫婦は宗介も何組か知っている。しかし、それは、妻だけが名前で呼ばれている夫婦にくらべれば、遙かに少ないはずである。

もちろん他人の夫婦であるからわざわざ彼らに、その片手落ちを忠告しようなどという気は、宗介にもない。実さい、片手落ちだろうが、矛盾していようが、そんなことは要するにどうでもよいのである。名前も「おい」も、すべては習慣であって、どちらがどうということは、決める必要もない問題ではないか。

にもかかわらず、新婚旅行の汽車、あるいは飛行機の中で、お互いにどう呼び合うかを話し合い給え、という仲人のスピーチが宗介に面白かったのはまず何よりも、その仲人役の社長が、そんなどうでもいいようなことを結婚二十数年経っても、まだときどきは考えているらしいことだった。少なくともそれを意識してこだわり続けているという事実が面白かったのである。

次に感心したのは、名前を呼ぶべきだ、とも、「おい」と呼ぶべきだ、とも、結論を出さなかった点である。どう呼んだって構わない。ただそれを、新婚旅行の汽車なり飛行機の中でただちに話し合い給え、というところが、そのスピーチの独創的なところだ。単なる教訓話でもなく、また、単なる体験談でもないところがよい。いかにも婦人雑誌の実用記事式アイデアではないか、と悪口をいうのは簡単だろう。しかし新婚の夫婦にとっては、一つの話題でありさえすればよいのだ、と宗介は思った。

もちろん宗介にも、新郎新婦に向って話してもよいと思われる体験談が、まったく無いわけではなかった。

また、披露宴の出席者たちから拍手で迎えられるような、いわゆるユーモラスな話も、幾つか考えつかないわけではなかった。

「なかなか愉快なお仲人さんじゃないか」

と、親戚縁者の者たちから、新郎新婦がいわれるような、そういう仲人をやってやれないことはあるまい。

しかし宗介は、そういう試みを一切放棄しようと決心した。ただただ平凡で、型通りの仲人を勤めようと考えたのだった。にもかかわらず結果は、宗介の考えとはまったく正反対のものになってしまったのである。

七

結婚式は、文字通り、トドコオリなく終了した。式場は、宗介たちの卒業した私立大学の構内にあるO会館だった。大学の創立者を記念する会館であるが、最近では挙式から披露宴まで、一式の設備が整っているらしい。

これはまったくの偶然であろうが、新郎新婦だけでなく、新郎新婦の父親も、宗介と同じその大学の出身者だった。したがって、式場に関しては、まったく迷う必要はなかったわけだ。

挙式は神前式で、形通りおこなわれた。宗介がこの形式の結婚式に参列したのは、はじめてではなかった。従弟と妹の場合も同じであったから、三度目であるが、ただ、新郎新婦の《誓詞》というものを、仲人夫婦が代読するという形は、はじめてである。

つまり宗介夫婦が神前に進み出て並び、渡された《誓詞》を宗介が音読するわけだ。宗介はそれをその場になって知らされた。しかし、これは無事に、うまくいった。もともと、むずかしいという性質のものではないが、思ったよりも落ち着いて、ゆっくりと、きれいに音読できたのである。宗介はそのことに満足し、彼の妻は、ホッと一安心したようすだ。それは宗介にも、よくわかった。

しかし、その安心が、まずかったのかも知れない。

新郎新婦の経歴を書きつけたメモを忘れたことに、宗介が気づいたのは、披露宴の席で、新郎の右隣りに着席した直後だった。控え室で、自分の背広を貸衣裳のモーニングに着換えたのは、もちろん結婚式の前だった。着換え終って、控え室の外へ出たとき、

「皆さんよろしいですか。披露宴が終るまで控え室には鍵をかけますから」

と係員の女性がいうのを、宗介はきいている。そのとき何か忘れ物をしたような気がしないではなかった。少なくとも何か気がかりなものが、心の隅っこに残されていた。それはやがて結婚式の緊張のために、忘れ去られた。これは、まあ止むを得ないといえるだろう。式のあとは記念写真の撮影だった。それが済んで、ロビーで煙草を吸っているとき、彼は、ふたたびちらっと控え室のことを思い出したようだ。しかし、何故に控え室を思い出すのか、それははっきりしなかった。

そこへ、受付に坐っていた新郎の弟が挨拶にきた。彼もまた、宗介や新郎と同じ大学に通っているのだという。新婦の父親の妹という女性とも挨拶を交した。そうこうしているうちに披露宴開始の時間になってしまったのである。控え室の背広のポケットの中に忘れてきたメモは、確かに二度まで気になったわけだ。メモと、はっきりとは思い出せなかったにしても、何か、気がかりなこととして、宗介に合図を送っていたのだった。しかし彼は、立ちあがらなかった。気がかりな何かを引きずったまま、じっとしていたのである。新郎の弟や、新婦の父親の妹たちが挨拶をしにやってきたのも、宗介がソファーに腰をおろして、煙草を吸っていたからである。少なくとも彼は、気がかりな控え室のことを、妻にそのとき話すべきではなかっただろうか。

ロビーのソファーに腰をおろしている宗介のところから、妻の姿は見えなかった。しかし、彼は彼女を捜すために立ちあがろうともしなかったのである。宗介が立ちあがったのは、まさに披露宴が開始されようと

するときだった。

「しまった！」

と思った瞬間、宗介は反射的に椅子から立ちあがった。そして、マイクの前に立っている眼鏡をかけた司会者の方へ目で合図を送ったのであるが、司会者は、宗介が早くもスピーチを開始するものと勘ちがいしたらしい。あわてて、手を振って宗介に合図をすると、マイクを引き寄せて、次のようにいった。

「どうもお待たせ致しまして、申し訳ございません。生まれてはじめての司会でございますので、よろしくお願いします」

どうやら司会者は、宗介が披露宴の開会を催促したと受け取ったようすだ。宗介は、とっさにどうすべきであるかを、考えた。入学試験に受験番号票を忘れてきたような心地とでもいうべきだろうか。彼は、うしろを通りかかった宴会係の女性に、小声で司会者を呼んでくれるように頼んだ。しかし、通じない。薄いグリーンの制服を着た宴会係の若い女性は何度も首をかしげて、不愉快そうな表情である。

ようやく、宴会係の女性は司会者のところへ歩いて行った。見るとしきりに宗介の方を指さしながら小声で司会者に何か話している。

しかし、司会者には、いったい何ごとが起きたのか、理解できなかったようだ。おそらく、司会者の方も、うろたえていたのであろう。宴会係の若い女性は、宗介のところへ戻ってきた。

「いま、司会中ですから」

露骨に不愉快な表情を浮かべている。いまにも、「チェッ！」と舌打ちしそうな顔つきである。

とつぜん宗介は、その若いホステスを怒鳴りつけたくなった。

「呼んでこいといったら、呼んでくれればいいんだ！」

しかし、もちろん怒鳴りつけることはできなかった。なにしろ、若いホステスは、すでに宗介の傍を離れてしまっていたし、それに、とうとうそのとき、司会者が披露宴開会の挨拶をはじめたからだ。仲人役である宗介の名前が紹介され、拍手が起こった。

宗介は、椅子から立ちあがらなければならなかった。額に汗がにじんでくるのが、わかった。

八

「えー、ただいまご紹介に預りました、本間でございます」

と、そこまでいったとき、まだ宗介は迷っていた。この仲人役である自分が、いま身につけているモーニングが、実は貸衣裳であることを、口外すべきか、口外すべきではないか、迷っていたのである。新郎新婦の経歴を書きつけたメモは、控え室に脱いできた背広の内ポケットの中に、置き忘れられていたからだ。

結局、宗介は、貸衣裳の件は口にしなかった。新郎新婦の親たちの立場もあるだろうと考えた結果だった。それに、すべてを、ありのままに語ることが、必ずしも善であるとは限らない。正直過ぎることが、却って誤解を招く結果になりかねないということも、宗介には体験として、わかっていた。幸い、彼は、額に冷や汗をにじませながらも、そう考える余裕までは失っていなかったらしい。

メモを忘れたことは、もちろん故意ではない。しかし、大きな失策であり、仲人の落度であることにはちがいなかった。披露宴出席者の中に、それを非難するものがいたとしても、無理はあるまい。中には、そのために、新郎新婦の前途に、何かの不吉な予兆を認めるものがあったとしても、それを不当ないいがかりだと責めるわけにはゆかないであろう。

「折角の良縁にキズがついた」

と考える親戚縁者があったとしても、宗介としては、何とも弁明の余地はなかったのである。

メモ用紙には、新郎新婦の、幼稚園から大学卒業後までの経歴がこまかく書き込まれてあった。もちろん宗介は、それを一つ一つ、きちんと紹介するつもりで書き込んだのである。宗介の考えていた平凡で、型通りの仲人とは、そういうやり方であった。そうすることの方が、少しばかり気の利いた体験談や教訓話よりは、遙かに、出席者たちを満足させるにちがいない、と考えたからだ。

つまり宗介の考えでは、仲人の挨拶というものは、直接、新郎新婦のためというよりは、むしろ出席者たちのためにあるべきものだったのである。新郎新婦のための、現実的、具体的な体験談や教訓話は、もし必要とあれば、結婚後いつでもできるだろうからだ。

しかし。宗介のそのような予定の行動は、ものの見事に覆った。

「えー」

と宗介は、もう一度いい直した。まだ誰も彼の狼狽を知るものはないはずだった。

「新郎、〇〇〇〇君と、新婦×××さんの結婚式は、本日、この〇会館の結婚式場におきまして、とどこおりなく、無事終了致しました。承りますれば、新郎新婦のお父様方も同じく当××大学のご出身である、ということであります。そのような、母校にゆかりの深いお二人の仲人をつとめさせていただきますことは、本大学出身者の末席につらなるわたくしと致しまして、まことに光栄この上ないことであります。多数、先輩の方々もおられますところを、わたくしごとき若輩がこの大任をお引き受け致すことは、あるいは僭越ではあるまいかと、何度もご辞退を申し上げたわけでありましたが、これもまた、後輩のつとめの一つであるのかも知れないと考えまして、本日、この大役を敢えてお引き受け致したような次第であります」

ここまで喋ってから、宗介は、新婦の向う側に腰をおろしている妻の方を、ちらりと盗み見した。それから、新婦の頭を跳び越して、こんどは左隣りの席にいる新郎の顔を、斜めに見おろした。

宗介は、右手に持っていたワイヤレスのマイクを、左手に持ち変えた。できることなら、そいつをそのまま、左隣りの新郎に渡してしまいたい心境だった。

皆さん
わたしは
セリフを
忘れてしまったのです

「では、新郎の○○○○君をご紹介致します。どうぞ！」

そういってマイクを彼に手渡すことができたら、と考えたのである。新郎の自己紹介が終る。

「えー、次は新婦の×××さんをご紹介致します。どうぞ！」

そういって今度は、マイクを新婦に渡す。要するに宗介は、この仲人役を引き受けて以来、ずっと考えてきていた「型通り」というものとは、まったく正反対の場面を空想していたのだった。しかし、左手に持ち変えたマイクを、左隣りの新郎に手渡すことは、もちろんできなかった。

「えー」

と宗介は、三度繰り返した。しかし、まだ宗介の失敗に気づくものはなかったようだ。彼が、泣き出しそうな妻の横顔を視線の中に入れたのは、次のことばを吐いた直後だった。

「ところで、誠に申し上げにくいことでございますが、このおめでたい披露宴の席上におきまして、一つお詫びを申し上げなければならないことがございます。実は、わたくし、大事なものを忘れて参りました」

そのとき、左斜め下から新郎がちらりと宗介を見上げるのが、わかった。それは、悲しそうな顔でも、おどろいたような顔でもなかった。極めて自然に、話し手の方へ注意を向けた、という表情である。しかし、その顔に向って照れ笑いをする余裕は、宗介にはなかった。ただ彼は、そのとき、ゴーゴリの『検察官』の幕あきを思い出したのだった。

「わたしがあなたがたをお呼びしたのは、みなさん、きわめて不愉快なニュースをお知らせするためです。当地へ検察官がやってくるのです」

あの幕あきの冒頭における、市長のことばである。

「皆さん、わたしはメモを忘れてしまったのです！」

と宗介は、腹の中でもう一度繰り返した。すると、生まれてはじめての舞台に立った俳優のような気持になった。しかもその俳優は、自分のセリフをとつぜん忘れてしまったのである。

「皆さん、わたしは、セリフを忘れてしまったのです！」

宗介は、観客席に向って、そう告白している俳優のような気持だった。宗介はもう一度妻の方を盗み見した。妻は、四十五度の角度にさげた頭を動かそうともしない。そうする以外に、方法はなかったのだろう。あるいは息も止めていたのかも知れない。しかし宗介は、息を止めるわけにもゆかなかった。宗介は運を舌にまかせる他はなかった。とにかく、何かをいわなければならない。はじめ宗介は、何とかして、メモ用紙の内容を一行でも思い出したいと焦った。しかし、一行も思い出すことはできなかった。

新郎新婦の生年月日はもちろん、新郎新婦の両親の名前も思い出せない。幼稚園はいうまでもなく、小学校も、中学校も、高校も思い出せない。結局、紹介できたのは、二人の最終学歴だけであって、おどろいたことには、新郎の勤務している会社名さえ、どこかに失念してしまっていたのである。ただ、不思議なことは、二人が大学の美術クラブで知り合った、ということを紹介できたことだ。それはメモ用紙には、書きつけていない事柄だった。

宗介のスピーチは、何分間くらい続いたのだろうか？　もちろん、わからなかった。はっきりしていたことは、彼自身が思い描いていた《型通り》の仲人のスピーチは、まったく彼の空想に終ったということだった。その結末は、次のようなものである。

「というような次第でございまして、誠に申し訳ございませんが、ただ、お二人についての立派な経歴や、さまざまなエピソード、思い出話などは、ここにご出席されました先輩、あるいは友人の方々から、充分にご披露いただけるものと考えます。以上をもちまして、まことに不調法なわたくしのご挨拶を終らせていただきます。どうも、誠に失礼致しました」

九

「実さいは、どうだったんだろうな？」

と宗介は、わが家へ向うハイヤーの中で妻にたずねてみた。

「うーん」

と妻は、返事をためらった。

「もちろん、オレだって、あのおやじさんのことばは、あくまでわれわれに対するいたわりの気持だと思っているがね」

披露宴が終り、新郎新婦の車を玄関で見送ったあと、宗介たちは控え室へ戻った。新郎新婦の両親と、新婦の兄夫婦、それに宗介たち親子三人が残って、小一時間ほど休憩した。男たちは酒を飲んだ。そのとき宗介は、新婦の父親から、思いがけない感想をのべられたのである。

「いや、メモを忘れたという、あの演技は見事でしたな。まったく、実に演技ばなれした、個性的な名演技でした」

宗介はそのとき、すでに自分の背広に着換えていた。したがって、その内ポケットには問題のメモが入っていたのである。

「いや……」

と宗介は、頭をさげた。

「まったく、申し訳もございません」

「いや、いや、さすがは小説家でいらっしゃいますよ。ああいったスピーチは、工夫してできるというわけのもんじゃないですからね」

と新婦の母親も、夫の説に同調した。宗介はついに、背広の内ポケットから、証拠のメモ用紙を取り出すことができなかった。

「しかし、失敗は、やっぱり失敗だわね」

と、妻はいった。たぶん、腹を立てているのだろう。

「まあ、そう腹を立てるなよ」

そういって、笑うべきだろうか、と宗介は考えた。この場合の笑いは、憐みを乞う笑いである。この失敗者を憐み給え！　そう自分がいえる相手は、お前だけだ。しかし宗介は、「まあ、そう腹を立てるなよ」とは、いわなかった。そういう意味で宗介は、思いやりのない男だった。

「だけど、あの場合、メモ用紙を取り出して、あれが演技でなかったことを証明してみてもはじまらんだろう？」

「なんだか、お礼をいただいたのが悪いみたいだわ」

「それはオレだって同じだよ。しかし、仕方のないことだろう。こっちはプロの役者じゃあないんだからな」

と宗介は理屈をいった。

「それはそうだけどさ、親戚のお年寄りの方なんかは、やっぱりあたしたちみたいな仲人を頼んだことを、後悔しているかも知れないですからね」

「それも、考えたよ」

長女は、宗介と妻の間に挾まって眠り込んでいる。妻は、返事をしなかった。それはまるで、罪を犯した以上、どんな裁きを受けても仕方がない、といった表情だった。そういうところが宗介の妻にはあった。

「仕方がないさ。オレは、とにかく、新郎新婦を信頼することにするよ。どうしてもオレたちに仲人をやってくれといい出したのは、あの二人なんだからな」

そして、あのときの宗介が、決して演技をしたのでないことを知っているのも、新郎新婦の二人だろう、と宗介は思った。彼らだけは、あのときの宗介がにじませていた額の油汗を見たはずである。

「それにしても、とんだ貸衣裳の喜劇というところだったなあ」

「でも、貸衣裳に罪があるわけじゃないわよ」

「いや、われわれはまだ、やっぱり貸衣裳クラスの仲人に過ぎん、ということさ」

とうとう最後まで、宗介は理屈で通してしまった。理屈になると、妻は黙ってしまう。しかし宗介にしてみれば、それが思いやりの表現方法だった。少なくとも自分ではそう思っていたのである。したがって、宗介は宗介で腹を立てていたわけだ。何故このオレの思いやりが通じないのだろう？　と勝手に腹を立てていたのである。

宗介たちがその日、O会館からわが家へ戻ってきたのは、午後六時近くだった。ハイヤーを降りて階段を昇ってゆくと、ドアには鍵がかかったままだった。長男は、どこかへ遊びに出かけてしまったらしい。

宗介は、背広を脱ぐと、急に疲れをおぼえた。少し頭も痛むようだ。ハイヤーの中で、酔いがまわったのかも知れない。

仲人の挨拶が済んだあと、宗介は日本酒とビールをかなり飲んでいた。また、披露宴のあとも、控室で一時間ほど、日本酒とビールを飲んだのである。昼の酒はよくなかった。特に日本酒とビールはよくない。

ネクタイをはずし、ズボンを脱ぎ、靴下をとると、宗介は六畳間のソファーに仰向けに寝転がり、そのまいつの間にか眠り込んだようだ。

妻から起こされたとき、宗介はまったく不機嫌だった。

「何だ、いったい？」

と彼は、まるで披露宴での失敗を、無理に思い出させられたような声を出した。

「ちょっと玄関まで来て下さい。泰介が犬を拾ってきたんですよ」

十

「犬?」

と宗介はソファーから起きあがりながら、不機嫌な声を出した。

「あたしはいま、ちょっと台所の手が離せないんですよ。ですから……」

「だって犬が飼えないことは、とっくにわかってるじゃないか」

「とにかく、玄関へ行って見て下さい」

「お父さん、お兄ちゃんが犬拾ってきたの?」

と長女も出てきた。

「でも、いけないんだよね。団地で犬を飼うと公団のおじちゃんに叱られちゃうんだもんね」

宗介は、長女のうしろから玄関へ出て行った。頭痛はすでに消えていたようだ。しかし、眠りを中断された宗介は憎悪の塊だった。憎悪はまず、彼をゆり起した妻に向けられた。それから長男に、そして捨て犬に向けられたようだ。ひとが眠っているときに犬なんか拾ってきやがって!

彼はいわゆる愛犬家という種類の人間ではなかった。愛犬家たちが、犬に向って何ごとか人間のことばで話しかけたりしているのを見ると、宗介は不思議な気持になったものだ。したがって、団地では犬を飼うことが禁じられていることに、不自由を感じたことはなかった。犬が飼えないという理由で団地を出て行こうなどとは、考えてもみなかった人間である。

宗介の妻は、どちらかといえば愛犬家だった。犬の種類は、ほとんど知っている。散歩のときなど他家の犬に出会うと、必ず一言、感想をのべる。そして、ああいう犬よりも、こういう犬の方が自分は好きだ、とか、ああいう犬を飼いたい、などと話しかけた。

　そういうとき、宗介の返事は、至って冷淡だった。

「そんなことといったって、団地じゃあ飼えないことになってるんだから仕方ないじゃないか」

　宗介にとってそのことは、鉄筋コンクリート五階建ての団地には庭を作るわけにいかぬ、というのと同じくらい明白な事実に過ぎなかっただけだ。それ以上のことは彼には考えられなかった。

　宗介が犬の問題について、やや真剣に考えはじめたのは、長女が三歳を過ぎたころからだった。

　ある日、六畳間のソファーで昼寝をしているとき、何かなま暖い感触で眼をさました彼は、枕元に茶色っぽい小型の犬を発見した。

「おい！」

　と、反射的に声を出すと、長女ともう一人どこかの男の子が、騒ぎながら駈け込んできた。

「どこの犬だね？」

　宗介は、小犬の感触がまだ残っているような額のあたりを手でこすった。それとも、舐められたのは、頬だったのか？

「この子の犬なんだよ。お父さん、トモコもこういう犬買って！」

　そういわれて宗介は、長男の方も、ちょうど長女と同じ年ごろから、しきりに犬を飼いたいといいはじめていたことを、思い出した。

「人間の子供は、三歳を過ぎるころから犬を欲しがり出すものだろうかね？」

「そりゃ子供ばかりじゃありませんよ。大人だって飼いたいわよ」

　と宗介の妻は答えた。

「泰介の方は最近は犬のことをいわなくなったようだが」

「もう諦めたんでしょう。飼えないってことがわかってますから」

「オレの顔を舐めた犬は、どこで飼ってるのかね？」

「そこの左側のテラスの家です」

「うーん、まずいねえ」

宗介はそのとき、顔を知らない犬の飼主に向って腹を立てた。犬猫類を飼ってはならない、という公団の規則をまじめに守っているものはバカをみるのか、という憤りだった。

「違反はあくまで違反だからな」

「でもねえ、ああやって子供たちが喜んでるんですものねえ」

しかし、違反を犯さない家庭の子供は、そのために悲しまなければならない。本気で親を憎悪しないとは、断言できないだろう。

十一

玄関のドアはあけ放されていて長男の姿は見えなかった。

「おい、泰介！」

と宗介は開いたドアの外へ声をかけた。すると階段の下から長男は姿をあらわした。踊り場のあたりにいたものらしいが、犬の姿はどこにも見当らない。

「犬は、どうした？」

「仔犬なの、お兄ちゃん？」

と長女がたずねた。しかし、オリオールズの野球帽をかぶった長男は、黙ってうつ向いたままだ。

「おい、犬を連れてきてごらん」

「あ、トモコも一緒に行って見ていいでしょ、お父さん？」

「トモコは、ここで待っていなさい」

階段を降りて行った長男が、真白い仔犬を抱えて玄関へあらわれたとき、一瞬、宗介はドキリとした。犬を抱いている長男が、まるで捨て犬のように見えたからだ。野球帽をかぶってうなだれている長男と、その両腕に抱かれている仔犬が、まるで捨て子の兄弟のように見えたのである。

宗介たちの住んでいる団地には、いまやありとあらゆるものが捨てられていた。宗介のうちで使用している電気冷蔵庫やダイニングキッチンの椅子よりは、遙かに新しい冷蔵庫や椅子が捨てられているのを、彼は何度も見かけている。実さい、決断力と、それを行動に移す時間さえあったならば、いっそわが家の台所用品のすべてを、それらの捨てられているものと一式交換してもよいと考えられたほどだ。

捨て猫、捨て犬ももちろんあった。これは考えてみれば奇妙な話だ。公団住宅における犬猫飼育の禁止は、子供でも知っている。しかし、いうまでもなく団地の犬や猫は、その規定を守らんがために捨てられるのではない。彼らは、犬や猫の飼育を禁止されていない一般の住居の場合と、まったく同じ理由によって捨てられていたのだった。つまり、宗介たちの団地においては、入居規定によって禁止されている犬猫が、いまや捨てられるほどに飼われていたのである。

その証拠に、犬殺しまでやってくるというのが現状だった。捨て犬を取締るのは保健所の管轄だろう。しかし、保健所に取締りを要請するのは、公団だろう。これも奇妙な話である。もっとも、この犬殺し、という名称は、いまや滅び去ったらしい。いまでは、何と呼ばれているのだろうか？　……棒で叩くは犬殺し、シンコクジンのその中に、ニッポンの乃木さんが凱旋す、スズメ、メジロ、ロシヤ、野蛮国、クロポトキン、キンの玉、負けて逃げるは支那のチャンチャン坊、棒で叩くは犬殺し……。

「お母さん、真白い仔犬だよ！」

とダイニングキッチンへ長女が駈け込んで、いった。

「泰介ちゃん、ちょっと犬のおなかを見せてごらんなさい」

と、ダイニングキッチンから出てきた妻が、エプロンで手をふきながらいった。いつもよりやさしい声だ、と宗介は思った。長男は、まるで罪人のようにうつむいたまま、抱きあげている仔犬の後肢を両手で開くようにして、妻の方へ差し出した。

「ああ、オスだわ」

それから妻は、宗介にいった。

「あとは、あなたにおまかせします」

そして、逃げるようにダイニングキッチンへ引き返した。できることなら、宗介も逃げたい気持だった。しかし、逃げるわけにはゆかない。彼は、父親として、ここで何ごとかを、息子にいい伝えなければならないのである。宗介はまず両手をズボンのポケットに突込み、大きく息を吸い込んだ。それから、ゆっくりと吐き出した。

「泰介、お前はもう五年生だな。だから、団地では犬を飼えない規則になっていることは、知っている。しかし、そういう規則があるのに、犬や猫を飼っている人がいることも知っているな。何故そういうことになるのだろう？」

宗介のことばは、そこで一旦とぎれた。しかし、ここで興奮してはならない。

「何故だろうか？　お父さんは、いま四十歳だ。しかしお父さんにもそういうことが何故おこるのか、よくわからない。お前が、その捨てられていた仔犬を可愛がりたい気持は、お父さんにもよくわかる。しかし、人間には誰でも、我慢をしなければならないことがあるんだ。子供にも、大人にも、我慢をしなければならないことがあるんだ」

お父さんだって我慢しているんだ！　と宗介は叫び出したい気持だったのである。そして長男を力一ぱい抱きしめてやりたかった。長男はいま、悲しみを体験している。その小学五年生の悲しみが、人間そのものの悲しみであるように思われたからだ。長男はこの悲しみを、いつか忘れることができるだろうか？　たぶん、忘れることだろう。しかし、だからお前は、やがてこの悲しみを忘れるだろう、と長男に向っていうことはできない。だからその犬を捨てなさい、ということはできないだろう。宗介の長男がとつぜん明日、死なないとは、父親である宗介といえども、決して断言はできないからである。

「とにかく、何か食べ物をやろうじゃないか」

そのとき長男が、とつぜん、しゃくりあげた。宗介は耐えた。四十歳の男として、その人生におけるすべての体験の名において、何としてでも長男の悲しみに耐えなければならない。

「とにかく牛乳を飲ませてやろう。それからお父さんと一緒に、その犬を捨てに行こう」

十二

宗介は、ズボンのポケットに突込んでいた両手を引き抜いた。しかし、すぐにまた突込んだ。そして左手の指先が煙草の袋に触れたとき、何かを思い出しかけた。いったい何を思い出しかけたのだろう？　彼は二本の指先で、煙草袋の内側をまさぐった。彼が思い出しかけていたのは、煙草に関する誰かの随筆だった。何でも、三文映画の大根役者に限って、何かというと決って煙草をくわえたがる、といったような文章だった。筆者は宗介の同業者である。読みながら宗介は、煙草をくわえている大根役者の姿を目に浮かべたようだ。あるいは筆者は三文映画に託して、小説に対する皮肉をいったのかも知れない。しかしいずれにしても、大根役者は専売公社の上得意というわけであった。

宗介も専売公社の上得意の一人である。胃袋から血を吐いたあとは、フィルターつきに切り換えたため、本数はむしろ以前に倍増している。他人と話をするときはもちろん、酒を飲んでいるときも、原稿を書いているときも吸い続けだった。まるで団地の不寝番ででもあるかのように、一晩じゅう机にへばりついていると、灰皿は明け方までに山盛りになった。にもかかわらず、目をさますや否や、たちまち煙草をくわえたくなるのである。ふとんから起きあがってダイニングキッチンへ入って行き、冷蔵庫から取り出して飲むコップ一杯のミネラルウォーターは、煤だらけの煙突のようになっている胃袋へまずまっ先に侵入して行くものが、またまた煙草の煙とやにであることを防禦せんがための、せめてもの努力であったといえるのかも知れない。とにかく、宗介が煙草をくわえたがる度合いは、大根役者どころではなかった。

宗介はズボンのポケットに手を突込んだままで、二本の指先を使って袋から一本を抜き出した。袋の蓋を、ラベルごと全部開いてしまうのが宗介の癖だった。二本の指先で一本をつまみ出すことができるのは、そのせいである。器用なのだろうか？　それとも不精だろうか？　いずれにせよ、それはちょうど二十年前にゴールデンバットを吸いはじめたときからの、習慣だった。ゴールデンバットが新生、いこい、に変ってからもその習慣は続いた。習慣が変更されたのは、出版社に勤めていたときの九年間、箱入りのピースを吸った期間である。しかし胃袋から血を吐いてからあとは、袋入りのフィルター付きを吸いはじめたため、指先の習慣はふたたび甦ったわけだ。

しかし宗介が、ポケットの中で一旦つまみ出した煙草を、早速くわえなかったのは何故だろう？　仔犬のせいか？　長男のせいか？　それとも、大根役者にだけはなりたくないと考えたのだろうか？　飼ってはならない仔犬を拾ってきた長男に向って、一世一代の訓話を垂れる父親の役を演じている大根役者？

しかしそれもよいではないか。どっちみち父親などというものは、大根役者的存在かも知れないのである。父親の名演技は、テレビドラマだけでたくさんだろう。大根役者でよいのだ。わが子の前で、何も父親の名演技を披露する必要はないのである。

宗介は、煙草をくわえた。何だか、ずいぶん暫くぶりのようだった。しかし彼は、ようやくの思いでくわえた煙草に、今度は火をつけるのを忘れる結果になってしまった。長男の姿が見えなくなっていたからである。仔犬も見えない。いったい、いつの間に消えてなくなったのだろう？　まさか、宗介の話を最後まできかなかったわけではあるまい。あのとき長男がすすり上げた声は、宗介の耳に残っている。そのあとは？　宗介には思い出せなかった。それとも、……まさか！

玄関のドアは外側へ向ってあけ放しのままだった。したがって、宗介の真正面に見えているのは、階段を挟んだ向い側の、閉じられたドアだった。３０４である。サンマルヨン。火のついていない煙草をくわえたまま宗介は、青ペンキで塗られた鉄製のドアに書かれた、白い数字を見ていた。

（了）

後記

　これはわたしが生まれてはじめて書いた新聞小説である。昭和四十七年五月から八月まで福岡の『夕刊フクニチ』に連載した。わたしが無鉄砲にもこの連載を引き受けたのは、これを機会に自分と《故郷》との結びつきといったものを、考えてみたいという気持からだ。北朝鮮で生まれ、中学一年になるまでそこで暮して引揚げてきたわたしは、土着というものから見放された人間である。

　連載開始に当っては、べつだん何の計画もなかった。ただ、一人の人間がその日その日を生きながらえている以上、考えることは何か必ずあるはずだった。四十歳という年齢を選んだのも、そのためだった。心身ともに宙ぶらりんのこの年齢は、しかし、前を見るのにも、うしろを振り返るのにも、上を仰ぐにも、下をのぞき込むにも、案外と好都合ではなかろうかと考えたからだ。同時に、この年齢に何か強くこだわらずにはいられない気持もあった。

　それを一回一回の千六百字に書けないことはあるまい。むしろそのような即興の中から、何かが発見されるかも知れないではないか。図々しくもわたしはそう考えて、書きはじめたわけだ。

　しかしいざ書きはじめてみると、当然のことながら、一日千六百字という決められた字数のむずかしさを、痛感しないわけにはゆかなかった。ただ、まことにおこがましい限りではあるが、夏目漱石や二葉亭四迷も、同じような字数の制約を超えてほとんどの代表作を書いたことを考え、わたしはわたしの及ぶ範囲で、生まれてはじめての体験と戦ってきたつもりである。

どうしてもその制約を超えることのできなかった不自由な部分は、こんど補筆した。また大幅に書き加えた部分もある。しかし全体の調子としての、即興的な自由さは残したつもりだ。一回一回の区切りも、形として残すことにした。ただし題名は連載中の『四十歳』を、『四十歳のオブローモフ』に変えた。改悪ではないつもりである。

わたしはこの作品が、どうしても長篇小説と呼ばれなければ気がすまない、とは考えていない。小説であれエッセイであれ、既成の分類型にこだわる必要はないだろう。もちろん、新聞小説という形式にもこだわらなかった。しかし、たまたま結果としてそうなった、というのではない。わたしは意識的に、そのようなジャンルにこだわらない方法を考えながら、書いたつもりである。

作中人物名が、『門』の「宗助」と一字ちがいであるのはいささか気がひけるが、敢えて大先輩の胸を貸してもらった。また、作中しばしば、二葉亭の『平凡』に学ぶところ大であった。あの自由自在には、もっと学んでもよいのではないか。もちろん自戒をも含めて、われわれの時代の小説はむしろ自由を失っているのではなかろうか。そう考えてみたのも、一つの収獲であったといえるだろう。

わたしの願いは、可能な限り自由なスタイル、ということだった。力の及ぶ範囲で、脱線、逸脱も自由にさせてもらった。そのような自由を認めてくれた『夕刊フクニチ』の北川晃二編集局長、担当デスクの明石善之助氏に、わたしは感謝せずにはいられない。

今回、一冊本にまとめるに当っては、文藝春秋出版局のお世話になった。中でも担当の箱根裕泰氏からは、徹底的な督励を受けた。改良された部分は、ひとえにその督励のお蔭である。

昭和四十八年七月某日　　後藤明生

初出　『夕刊フクニチ』に「四十歳」と題して一九七二年五月一日～八月三一日（計一一七回）掲載
単行本『四十歳のオブローモフ』（文藝春秋）一九七三年八月二五日刊
文庫版『四十歳のオブローモフ』（旺文社文庫）一九七八年一〇月一日刊
底本　文庫および単行本『四十歳のオブローモフ』

解説

『大人になりきれない大人のための教養小説』

荻原魚雷

後藤明生が亡くなったのは一九九九年八月二日。享年六十七。

当時のわたしは無職に近いフリーライターだったので毎日のように古本屋に入り浸っていたが、後藤明生の本は読んだことがなかった。没後、後藤明生の著作の古書価が上がっているという噂を耳にしたときも半信半疑だった。

ただし『四十歳のオブローモフ』だけはずっと気になっていた。

たまに単行本（文藝春秋）は見るけど、文庫（旺文社文庫）は見かけない（インターネットの古書店が普及する前の話である）。

古本屋の知り合いに聞くと「あの小説は文庫のほうが人気あるんですよ。山野辺進の挿絵が入ってるから」という。その話を聞いて、古本魂に火がつき、探しまわった記憶がある。

一九七二年五月、後藤明生は初の新聞小説（夕刊フクニチ）の連載をはじめる。連載時の題名は「四十歳」。夕刊フクニチは一九四六年創刊の福岡県の地元紙（一九七八年に朝刊紙フクニチ新聞となり、一九九二年四月休刊）である。

後藤明生は一九三二年四月四日生まれ。タイトル通り《四十歳》のときに書きはじめた小説なのだ。

一九七二年の出来事をざっと列記すると、二月、あさま山荘事件、四月、川端康成自殺、五月、イスラエルのテルアビブ空港で日本赤軍乱射事件、七月、第一次田中角栄内閣発足、全国で豪雨災害、八月、ミュンヘンオリンピック開催（以下略）——まさしく激動の一年だったといってもいいだろう。

そのころ《四十歳》の後藤明生は何を考えていたのか。

すくなくともこの小説の主人公の本間宗介はたいしたことを考えていない。でもそこがいい。団地内の噂を気にしたり、薄くなりはじめた頭髪を気にしたり、仲人を引き受けオロオロしたりする。パンツ一枚の姿で体操し、妻に怒られる。昔の中年も今の中年もそんなに変わらないし、みんながみんな立派な大人になるわけでもない。そういうことを知っておくのは、心おだやかに齢を重ねていく上で、とても大事なことだ。

夕刊紙の読者（おそらく福岡市内の会社に通う中年の勤め人）を想定した「四十歳」という小説は単行本化のさい、「オブローモフ」という言葉をくわえた。

オブローモフとは何ぞや？

簡単に説明すると、オブローモフは十九世紀のロシアの作家、イワン・ゴンチャロフの作品かつ主人公の名前である。一八五〇年前後に書かれた小説だが、オブローモフの名は無気力かつ怠惰な人物の代名詞として知られている。

この解説文を書いている途中、東京・高円寺の西部古書会館（週末、月に三回くらい古書展を開催している）に行ったら、ドブロリューボフ著『オブローモフ主義とは何か？　他一篇』（金子幸彦訳、岩波文庫、一九七五年刊）という本があった。原本は一八五九年刊。ドブロリューボフは「オブローモフ」について次のような説明をしている。

「お人よしで怠け者のオブローモフがよこたわって眠っている、友情も恋も彼を目ざめさせることも起き上がらせることもできない――ということについての物語である」

そしてオブローモフの性格については「完全なる無気力」と評している。

オブローモフは働くことの意味がわからない。働かなくても暮らしていけるからである。

しかし『四十歳のオブローモフ』の主人公はそういうわけにもいかない。

宗介は都心から一時間ほどの距離のマンモス団地に暮らす中年の作家である。

「彼の理想はまた、ロシアの怠け者《オブローモフ》であった。しかし《オブローモフ》は十九世紀の貴族で大地主だ。彼の領地オブローモフカ村は、たぶんこのマンモス団地よりも広大だろう。彼はその村を、農奴三百五十人とともに、遺産として相続したのである」

団地住まいで妻子がいる宗介はオブローモフのような怠け者にはなりたくてもなれない。そんな葛藤も本書の主題のひとつだろう。宗介は器用ではないが、それなりに社交性はある。気のすすまないこともなんとなく引き受けてしまう。苦労を背負い込みやすい性格ともいえる。

だからこそ、彼は《オブローモフ主義》をとなえ、「八時間睡眠」にこだわる。

後藤明生の年譜を見ると、一九六三年十二月に東中野のアパートから松原団地（埼玉県草加市）に引っ越している。一九六二年に長男、一九六六年に長女が誕生している。

宗介も八年ほど前から団地に暮らしはじめ、長男と長女がいて、子どもたちの年齢もだいたい同じだ。

「宗介の曾祖父が、朝鮮の各地にどのくらい神社を建てて歩いたのか、くわしいことはわからない。しかし、宗介が生まれたとき、曾祖父をはじめとする宗介の一家は、北朝鮮の小さな町に定住していた」

その孫である宗介の父はかなり大きな雑貨商を営んでいたという話も出てくるが、年譜にも曾祖父が宮大工で父は後藤規矩次商店を経営していたとある。

かといって後藤明生＝宗介と考えるのは早合点なのかもしれない。本書は、私小説や心境小説というより、自分と似た人物を主人公にすえた大人になりきれない大人のための教養小説の趣があるからだ。

さらにこの作品は一九六〇〜七〇年代の団地のルポルタージュの要素もある。

「団地という現代の住居においては過去の日本の家や部屋をあらわす文字や用語だけでは、表現し切れない部分がいろいろ出てくる。そもそも、住んでいるところ自体がすでに《家》ではないわけである」

宗介は団地生まれの長女の行く末を心配する。

「コンクリートだらけの、鉄筋長屋の集団であるマンモス団地が、果して《生れ故郷》と呼べるのかどうか」

その場所に日本の伝統や文化は継承されているのか。

宗介はあれこれ逡巡する。一難去ってまた一難。ぐずぐずだらだらじたばたしているうちに時はすぎてゆく。山積みの問題はほぼ未解決だし、主人公が成長し、苦難を乗り越えるといったカタルシスのようなものもない。にもかかわらず、「人生ってそういうものだよな」と納得させられてしまう変な小説だ。

久々にこの小説を読み返したわたしは「誕生日の前後」のある場面が印象に残った。

《四十歳》の誕生日を迎えた宗介が子どもたちと散歩に出かける。

「『昔の人は、この道を歩いて、東京へ通ったんだよ』」

旧日光街道沿いに流れている綾瀬川の土手を歩きながら、宗介は長男に説明した。

『お父さん、東京じゃなくて、江戸だろう?』

『そう、江戸だな』

『木枯し紋次郎も歩いたの?』

『あれは、架空の人物だ』」

なんてことのない会話のようだけど、この短いやりとりのおかげで、小説の舞台が連載時に後藤明生が暮らしていた草加の松原団地をモデルにしていることがわかった。

草加は日光街道の宿場町であり、綾瀬川沿いに草加松原遊歩道がある。この遊歩道が旧日光街道なのだ。わたしは一年くらい前に旧日光街道を歩いた。綾瀬川沿いの遊歩道も歩いている。

この会話の中に「木枯し紋次郎」が出てくるが、このドラマは一九七二年一月に放映開始、視聴率三〇％を超える人気番組だった。決め台詞の「あっしには関わりのないことでござんす」は流行語にもなっている。

宗介は旧街道を散歩しながら「木枯し紋次郎」の人気の理由を考える。

「あの番組が熱狂的にウケるのは歩く、という現代人が失った夢を紋次郎が実現してみせるからではないだろうか？」

上州無宿の紋次郎は全国各地の街道を着の身着のまま歩き回る。

「人間の理想は、ただただ、ひたすら自由に、足のおもむくまま歩き続けるということかも知れないのだ。そういえば、芭蕉も西行も日本じゅうを一人で歩き続けた」

日光街道の草加宿は芭蕉も立ちよっている。もっとも芭蕉が「奥の細道」を歩いたときはひとりではなく、門人の曾良を伴っていたのだが……。

「鉄筋長屋」の団地も悠久の時とつながっている。

『四十歳のオブローモフ』を読み終えたわたしは武田泰淳著『目まいのする散歩』（中公文庫・旧版）を手にとった。

後藤明生が『目まいのする散歩』の解説を書いたのは一九七八年。同解説は『小説は何処から来たか』

(つかだま書房)の第十一章にも収録されている。武田泰淳の文学を的確にとらえつつ、そのまま後藤明生の文学の解説にもなっている素晴らしい批評である。
「もう一つ武田氏が考えたのは、散文の自由ということではなかったかと思う。その自由のためには、もちろん『完成』など希みはしない。『完成』どころか、たとえ『小説』でなくなっても構いはしない。そういう散文の自由ではなかったかと思う。(中略)散文は果してどこまで自由になれるものか。その限界にまで歩を進めようとした、『大胆なる散歩』だったのではなかろうかと思うのである」
人間の理想が「ひたすら自由に、足のおもむくまま歩き続ける」ことならば、散文の理想もそうにちがいない。

ちなみに、主人公の本間宗介の宗介を音読みすると「ほんまそうかい?」になる。この解説はそのくらいの気持で読み流してくれるとありがたい。

(了)

荻原魚雷(おぎはら・ぎょらい)
一九六九年、三重県鈴鹿市生まれ。八九年秋から東京・高円寺に在住。明治大学文学部中退。在学中から雑誌の編集、書評やエッセイを執筆。雑雑『sumus』同人。昨今では「中央線の新しい思想家」とも称され注目を集める。著書に『古本暮らし』、『閑な読書人』(以上、晶文社)、『活字と自活』、『書生の処世』、『日常学事始』、『古書古書話』(以上、本の雑誌社)など。編著に『吉行淳之介ベスト・エッセイ』(ちくま文庫)、梅崎春生『怠惰の美徳』(中公文庫)など。

❖著者

後藤明生｜ごとう・めいせい（一九三二年四月四日〜一九九九年八月二日）

一九三二年四月四日、朝鮮咸鏡南道永興郡永興邑（現在の北朝鮮）に生まれる。旧制中学一年（十三歳）で敗戦を迎え、「三十八度線」を超えて福岡県朝倉郡甘木町（現在の朝倉市）に引揚げるが、その間に父と祖母を亡くす。引揚げ後は旧制福岡県立朝倉中学校（四八年に学制改革で朝倉高等学校に）に転入。当初は硬式野球に熱中するが、その後、「文学」に目覚め、海外文学から戦後日本文学までを濫読。高校卒業後、東京外国語大学ロシア語科を受験するも不合格。浪人時代は『外套』『鼻』などを耽読し、本人いわく「ゴーゴリ病」に罹ったという。五三年、早稲田大学第二文学部ロシア文学科に入学。在学中の五五年、「赤と黒の記憶」が第四回・全国学生小説コンクールに入選し、「文藝」に掲載。卒業後、一年間の就職浪人（福岡の兄の家に居候しながら『ドストエフスキー全集』などを読み漁る）を経て、学生時代の先輩の紹介で博報堂に入社。翌年、平凡出版（現在のマガジンハウス）に転職。六二年、小説「関係」が第一回・文藝賞・中短篇部門佳作として「文藝」復刊号に掲載。六七年、小説「人間の病気」が芥川賞候補となり、その後も「S温泉からの報告」「私的生活」「笑い地獄」が同賞の候補となるが、いずれも受賞を逃す。六八年三月、平凡出版を退社し執筆活動に専念。七三年に書き下ろした長編小説『挾み撃ち』が柄谷行人や蓮實重彥らに高く評価され注目を集める。また、古井由吉、坂上弘、黒井千次、阿部昭らとともに「内向の世代」の作家と称されるようになる。七七年に『夢かたり』で平林たい子文学賞、八一年に『吉野大夫』で谷崎潤一郎賞、九〇年に『首塚の上のアドバルーン』で芸術選奨文部大臣賞を受賞。そのほかに『笑い地獄』『関係』『円と楕円の世界』『四十歳のオブローモフ』『小説――いかに読み、いかに書くか』『蜂アカデミーへの報告』『カフカの迷宮――悪夢の方法』『しんとく問答』『小説の快楽』『この人を見よ』など著書多数。八九年、近畿大学文芸学部の設立にあたり教授に就任。九三年より同学部長を務め後進の育成に尽力。小説の実作者でありながら理論家でもあり、「なぜ小説を書くのか？　それは小説を読んだからだ」という理念に基づく、「読むこと」と「書くこと」は千円札の裏表のように表裏一体であるという「千円札文学論」などを提唱。九九年八月二日、逝去。享年六十七。二〇一三年より後藤の長女で著作権継承者が主宰する電子書籍レーベル「アーリーバード・ブックス」が設立され、これまでに三〇作品を超える長篇小説・短篇小説・評論の電子版がリリースされている。

後藤明生「アーリーバード・ブックス」公式ホームページ：http://www.gotoumeisei.jp

四十歳のオブローモフ――イラストレイテッド版

2020年4月15日　初版印刷
2020年4月30日　第1版第1刷発行

著者❖後藤明生

発行者❖塚田眞周博
発行所❖つかだま書房
〒176-0012 東京都練馬区豊玉北1-9-2-605（東京編集室）
TEL 090-9134-2145／FAX 03-3992-3892
E-MAIL tsukadama.shobo@gmail.com
HP http://www.tsukadama.net

印刷製本❖中央精版印刷株式会社

本書の一部または全部を無断でコピー、スキャン、デジタル化等によって複写複製することは、著作権法の例外を除いて禁じられています。
落丁本・乱丁本は、送料弊社負担でお取り替えいたします。

© Motoko Matsuzaki, Tsukadama Publishing 2020　Printed in Japan
ISBN978-4-908624-09-4 C0093

アミダクジ式ゴトウメイセイ 対談篇

後藤明生

アーリーバード・ブックス❖編

「名著」かつ「迷著」として知られる『挾み撃ち』の著者であり、稀代の理論家でもあった後藤明生が、「敗戦」「引揚体験」「笑い」「文体」「小説の方法」「日本近代文学の起源」などについて、アミダクジ式に話題を脱線させながら饒舌に語り尽くす初の対談集。

ISBN978-4-908624-00-1 C0093
定価：本体3,800円＋税

- ❖ **文学における原体験と方法** | 1996年 | ×五木寛之
- ❖ **追分書下ろし暮し** | 1974年 | ×三浦哲郎
- ❖ **父たる術とは** | 1974年 | ×黒井千次
- ❖ **新聞小説『めぐり逢い』と連作小説をめぐって** | 1976年 | ×三浦哲郎
- ❖ **「厄介」な世代——昭和一ケタ作家の問題点** | 1976年 | ×岡松和夫
- ❖ **失われた喜劇を求めて** | 1977年 | ×山口昌男
- ❖ **文芸同人誌「文体」をめぐって** | 1977年 | ×秋山駿
- ❖ **ロシア文明の再点検** | 1980年 | ×江川卓
- ❖ **〝女〟をめぐって** | 1981年 | ×三枝和子
- ❖ **「十二月八日」に映る内向と自閉の状況** | 1982年 | ×三浦雅士
- ❖ **何がおかしいの？——方法としての「笑い」** | 1984年 | ×別役実
- ❖ **文学は「隠し味」ですか？** | 1984年 | ×小島信夫
- ❖ **チェーホフは「青春文学」ではない** | 1987年 | ×松下裕
- ❖ **後藤明生と『首塚の上のアドバルーン』** | 1989年 | ×富岡幸一郎
- ❖ **小説のディスクール** | 1990年 | ×蓮實重彥
- ❖ **疾走するモダン——横光利一往還** | 1990年 | ×菅野昭正
- ❖ **谷崎潤一郎を解錠する** | 1991年 | ×渡部直己
- ❖ **文学教育の現場から** | 1992年 | ×三浦清宏
- ❖ **文学の志** | 1993年 | ×柄谷行人
- ❖ **親としての「内向の世代」** | 1993年 | ×島田雅彦
- ❖ **小説のトポロジー** | 1995年 | ×菅野昭正
- ❖ **現代日本文学の可能性——小説の方法意識について** | 1997年 | ×佐伯彰一

アミダクジ式ゴトウメイセイ
座談篇

後藤明生
アーリーバード・ブックス❖編

「内向の世代」の作家たちが集結した「伝説の連続座談会」をはじめ、日本近代文学の「過去・現在・未来」について激論を闘わせたシンポジウムなど、文学史的に貴重な証言が詰まった、一九七〇年代から一九九〇年代に行われた「すべて単行本未収録」の座談集。

ISBN978-4-908624-01-8 C0093
定価：本体3,800円＋税

❖ **現代作家の条件** ｜1970年3月｜
×阿部昭×黒井千次×坂上弘×古井由吉

❖ **現代作家の課題** ｜1970年9月｜
×阿部昭×黒井千次×坂上弘×古井由吉×秋山駿

❖ **現代文学の可能性——志賀直哉をめぐって** ｜1972年1月｜
×阿部昭×黒井千次×坂上弘×古井由吉

❖ **小説の現在と未来** ｜1972年9月｜
×阿部昭×小島信夫

❖ **飢えの時代の生存感覚** ｜1973年3月｜
×秋山駿×加賀乙彦

❖ **創作と批評** ｜1974年7月｜
×阿部昭×黒井千次×坂上弘×古井由吉

❖ **外国文学と私の言葉——自前の思想と手製の言葉** ｜1978年4月｜
×飯島耕一×中野孝次

❖ **「方法」としてのゴーゴリ** ｜1982年2月｜
×小島信夫×キム・レーホ

❖ **小説の方法——現代文学の行方をめぐって** ｜1989年8月｜
×小島信夫×田久保英夫

❖ **日本文学の伝統性と国際性** ｜1990年5月｜
×大庭みな子×中村真一郎×鈴木貞美

❖ **日本近代文学は文学のバブルだった** ｜1996年1月｜
×蓮實重彦×久間十義

❖ **文学の責任——「内向の世代」の現在** ｜1996年3月｜
×黒井千次×坂上弘×高井有一×田久保英夫×古井由吉×三浦雅士

❖ **われらの世紀の〈文学〉は** ｜1996年8月｜
×小島信夫×古井由吉×平岡篤頼

日本戦後文学史の中に埋没してしまった「ポストモダン小説」の怪作が
読みやすくなった新たな組版による新装幀、
かつ【普及版】と【愛蔵版】の2バージョンで甦る！

『壁の中』

後藤明生

作者解読❖多和田葉子／作品解読❖坪内祐三

新装愛蔵版

【新装普及版】
造本／A5判・並製・PUR製本・本文680頁
ISBN978-4-908624-02-5 C0093
定価：本体3700円＋税

【新装愛蔵版】
造本／A5判・上製・角背・PUR製本・本文680頁・貼函入り
ISBN978-4-908624-03-2 C0093
定価：本体12000円＋税
愛蔵版特典① 奥付に著者が生前に愛用した落款による検印入り
愛蔵版特典② 代表作の生原稿のレプリカなどによる写真集を同梱

「お母さん、いまわたしはどこにいるのでしょう?
わたしが帰る場所はあるのでしょうか?」

こんな時代だから知ってほしい——。
植民地の朝鮮半島で軍国少年として育ち、敗戦のため生まれ故郷を追われ、
その途上で祖母と父を喪い、命がけで「38度線」を超えて内地に引揚げ、
戦後も絶えず心の奥底に「日本」に対する違和感を抱え、
自分は「日本人」でありながら「異邦人(エトランゼ)」のように感じていた、
そんな引揚者たちの、美しき想い出、栄華からの転落、国家に対する幻想と崩壊、
そして、不条理に奪われたアイデンティティを取り戻すための葛藤を……。
作者自身の引揚体験を描いた
『夢かたり』『行き帰り』『嘘のような日常』の
三部作を完全版で所収。

造本/A5判・上製・函入・本文544頁
ISBN978-4-908624-04-9 C0093
定価:本体5555円+税

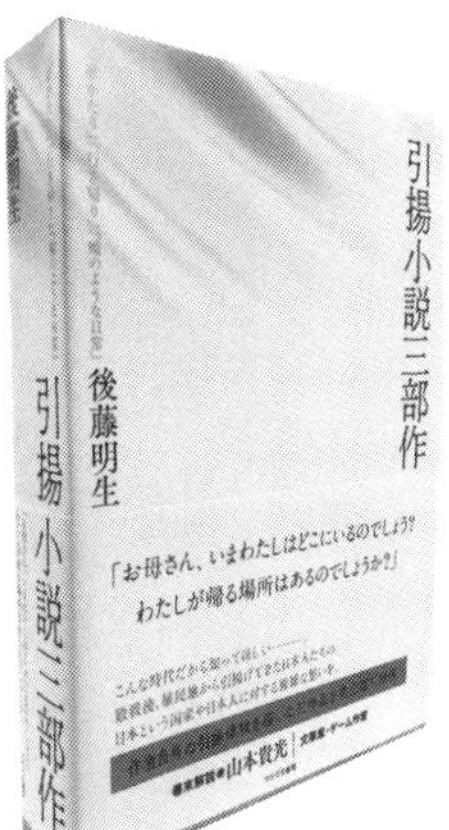

『引揚小説三部作——「夢かたり」「行き帰り」「嘘のような日常」』

後藤明生

巻末解説❖山本貴光(文筆家・ゲーム作家)

『笑いの方法——あるいはニコライ・ゴーゴリ【増補新装版】』

後藤明生

造本／A5判・上製・函入・本文336頁
ISBN978-4-908624-06-3 C0098
定価：本体3700円＋税

後藤明生「没後」20年／ゴーゴリ「生誕」210年
他者を笑う者は他者から笑われる！

ゴーゴリ作品の真髄である「笑い」に迫った名著が、大幅な増補&新装版で蘇る。

新版特典として、後藤が翻訳したゴーゴリの『鼻』と『外套』（共訳）を初再録。

伝説の名訳が完全版で掲載されるのは実に40年ぶり。

「われわれは皆ゴーゴリの『外套』から出て来た」という
ドストエフスキーの名文句の真意とは？

他者を笑う者は他者から笑われる⁉——。

これまで誤解され続けたゴーゴリの「笑い」を刷新する後藤の孤軍奮闘ぶりをご覧あれ！


【増補新版特典】

後藤明生が自ら翻訳したゴーゴリの『鼻』と恩師・横田瑞穂氏と共訳した『外套』を初再録！

遠い昔に失われた外套を探すため、記憶を頼りに各地を訪ね歩く主人公。

しかし主人公の「語り」は「とつぜん」に脱線し、読者をも迷路へと誘ってゆく――。

後藤明生の代表作にして「日本現代文学の傑作」とも評される本作は、

「面白い！」と魅了される人々の一方で、「まったく理解できない！」と困惑する人々も……。

小説『挟み撃ち』の面白さの根源は何か？

その「魅力」と「謎」を文芸評論の重鎮たちが様々な視点で読み解く！

【デラックス解説版】
多岐祐介―方法の解説
奥泉光×いとうせいこう―文芸漫談『挟み撃ち』を読む
平岡篤頼―行き場のない土着
蓮實重彦―『挟み撃ち』または模倣の創意

造本／A5判・並製・本文288頁
ISBN978-4-908624-07-0 C0093
定価：本体2200円＋税

『挟み撃ち【デラックス解説版】』

後藤明生

物語の筋を追っても意味なし！

全288頁のうち解説だけで80頁！

文芸評論の重鎮たちが様々な視点から読解！

『小説は何処から来たか【21st Century Edition】』

後藤明生
巻末解説❖樫原辰郎（映画監督・評論家）

造本／Ａ５判・上製・本文３３６頁
ISBN978-4-908624-08-7 C0093
定価：本体３６００円＋税

「なぜ小説を書くのか？
それは小説を読んだからだ」
――独自の小説論を提唱し実践してきた
小説家・後藤明生がこれまでに発表した原稿を
自らＲＥＭＩＸして
日本近代文学史の書き直しに挑んだ小説論の集大成。
小説の未来は小説の過去にある！

プロローグ | 柄谷行人の『日本近代文学の起源』と『反小説論』
第１章❖日本近代小説の夢と現実 | 二葉亭四迷
第２章❖喜劇としての近代 | 日本文学とロシア文学
第３章❖二十世紀小説としての新しさ | 夏目漱石
第４章❖方法としてのテキスト | 芥川龍之介
第５章❖「生理学」の方法 | 永井荷風
第６章❖「都市小説」の構造 | 宇野浩二と永井荷風
第７章❖夢のプログラム | 宇野浩二と牧野信一
第８章❖自意識の喜劇 | 横光利一
第９章❖反復と引用のエクリチュール | 太宰治
第10章❖超ジャンルと楕円Ⅰ | 花田清輝
第11章❖超ジャンルと楕円Ⅱ | 武田泰淳
第12章❖文体的思考 | 鮎川信夫
第13章❖フィクションの変奏 | 二葉亭四迷
第14章❖「戦中少年」の体験と方法 | 古井由吉
第15章❖ジャンルと形式の起源Ⅰ
第16章❖ジャンルと形式の起源Ⅱ
世界小説年表現実